尻尾と心臓

伊井直行

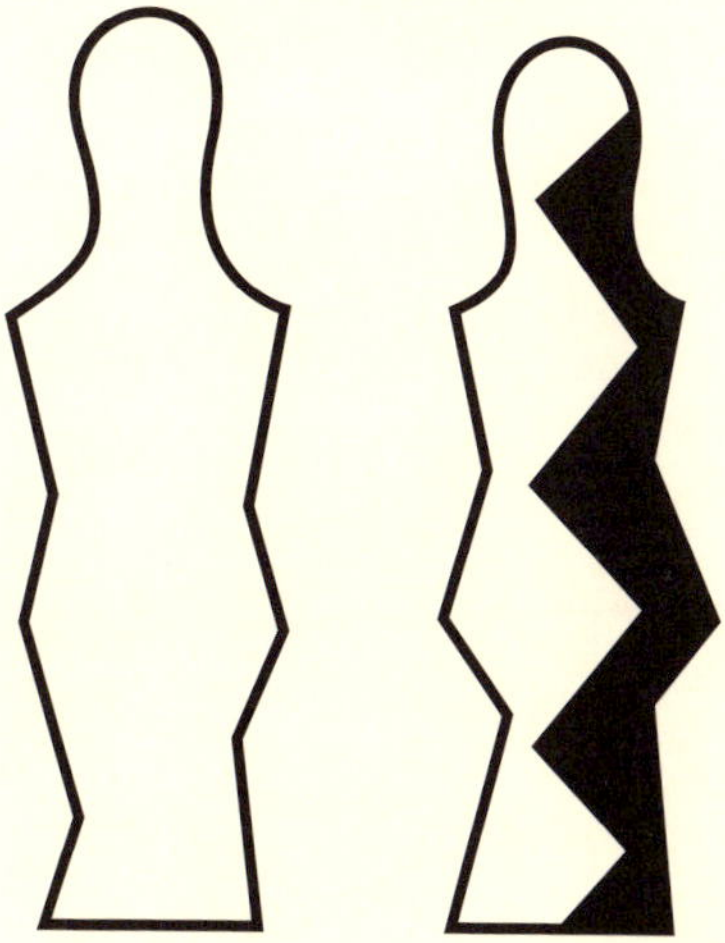

講談社

尻尾と心臓

【主な登場人物】

乾紀実彦…九州の食品問屋・商社「柿谷忠実堂」から東京にある子会社「カキヤ」へ出向し、新規事業室で新しい営業補助GPSシステム＝〈セルアシ〉の開発を担う。

笹島彩夏…外資系経営コンサルタントから転身して「柿谷忠実堂」の子会社「インナー・パスポート社」に入社。乾とともに〈セルアシ〉の開発に携わる。

岩佐………「カキヤ」社長。子会社の社長ながら本社の意向を無視して利益を上げ続ける、気難しく謎めいた人物。

横田………「柿谷忠実堂」の販売子会社「KCリテール」の営業社員。

黒田
中丸………新規事業室に配属された「カキヤ」の社員。

小淵
倉本………笹島とともに新規事業室に出向し、〈セルアシ〉の開発に携わる「インナー・パスポート社」のスタッフ。

間宮………乾が所属する「カキヤ」営業五課の課長。

安藤………「カキヤ」営業二課の課長。古参の社員。

本庄………「カキヤ」営業五課の社員。〈セルアシ〉の開発に協力的。

1

二月半ばというのに、窓の外には花見に似合いそうな穏やかな空が広がっている。窓下の濃緑色の川は、深い淀みのように少しも流れる気配がない。対岸の薄ぼけた灰色のビルの窓は全部真っ暗で、午前八時半を回ったというのに人の気配がなかった。中低層のビルと住宅ばかりの平たい市街の向こうに、頂上に小さな展望台を載っけた山があって、象のおデコのようなやさしい曲線で海近くの平地につながっている。

彼女は外の空気を吸いたくなった。

サッシの取っ手を回しながら、一枚ガラスの窓を、外に向かって押した。しかし、窓は一ミリたりとも動こうとしなかった。窓サッシにクローザーがついていたから、たとえ隙間程度にしろ開かないはずはない。ロックされているのかと思い、取っ手の下のボタンを押し、次にはボタンを押しながら開こうとしたが、窓は頑強に抵抗し続けた。

ビジネスホテルに泊まるたび、窓開けに失敗する。いや、本当はそんな気がするだけで、窓を開けられて嬉しかった記憶もある。でも、開けられると嬉しくなるくらい窓が開く確率は低かったのだ。力任せにやって成功したこともあったが、試す気にならなかった。こういうホテルの窓は、男の力でないと開けるのが難しい仕様なんだろうか。

小さな溜息をついて、窓から離れた。

ビジネスホテルは、今も男の客が前提になっているようだ。この間泊まったホテルのエレベーターのそばに、風俗嬢を部屋に呼ばないでくださいという張り紙があったっけ。でも、こんなことで不満を感じてるようじゃ駄目だな。

机の上のｉＰａｄを手に取り、ホームボタンを長押しした。

「今の気温は？」

「あ、寒い。いま、摂氏四度に、なっています」とシリが答えた。

「え、そんなに寒いの？」

思わず声に出した。だったら、窓は開けなくて良かった。開いたきり、閉まらなくなったら最悪だ。知らぬ間にマイクのボタンに触れたらしく、シリが言葉を返して来た。

「過去の、気象情報は、調べられません」

標準語風の冷めた発音で、突っけんどんなのが却って微笑ましかった。一流企業の秘書らしく振る舞ってみたかったのに、気取りが身についていないとでもいうような。

シリは出来が悪いのでたまに腹が立つけれど、その不器用さを愛らしく感じることもある。さっきの「摂氏四度に、なっています」もそう。訛った発音がかわいいのだ。ヴァージョンアップが進んで、発音の歪みが消えてしまったら、きっと寂しい気がするだろう。

彼女は、シリの言葉をもっと聞きたくなった。思いついたことを語りかけてみる。

「私って、やっぱりビジネスホテルが似合わない女なのよね」

返答まで、少し間があった。

「ビジネスホテルが、見つかりました。このすぐそばに、ある、ようです」

喧嘩売ってるの？　と口から出そうになった。でも、やっぱりシリの発音はかわいい。勝手に出て来た画面上の地図で、該当の場所を示す赤いピンは、いま滞在しているホテルに刺さっていた。

ビジネスホテルの似合う女になるつもりはないけれど、そんな所にばかり泊まっているのは、自分の選択の上での成り行きだ。

あと三十分もしたら、営業用のバンがホテルの前に迎えに来る。現場直行に決めていたおかげで、今朝は少しゆっくり過ごすことができる。

2

後頭部が大きな柔らかい枕の中に埋まっているのが判った。目を覚ましたらしい。朝までたっぷり寝た感覚があるのに、薄目を開けると、夜明け後間もないような暗さだった。

何時だろう？　彼は思わず声に出した。ここはどこだ？　今度は声を出さずに頭の中で問いかけた。いつもの枕はこんなに柔らかくないし、もっと小さい。再度薄目を開けると、板張りの天井がぼんやり目に入った。やっと、いま自分が実家にいるのだと理解した。

急に決まった転勤先から実家が遠くなかったので、準備のために二泊することにしたのだ。そんなことが咄嗟に思い出せないほど、深く眠ったらしい。で、いま何時だ？

スマートフォンが布団の近くにあるはずと思い、仰向けのまま頭の上の方に手を伸ばした。ほぼ同時に、階段を上る足音が聞こえて来た。実家に戻ったのは二年ぶりだというのに、階段を踏む音だけで父親とわかる。足音は階段の途中で止まった。

「おい、紀実彦、寝てていいのか？」父親が、いつの頃からか少しかすれるようになった声で呼びかけた。

「起きてるよ」と返事した。「何時？」

「八時四十分だ」父親は呆れるような口調だった。

驚いた。九時間近く眠ったことになる。

「大丈夫」と彼は言った。「会社は、午後遅くに出ればいいから」

父親の返事はなく、階段を下りていく音が聞こえた。

この部屋は隣の家に近すぎてほとんど日が当たらない。元々客用だったが、兄が中学生になって子供部屋を共用するのを嫌がり出し、彼はここに追放された。当時の彼の持ち物は何年も前に片づけられ、部屋は客間に戻されていた。この部屋に移って間もない頃は、この暗さがいやで、何かというと階下の居間や兄の部屋に居座ったものだった。

着替えて階下に行くと、両親ともダイニングキッチンにいた。テーブルには、彼のための朝食が用意されていた。二人はすでに食べ終えたようだった。父親はテーブルの上の新聞に向かってかがみこみ、母親は流しで食器を洗っていた。父親は、昔からの癖で小さな声を出して記事を読んでいる。

味噌汁は冷めかかっていた。母親のつくる濃い味の味噌汁だ。

「パンの方が良かった?」母親が、洗いかけの食器から目を離さないままたずねた。

「ご飯でいいよ」

母親が流しの水を止め、家の中が急に静かになった。父親は新聞から顔を上げて彼の方を見た。ただ見るだけで声を出さない。言葉を発したのは母親だった。

「今日は、アパートを見に行くんでしょ?」ふきんで手を拭きながら、彼の前の椅子に座った。

「そう。会社が使ってる不動産屋と、いくつか見てみる。今日の内に決めて、週末には荷物を入れて住むことになる」

「うちから会社に通っては駄目なの?」

「ここからだと、一時間近くかかる。仕事が大変なのでこちらに呼ばれたわけで、なるべく会社の近くに住まないといけない」

「一時間なら遠い内に入らないと思うが」父親が口を挟んだ。顔は新聞の方に向けていた。

「元が田舎会社だから、通勤に一時間なんか、あっちゃいかん……らしい」

彼は、自分が両親の前で、現在住んでいる妻の地元の訛りを出してしまったことに驚いた。

しばらく黙って食事を口に運んだ。母親がその沈黙にじれるように言葉を発した。

「こちらに長く勤めるようなことにはならないの? こちらの子会社の社員になるんだって言ったじゃない」

「長いか短いか、分からない。仕事の成り行き次第で、一年かもしれないし、五年かかるかもしれない。うちの会社は、何でも社長の一存なんでね」

両親は、こちらでの赴任期間が短いならこの家にいればいいし、長いなら家族ごと越して来るのが道理だと考えているはずだ。彼には分かっていた。

彼は、大学四年生の時、就職先を決めるのに際して、後に妻となる女性の地元の会社を選んだ。大学時代に付き合っていた今の妻は当時一学年上で、すでに実家に戻って仕事をしていたから、それに合わせるという名目だった。しかし、妻は二人目の子供を産む前に、仕事をやめた。両親は、今や妻は専業主婦なのに、息子がこちらの会社に単身赴任で来るのは理不尽だと考えているのだ。

単身赴任は、子供の転校を心配する妻の意向だと両親には伝えてあった。嘘ではなかった。しかし、単身赴任は彼の願いでもあった。実のところ、家族から離れたい気持ちがあった。家族と共に住む場所からも、遠くへ。会社のある妻の故郷を、彼は結局好きになれなかった。大学生の頃は、どこにでも住めると思っていた。浅はかだったと今は思う。

会話は途絶え、父親が新聞を読む小さな声が聞こえる。この声が耳に入ると、寂しくなる。この家には、もう長く帰って来ない「最愛の長男」だった兄の気配が、目をこらさないと見えない霧のように薄く漂っていた。

3

彼女は、ドアに柿谷忠実堂と書かれたライトバンの助手席に座っている。車は、市街地から国道バイパスに合流する側道の端に停車していた。膝の上でノートパソコンを開き、〈セールス・アシスタンス・システム〉とつないで、データ収集が想定通りに行われたか確かめていた。

彼女が開発を支援している通称〈セルアシ〉はGPSを利用した営業補助システムで、機械部分は完成に近づいていたものの、データを収集して後処理をするソフトウェアは、まだその域に達していなかった。

手順通りに確認作業を行い、最後のボタンをクリックすると、最上段のセルが全て青色に変わった。データの吸い上げと処理が滞りなく終了したことを示している。僅かの間をおいて、ポーンと電子音が鳴り、画面上に吹き出しが現れて、サムアップする右手と「OK!」という文字が表示された。

このOKサインを見ると、少しいやな気分になる。彼女はシステム開発の中枢にいたが、プログラミング自体についてよく分かっているわけではなかった。プログラムの担当者たちにはその辺りを見透かされ、なめられてしまったようだ。実務者との打ち合わせで、データ処理がうまく行ったことが一目で判るようにしてほしいと要望したところ、セルの青色化と音とOK

サインが組み込まれてしまった。セルの青色化だけで十分と思ったけれど、冗談の判らない女のように言われるのもイヤで、笑ってすませた。商品化の際に、削除すればいい。そもそも、ソフトにまだ数々の問題があるのに、バグを潰す作業ではなく、こんなお遊びに手数を割いているのがおかしいのだ。

パソコンの画面から目を上げると、運転者であり営業マンである横田が、歩道をこちらに向かって来るのが目に入った。彼女が顔を上げたのに気づくと、顔の前で両腕を交差させて×のサインを作った。飛び込みセールスに失敗したようだ。しかし、気落ちしている様子ではない。目つきが鋭く外股で歩くので「元ヤンキー」に見えるのだが、横田は礼儀正しい。営業車の中は整理整頓されていて、塵が積もっていたり芳香剤や汗の臭いがこもっていたりもしない。

横田は運転席に座ると、彼女の方に視線を向けた。

「セールス立ち会いを断られただけじゃなく、商談自体が駄目でした」

「そっか。お疲れ様でした」

横田が突然、右手でハンドルを叩いた。

「ちょっと、頭に来てて。いくら飛び込みだからって、追い払うような言い方しなくたっていいと思うんですよ」

歩道を歩いていた時は、平静な表情を作っていたのだとわかった。

「うーん、それはひどいね」

「でも、仕事なんで……えっと、それより、〈セルアシ〉のボタンを押します」

〈セルアシ〉の操作部は、ダッシュボードに貼り付けられた薄い小さなボックスに過ぎない。本体はダッシュボードの奥に置かれ、子機である操作部と無線でつながる。ボックスには押しボタンが三つとそれに連動したインジケーターがついているだけで、操作も簡単だから、特に彼女に断る必要はないのだが、横田は遠慮深かった。

終了ボタンを押して終わりかと思っていると、長押ししてインジケーターを点滅させ、次に継続ボタンを押した。

「ここ、また訪問するつもり?」と彼女はたずねた。

「ええ。だって、悔しいじゃないですか? バカにされて」

営業マンの心得として、こちらへの応対が悪い営業先こそ何度も訪問すべき、と言われることがある。しかし、実践している人は実は少ない。

「十一時過ぎましたね」と横田は独り言のように言った。「飛び込みでもう一軒突撃してもいいですし、一旦会社に戻ってもいいです」

彼女は、少し考えてから返事した。

「ちょっと早いけど、お昼を食べに港の方に行かない? わたし、ここに来て、まだ海を見ていないの」

横田の表情に困惑の色が浮かんだ。

「でも、〈セルアシ〉に記録が残るんでしょ? この時間から港に行って昼飯にしたら、サボったと思われます」

「今日は時間を見つけて、横田君にインタビューする予定だったから、お昼を食べて、その後コーヒーを飲みつつ、話を聞かせてもらうわけ。それは仕事の内」

「俺にインタビューですか？」

「そう。今日は最初の営業先がクリーンヒットだったから、ヒーロー・インタビューだね」

「そうですか……三振でもいいからと思い切って振ったら、うまくボールに当たって、外野まで飛んでくれました。これからも、応援よろしくお願いします」

横田は見えない観客に向かって右手をあげて応えた。その同じ手で本物のキーを捻り、本物のエンジンを始動させた。車内が急に騒がしくなった。

「漁協の食堂と、シーサイド・マーケットのレストラン。どっちにします？」

「仕事の道具も広げるから、テーブルが広い方」

「じゃあ、レストランで。コーヒーも飲めます」

「食堂の方がおいしい？」

「いや、大して変わらないです。食堂は、観光客が来るようになったら、値段が上がっちゃって」

へえ、そうなんだ、と相づちを打つ間に車は国道に入り、速度を上げた。彼女の脳裏に、新卒で入った会社の同期と車で遊びに出かけた時の情景が甦った。同僚の車に乗っている時の妙にふわふわした気分。営業車に同乗して十回近くになるが、こんなことを思い出したのは初めてだった。

彼女が最初に入社したのは外資系の大手ＩＴ企業だった。その会社は外見のクールなイメージと違い、同期のつながりや同僚との私的な交流が意外なほど多かった。但したいてい長くは続かず、特に彼女は他の同期と違うコースに入ったので、交流の期間はことさら短かった。その後七年間、かつての同僚のことなど、きれいさっぱり忘れていた。

窓の向こうの空がどんどん高く、広くなっていく。それは子供の頃から馴染んでいた冬の青空のようではなく、春霞がかかっているようなぼんやりした青さだった。

「最初の客先、横田君だから、短い交渉で決めてくれたんだと思う」

「あそことは、細いけど長いつきあいなんで、そのおかげもあります」

「横田君が信頼されていたからだよ」

横田は微笑しただけで、言葉を返さなかった。こういう時の沈黙の仕方も堂に入っている。やっぱり、修羅場をくぐって来た「元ヤン」だけのことはある、と勝手に「元ヤン」だと決めつけて、彼女は一人で納得した。

柿谷忠実堂、この人を正社員として雇わなくてどうする、と彼女は思った。横田は柿谷忠実堂の社員ではなく、ＫＣリテールという営業・販売子会社に雇われていた。別の場所で同行した柿谷忠実堂の正社員は、頭痛がしそうなほど出来が悪かった。いや、服も車内も煙草臭くて、比喩ではなく本当に頭痛がしたものだ。

国道バイパスを降りる途中で、一瞬だが、深い群青色の海が目に入った。

「やっと海が見えた」と彼女はつぶやいた。

「もうじきですから」と横田は言った。

4

日当たりのいい部屋をと頼んでおいたら、南西向きの三階の角部屋を紹介された。確かに明るいのだが、二つの窓はどちらも磨りガラスだった。

仲介業者の若い営業マンにそのことを伝えようとした時、呼び出し音が鳴った。彼は上着のポケットからスマートフォンを取り出した。

「総務部の中西です。いま、どこにいる?」

「紹介していただいた仲介業者の人と部屋を見てます」

「決まったか?」

「いえ、まだです」

「悪いが、すぐに会社に戻ってくれ。部屋探しは、また後で」

「わかりました。用件は何でしょう?」

「社長が、君と昼食を食べると言ってる」

彼は一瞬言葉に詰まりそうになった。

「承知しました」

仲介業者の営業マンは、部屋のドア近くに立って、彼を見ていた。

「会社に戻らなくちゃならない。また連絡するから、良さそうな物件があったら頼む」

「ここでは決まりませんか？」細身のスーツを着たホストクラブが似合いそうな営業マンが、残念そうにたずねた。

「磨りガラスの窓が苦手でね」

「会社から徒歩十分圏で、日当たりのいいところって、なかなかないですよ。ビルばかりなんで」

「そうだよね」彼は、営業マンから渡された靴べらを使って靴を履きながら言った。「十分以内じゃなくていいし、一駅、二駅なら電車を使ってもいいんで、よろしく」

営業マンは仕方ないというように微笑した。

総務は、徒歩十分以内なんてリクエストしてたのか、と呆れた。会社から歩いて十分は近すぎる。御免こうむりたい。

「ここら辺、俺は単身だからいいけど、家族で住みたい場所って感じじゃないね」

「治安が悪いということはないですよ。駅近くは少しあれですけど、イメージの問題でしょうかね」

どんなイメージなのかと聞く前に、車は会社に到着した。礼を言って降りた後、歩道から周囲を見回した。そこは、都会の中心部から少し離れた場所にありがちな殺風景な街だった。

主が幾度も代わったと覚しい古ぼけた事務所ビル。倉庫を兼ねた実用一点張りのビル。看板に空きの多い雑居ビル。営業しているのか怪しい個人商店。一軒だけ白々と明るいコンビニ。そんなものがほこりっぽい道路に面して並んでいた。カキヤ本社もその光景を構成する一部だった。彼が立っている一画には、カキヤとそのグループ会社が、四つの建物に分散して入っている。

カキヤは、形式上、九州中部に本拠を置く食品関連の問屋・商社である柿谷忠実堂の子会社なのだが、実際には極めて独立性が高かった。入社十余年、以前にはカキヤ本社を訪れたことがなかった。

「乾」

背後からいきなり呼び捨てにされた。振り返ると、彼が所属することになった営業五課の課長である間宮が、寒そうな顔で本社玄関の前に立っていた。寒そうに見えるのは、コートを着ないスーツ姿のせいらしかった。昨日初めて会ったのに、今日はいきなり呼び捨てだ。

彼は間宮に向かって会釈し、歩み寄った。

「部屋が見つかったのか？」ときかれた。

「まだです。総務の中西部長から電話で呼び戻されたんです」

「へえ、なんで？」

「社長と昼食だそうです」

間宮は、眼鏡越しに彼の顔をうかがうように見て、すぐに目をそらした。

「間宮課長は、何をしてるんですか？」

「客から、すぐそこにいるって電話があったんで迎えに来たんだけど、いやしねえ」

間宮は腕組みをし、背中を丸めた。

玄関の方に歩み出そうとしたとき、扉が開いて、総務部長の中西が現れた。

間宮が会釈し、中西は軽く手をあげて、やあ、と言った。互いに親しみを感じていそうな仕草と声だった。

「社長が待ってるから」

中西はすぐに玄関の奥に取って返した。そのまま薄暗い廊下の奥に足早に進んだ。エレベーターの前に立った時、彼は、ギュッと心臓が縮みこむような緊張感にとらえられた。

カキヤ社長の岩佐は、気難しく、また謎めいた人物として本社では知られていた。傲岸不遜、独断専行と評されることが多く、子会社の社長なのに本社の意向などハナも引っかけない。一方で、世間の好不況にかかわらず常に利益を上げ続けて来たやり手として畏敬の念をもたれてもいた。このため、本社には「柿谷忠実堂は尻尾を先に走っている」と自嘲する社員もいた。もちろん、尻尾とは子会社であるカキヤのことである。

古びたエレベーターは振動と共に上昇し、社長室のある七階ではなく三階に止まった。先に立って歩く中西に招き入れられたのは、昨日来社した時に最初に入った会議室だった。

岩佐は、長方形のデスクの奥で、広げた新聞を腕組みして読んでいた。彼の脳裏を、家で新聞を音読する父親の映像がかすめた。

「失礼します。昨日付けで、柿谷忠実堂本社から株式会社カキヤに転籍しました乾紀実彦と申します。よろしくお願いします」

彼は深々とお辞儀をした。しかし、社長からの反応はない。彼がゆっくり顔を上げると、社長は新聞を読む姿勢のまま目だけを彼に向けていた。大きな丸い頭をぶった切るような直線的な眉の下で、二つの目玉が油で濡れたように黒光りしていた。小ぶりの人の良さそうな鼻の下には、冷笑しているようにゆるく閉じられた唇があった。

彼の視線は自然に下がって行く。社長は再び新聞に目を落とした。

中西は、彼に廊下側の社長から三つ離れた席を指示し、自分は下手から回り込んで、社長から二つ離れた席に着いた。社長の岩佐は眼鏡を外したが、相変わらず声を出さない。

事務服を着た女性社員が二人、それぞれ朱塗りの箱入りの弁当とお茶を持って入室した。弁当は二つしかなく、社長の席には配られなかった。

「失礼して、いただきます」中西は社長に向かって軽く頭を下げると蓋を取った。

「乾君、君もいただきなさい。社長はこの後、外で会合の予定なので、ここでは昼餐は召しあがらない」

「昼餐」という言葉を生まれて初めて耳にした気がした。

彼は社長に向かって頭を下げた。この状況では食べにくかった。社長はまだ一言も発していない。自分の動作がぎこちなくなるのを感じながら、蓋を取り、箸を持った。箱は立派だったが、おかずはどれもちまちまと小さく、全てが茶色っぽかった。

最初の一口としてサバのミソ焼きを選び、口に運んだところで、社長が突然言葉を発した。

「単身赴任で来るそうだな？」

気が動転したが、何とかこらえて、あえてゆっくりとサバを嚥下した。

「はい。そうさせていただきます」

社長は、瞼の下から黒い瞳をむき出すように彼の顔を見た。

「元々が関東の出だから、こちらで羽を伸ばしたいのか？」

「そういうことではありません。家内が子供の学校を心配しております」

「腰かけのつもりなんだな」

彼は心を落ち着かせようとして、箸を置いた。あえて社長の方を向いて答えた。

「いつまでこちらにお世話になるのか、それは自分の意思で決められないと承知しております。ご期待に添える仕事ができるよう励みます」

「ふん」社長は鼻をならした。「いつ忠実堂に帰ってもらってもかまわんよ。明日でも」

返すべき言葉が思い浮かばなかった。

会議室の空気は一気に冷めてしまったが、総務部長は平然と弁当を食べ続けていた。

「忠実堂の若社長が君を寄こした。こちらが望んだわけじゃない」社長は机から新聞を取り上げて畳みながら言った。「わかってるよな？」

確かに、その通りだった。彼には、柿谷忠実堂本社社長の肝いりで開発を続けて来た〈セールス・アシスタンス・システム〉のモバイル版をカキヤに試験的に導入し、システムを市販可能な状態に仕上げる任務が課せられていた。「若社長」直々の下命だった（本社社長はすでに五十代だったが若社長と呼ばれていた)。一方、カキヤは、この仕事をまったく歓迎していない、と聞かされていた。それにしても、いきなり、ここまであからさまな言い方をされるとは考えていなかった。

「上司の指示を受けて、転籍いたしました。微力ながら、できる限り努める所存です。それでも、もし私が必要ではないとお考えでしたら――」

「会社に必要な人間なんか、いるわけないだろ」

社長は冷淡な口調で彼の話を切断した。

「会社に必要な社員てのは、会社の部品だ。部品は所詮部品だ。そんな人間には、いくらでも代わりがいる。そんな奴は、いようがいまいが構わん。お前は一昨日まで柿谷忠実堂の社員で、今はカキヤの社員だ。どっちの会社にしろ、お前なんかいなくても成り立つ。お前がカキヤを必要だと思うなら、いさせてやる。そうでないなら、とっとと消えてなくなれ。遠慮せず、即刻田舎会社に帰れ。いつか、カキヤがお前を必要とするだろうなんてのは、お笑いぐさだ。カキヤには、自分にとってカキヤが必要だと思う人間以外、一人だっていらない。ここにしばらくでもいたいなら、肝に銘じておけ」

彼の脳内は混乱状態に陥った。社長の言葉の一つひとつは理解できそうだった。だが、社長が全体として何を話そうとしたのか、何を伝えたいのかがつかめない。

「乾君」

社長の口調が穏やかになった。しかし、顔の表情は前と少しも変わらない。彼は掌と脇の下に冷や汗をかいていた。

「君は、前に私と会ったことがあるが、覚えているか？」

彼は小さく、しかし明確にうなずいた。

「二年前、忠実堂の本社にいらっしゃった時に、専務から紹介していただきました」

何人も、一時に、大勢の中の一人として名前をあげられたのだった。

「その前にも、会ってる。覚えていないのか？」

「申し訳ありません。思い出せません」

社長は、彼を侮蔑するように唇だけで笑った。

「君には、入社試験の役員面接で会ってる。十二年前に」

彼の脳裏に、柿谷忠実堂本社で受けた役員面接の様子が浮かんだ。テーブルの向こうには六人が並んでいた。しかし、岩佐の姿は、彼の脳内のスクリーンに浮かんで来ない。

「申し訳ありません」彼は頭を下げた。

社長は笑っているようだった……彼はもはや社長の顔を直視することができなかった。不安とも畏怖ともしれない感情の流れが、渦巻きながら、彼の頭のてっぺんから足の爪の先まで浸していた。岩佐の他者を威圧する力に、彼は呑まれかけていた。

5

彼女が、前の会社で最初に配属されたプロジェクトのメンバーは米国人、香港人、それに彼女を含めて三人が日本人という構成だった。ただし、リーダーの日本人は米国で暮らした期間が人生の四分の三になるというあまり日本人らしくない男性だった。仕事の打ち合わせは基本的に英語で行い、案件の対象が日本企業なので、そこの社員が加わる時にだけ日本語になった。

彼女が在籍していたのはアメリカを本拠とするハーバート&パークス（H&P）というコンサルティング企業で、日本法人だけで十以上の国籍の人間が働いていた。国際化を絵に描いたような多彩な人間の集まりだったのだが、そこに、いま彼女と昼食のテーブルを共にしている横田のような人間は一人もいなかった。

横田は、上半身を丸くかがめ、顔と口を食器に近づけるようにして食べる。H&Pで働いていた時代に、そのような食べ方をする人間を見た記憶がなかった。だから、ある意味では、H&Pは、世界各国からわざわざ一様な人間を集めていたことになる……横田の前の席で、海鮮ランチ、蛤のお吸い物付きを食べながら、彼女はそんなことを思った。

横田が注文したのはアジフライ・ランチ、特選サバ刺身付きだった。横田は食べ終わっている。

海に向かって開けた大きなガラス窓の向こうを、白い船体の漁船が波を立てながら、防波堤の切れ目にある灯台の方角に舵を切ろうとしていた。音は聞こえない。近くのテーブルで、男女の学生グループが盛り上がって話し声が大きくなり、うるさいせいかもしれない。防波堤の先、はるか遠くに、緑の木々をたてがみのように背に載せた半島が長細く伸びているのが目に入った。

二十テーブル以上ある大きなレストランだったが、彼女と横田の二人と学生グループの他には、二組しか客がいなかった。横田によれば、団体客が来ないと、休日以外はこんなものらしかった。千数百円という値段は、普段の昼食には高すぎる。今日の昼食の代金は彼女の会社の支払いだ。

「ちょっと、すいません」

横田の声が聞こえた。着信があったらしく、スマホを鞄から取り出して、席を立とうとする。やはり、律義だ。

そばを通りかかったウェイトレスに、彼女はコーヒーを二つと注文した。すると、ウェイトレスは彼女の食べかけの食器まで下げようとした。

彼女は、最後まで食べさせて、と言ってそれを遮った。その直後に、横田が戻って来た。

「ねえ、あの岬の向こう側って、隣りの県になるの?」何か決まりが悪くて、思いつきの質問を横田に投げた。

「うーん、どうですかね」興味がなさそうな返事だった。

「行ったことがない？」

「ええ。あっちは道が悪いし、何もないんで」

人が行かない場所だと聞いたら、彼女はその岬に行ってみたい気がした。

先ほどのウェイトレスが、コーヒーを持って現れた。二人にサーブすると、彼女に向かって、下げてよろしいですか、とたずねた。明らかに食べ終えた状態だったのに。

どうぞ、と彼女は答えた。すると、横田がいたずらっぽく微笑んだ。さっきの様子を見ていたらしい。

「だって、最後まで食べたいじゃない」

彼女はウェイトレスが遠くに行くと、冗談めかした口調で弁解した。

「すいません。違うんです。笑ったのは、奥さんと付き合ってた頃に同じようなことがあって、いつも食べるのが早すぎると怒られたのを思い出したからです」

横田が真面目な顔で謝ったのがおかしかった。

「外回りやってると、食べるの早くなりますよね。相手の都合で動くことが多いので」

「忙しい時のお昼は、みんな大変。私は早く食べることができないから、時間がないと抜いたり、パンを食べながら仕事したりね」

彼女はそう言いながら、鞄からノートとＩＣレコーダーを取り出して、テーブルの上に置いた。

「自分はよくいる普通の営業だから、インタビューなんて変な感じですけど、笹島さんは話しやすくて、ホッとしてます。女性コンサルタントが来て外回りに同行すると聞いて、かなり緊張してました」

「もっと格好いい人だろうと思ってたんでしょ？　ごめんね、ぽっちゃりしたおばさんタイプが来ちゃって。私、一週間絶食したくらいじゃ、痩せないの」

「いや、笹島さんは格好いいです」

横田はごく真面目な調子で応じた。彼女は、横田君、ぽっちゃりとおばさんタイプは否定しないな、と残念だった。

「あと、私はコンサルタントじゃないから」

「え？　じゃあ、何なんですか？」

「商品開発を担当している会社員」

「商品開発だって、十分格好いいです」

横田が再び笑ったので、彼女もつられて笑顔になった。すると、彼女にとっても意外な言葉が、自身の口をついて出た。

「職種が格好いいんだとしたら、そのかっこよさと、私の人格とが不釣り合いなのかも。私、前にいたコンサルタント会社で、お座敷列車の女って呼ばれたことがあるんだ。二年くらい前のことなんだけど――」

お座敷列車の話を、自然に切り出そうとする自分に、彼女自身が驚いていた。それは一つの笑い話、軽いエピソードに過ぎない。だが、この「ネタ」の後には苦い経験が続いている。もちろん、そこまで横田に話すつもりはない。

「その頃、私はセールス・マネジメント関係のコンサルタントをしてたの。営業コンサルってことね」

「コンサルっていうのは、コンサルタントと同じですか？」

横田が遮って質問をした。

「タントってつけると長いから。セールス・アシスタンス・システムも長すぎでしょ？」

「タンスのついでに、システムも取ってセルアシ、と」

「うん。で、その時は、ある電子・ＩＴ関係の企業から依頼を受けて、販売子会社のコンサルティングをしてたの。体育会系、筋肉系の営業スタイルで成績を上げてたんだけど、最近は低迷していて、本社は危機感を持ってた。やり手営業マンが退職したり、偉いさんになって現場を離れたりしたこともあるけど、つまりは、一部の人の個人的な力に頼るやり方が続かなくなってたのね。販社の人材は悪くないし、商品は一流だから、営業システムさえきちんとすれば持ち直すはず。本社はそう考えてたし、販社でも若手はそう思ってた。だけど、中間管理職は違った。彼らは、自分たちのやり方を否定されると思ったのね」

勘のいい横田は、柿谷忠実堂の一部の旧態依然の営業セクションを連想したはずだ、と彼女は思った。

「だから、販社にコンサルタントとして入っても、抵抗があって難しい仕事になりそうだった。それで、始める前に社内の深いリサーチをやって、最適な方向からシステムの導入と構築ができるようにしたの。要するに、誰を動かせばうまく行くか、その人をどう動かせばいいか、っていうことをまず押さえたわけ。システムについては、その後。コンサルタント業界には、経営者とばかり会って、空飛ぶような仕事しかしない天上界の住人もいるけど、私たちは泥臭いこともやるの」

「うまく行ったんですか?」

彼女はうなずいた。

「事前のリサーチや作戦も功を奏したし、システムの導入もうまく進んで、成果が目に見えるようになった。販社の幹部も、実際に売上や仕事の効率化に役立つとなれば、イヤはない。むしろ、積極的に取り入れた方が得でしょ? なので、途中からはスムースに運ぶようになって、販社の幹部たちともいい関係を持てた。で、プロジェクトが終わりに近づいて、こちらのチームと販社の関係者で総括のミーティングをすることになった時、どうせなら温泉に行ってやりましょうってなったわけ」

彼女は、販社とのミーティングが成功し、宴会場での打ち上げも乗り切った後、インターンで来ていた経営大学院生の若いアメリカ人女性と二人で露天風呂に入っていた時のことを思い出す。薄雲の向こうでおぼろにかすむ半月を眺めていたら、温泉での会議をおもしろがって参加したインターンから、満足そうですね、仕事がうまくいった後の温泉は最高、ですか? と話しかけられたのだ。

まあね、と答えたが、主観的には、安らいだ気分ではなかった。その時、選任《アサイン》された次のプロジェクトの準備がすでに始まっていたのだ。翌日は地方の優良企業の経営者と面談《インタビュー》の約束があり、他のスタッフとは別行動の予定だった。風呂から出たら、資料読みもしなくてはならないし……なんて考えていた。それでも、プロジェクトの成功は表情からにじみ出てしまうほどの喜びだったのか、と彼女は改めて気づかされた。

「……翌日、一行の乗ったバスを見送った後、ロビーの隅で、パソコンを使って新しいプロジェクトのメンバーと打ち合わせをした。他の場所ではLANがつながらなかったから。で、部屋に戻ると、私の荷物がない。宿の人が忘れ物だと思って、バスに積み込んでくれたらしい。まさかバスに戻ってもらうわけにいかないでしょ？　電話をして、一行が乗り換える予定の駅で、インターンの彼女に荷物を持って待っててもらう段取りを決めたの。温泉に近い駅は本数が少なく、フロントで聞いたら、次のそっち方面行きは昼過ぎ。それに乗って引き返したのでは約束に間に合わない。こうなったら、タクシーを飛ばすしかなさそう。フロントの前でイライラしてたら、突然、救い主が現れたの」

フロントが、大手旅行代理店の男を紹介してくれた。彼女の話が耳に入って助けてあげようと思い、ホテルの人に取り次ぎを頼んだのだ。男は、温泉の最寄り駅で団体用貸し切り列車の回送に便乗し、一行の乗り換え予定の駅に行くことになっているので、一緒にどうぞ、と誘ってくれた。

部外者が回送列車に便乗して大丈夫なんですか？　とたずねると、もちろん駄目です、と男は答えた。でも今日は大丈夫。正式には回送じゃないので。往復ともうちの貸し切りなのに、帰りに乗るはずの団体が、スケジュール変更でこちらに来られず、乗客が私一人になったんです。男はニコリともせずに言った。最寄り駅までのタクシー代は、ホテル持ちだった。

列車に入ってみると、普通の座席の代わりに長細い畳の間と掘りごたつが設置されていた。鉄道に興味は無かったが、「お座敷列車」だということは分かった。

ペットボトルや空き缶の類は一ヵ所に片付けられていたものの、紙コップや紙皿、それに食べ残しの食事は放置されていた。輪切りや丸のままのキュウリが食べ散らかされているのが目についた。男は、彼女がたずねたわけでもないのに、昨日、カッパの団体を連れてきたので、キュウリの食べかすだらけですと業務連絡のように言った。

男は畳の間に上がり、窓を開け始めた。空気の入れ換えだ。彼女は、男とは反対側の窓を開けることにした。なかなかうまく開かなかった。

良かったら、こちらにどうぞ、という声で振り返ると、座敷の一角がきれいに片づけられていた。

差し向かいの席に座ると、何の前触れもなく列車は動き出し、車両全体がガッタンと大きく揺れた。

「道中、特に面白い話もなく、お座敷列車は目的の駅に到着した。しかも、一行が列車に乗り込むために集まっていたのと同じホームに到着したの。列車は、停車するまでゆっくりゆっくり進んだので、一人が中にいる私に気づき、それから皆が私の方を見て笑い出した。列車から降りると、まさか、お座敷列車をチャーターして追いついて来るとは、とか、お座敷列車が失地回復のソリューションだったのね、とか、散々からかわれた。私は荷物を受け取ると、すぐにホームを去った。それから当分の間、同僚から〈お座敷列車の女〉って呼ばれたの」

横田は、彼女が話を切ると、少しのあいだ黙っていた。沈黙を破って横田の口をついて出て来た言葉は、彼女にとって意外なものだった。

「いい話ですね」と横田は言ったのだ。「お座敷列車云々というのは、笹島さんに好感を持ってるからでしょ？　この話に出てくる人、みんないい人です。笹島さんの部屋を片づけた人も親切でやったことだし、ホテルのフロントも、旅行代理店の人も、もちろん笹島さんも。悪い人が一人も出てこなくて、俺、ホッコリしました」

彼女は思わずうなずいた。お座敷列車の話を横田に聞かせて良かったと思った。

6

社長が部屋を出て行くのを、総務部長の中西と共に立ち上がって見送った。彼は殆ど弁当を食べていない。部長は何一つ残さずに食べ終えていた。

「私は出るが、君はいていい。五課の人間には、私から連絡しておく」

部長が部屋を去るのを見送った後、彼は溜息をつきながら座り直した。湯飲みに口をつけると、お茶は冷めていた。食欲はなかったが、再び箸を取った。一日に三度の食事をする、出されたものは残さないという子供染みた戒めが自分を縛っているのを感じた。

冷や汗は止まったものの、社長の威圧感がもたらした緊張は、まだ彼の心とからだを支配していた。箸を動かすと、自分の意思とはほとんど無関係に、入社前の役員面接の場面が頭の内で反復された。

彼は特別に記憶力がよいわけではないが、何かきっかけがあると、ずいぶん昔のことであっても、その情景を鮮明に思い出すことができる。彼の脳裏には、十余年前、面接の時に並んでいた役員たちの姿が、一人一人区別が出来るほどくっきりと映っていた。しかし、そこにカキヤ社長の岩佐の顔はなかった。ただ、向かって左の端に一人、顔のはっきりしない人物がいる気がした。その顔に注意を集中しようとした。

ドン、と重たいものがぶつかる音がして、ドアが開いた。彼はとても驚き、口中の食べ物を吐き出さないように慌てて唇を閉じなくてはならなかった。

振り返ると、彼が配属された営業五課の間宮課長が、ノックなしに入って来るところだった。

「まだ食事中か」間宮はそう言って、彼の上手に一席離れて座った。

「社長の前では食べにくかったもので」

間宮は彼の顔をのぞき込んだ。

「乾も、社長にいきなりやられちゃったな。初対面だと、誰でもやられる。まあ、社長とじかに話をする機会なんて滅多にないから、ラッキーと思っとけ。それより、俺はあんまり時間がないんだ。急いで食べてくれ」

「これから、何か？」

「中西部長から聞かなかったか？」

「この後のことは、何も」

「あ、そう。ふふん……ずるいな。面倒なことは、こちらに投げて」

間宮は中西を悪く言いながらも、気分を害したという表情ではなかった。

「新しい仕事場に行く」

「昨日、五課にうかがった時に、皆さんに紹介してもらいました。そことは別なんですか？」

「うん。営業五課の所属だけど、違う場所で働いてもらうことになった。ていうか、俺がそれを知らされたの、今朝だけどな。来週から、乾はそちらに行く」

聞いて嬉しくなる話ではなかった。しかし、カキヤに転籍して、つらい事態が生じることは予想していた。社長の岩佐が言った通り、彼はカキヤにとって望まれざる「客」なのだから。

「その後は、どうなります？」

「予定通りで構わない。新しい部屋がまだ整ってないから。乾はアパートが見つかってないんだろ？　捜しに行けばいい」

間宮の言葉が途切れたので、彼は食事を再開した。意地でも全部食べようと思った。沈黙が続いた後、間宮が言葉を発した。

「社長は、乾にどんな話をした？」

「関東出身なのに、わざわざ九州の会社に行って戻って来るとは悠長だなと言われました。あと、入社試験の面接で私と会ったことがあるとも言ってました」

「何てこともない話じゃないか」と間宮は応じた。

女のケツを追いかけて九州くんだりまで来るなんて、どんな馬鹿面かと期待していたら、シャラッとした顔で妙にスマートな男なんでガッカリした、とか、俺もあっちの出身だが、余所者がいられるような土地柄じゃないのに、よく我慢したもんだ、とか、本社は商売の先が見えないものだから、やたら新しいことに手を出しているが、所詮会社や経営者の器以上のことはできない、火傷したくないなら身の程を知った方がいい、と毒舌三昧だったことは伏せておいた。

「あと、会社に必要な人間になろうなんて思うな。カキヤには、カキヤを必要としている人間以外はいらないとも言われました。少し難しい話です」

「別に難しくないな」間宮は真面目な調子だった。

「私には難しかったです。自分なりに理解したところでは、忠実堂からこちらに来て、お客様気分じゃ駄目だ。自分の会社だと思って積極的に溶け込め……社長はそう言いたかったんじゃないでしょうか？」

「うーん、それは違う」と間宮は言った。しかし、どう違うのかは言明しないまま、食事はそろそろいいだろ、と言って腕時計を見た。

いやという答えは、あり得なかった。三分の二は食べられた。しかし、間宮の言われるままに食事を中断するのが面白くなくて、トイレに行って来ますと断って席を立った。

戻ると、弁当とお茶はすでに片づけられていた。間宮はドアに背を向け、窓際に所在なげに立っていたが、振り返るとすぐに歩き出した。彼の前に立って会議室を出、エレベーターではなく階段を使って降り始めた。営業関係のセクションは主に二階と三階を使っている、と聞かされていた。しかし、間宮は二階でも止まらず、一階に降りて、当たり前のように玄関ホールに向かった。

間宮は玄関ドアに手をかけながら、彼の方を振り返った。

「乾は、こっちの本社ビルじゃなくて、西ビルの方で働く。そっちに新規事業室というのができて、五課から出向する形だ」

いきなり島流しか——。

本社ビルから外に出て角を曲がり、二十歩ほど進むと、本社より二階分低い古ぼけたビルがあった。昔は西ビルが本社だった時期もあるとのことだった。

「本社ビルと西ビルはつながってないんですか?」と彼はたずねた。

「外から行った方が早いよ。新規事業室は一階だしね」

よくわからない答えだった。

「カキヤ」と社名が書かれたそこだけ新しいガラスのドアを開けると、小さなホールの向こうに、一見して使われていないとわかる閉ざされた窓口があった。

間宮は、その窓口の横にあるドアに鍵をさして、押したり引いたりしたが、なかなか開かない。ようやく開いたドアの内側から、間宮が手招きする。彼が近づくと、蛍光灯が灯った。

室内は、想像したよりは事務所らしく整っていた。中央にまとめられた五台の机には、それぞれちゃんと座れそうな椅子が付属していた。電話も書類も置かれていない机の「島」の一つに、大型のホッチキスが放置されていた。

部屋の奥には、彼の目には見慣れた柿谷忠実堂の名前入りの段ボール箱が山積みされていた。変色してしなびているので、かなり古いものだと判る。物置みたいな部屋だったらしい。机にも椅子にも、段ボール箱にも、床にも壁にも、そしてホッチキスにも、埃が層をなしてこびりついていた。

「暖房は、今日はつかない。ここも、前は営業の部屋だった」間宮は、彼に向かってではなく、独り言のように言った。「客との面談をやってたんだ。でも、本社ビルから離れてるのがかったるくて、段々使われなくなった。その後も、営業関係の部署が何度かここに入ったけど、なぜか長続きしない。新規事業室は、どうなるかね」

窓口があったのは、ここが応接室だったからだと彼は得心した。

「乾の仕事は外部の人が一緒にやるから、あんまり会社の中に入り込まれたくない。少なくとも上はそう考えてる。乾の噛んでるプロジェクトは、外部のコンサルタントと一緒にやるんだろ？」

「外部の人と組むというのとは違います。今度のプロジェクトは、うちだけではできないので、協力者に会社の中に入ってもらいます。インナー・パートナーと呼ぶやり方です」

「インナー……パートナー？　面倒な名前だな。要するに、出向ってことだろ？」

「普通の出向とは違っていると思います」

間宮は、彼の言葉にうなずいた。ただし、了解したからなのか、ただ話を打ち切りたかっただけなのかは判然としなかった。

「俺は外回りに出る。乾は、どうする？」

「私も外に行きます」ここにいても意味はなさそうだった。

部屋を出る時、間宮の言った中に入り込まれたくない「外部の人」に、自分も該当している、という考えが浮かんだ。そのために、物理的に本社からも追い出されたというわけだ。

続いて、一人暮らしの部屋を捜すのはやめることを決めた。自分でも驚く突然の決断だった。両親の家で暮らそう。それがいいと思えた。親孝行？　生活の方便？　会社との距離を取るため？　どれも正しい答えのように思えた。

7

お母さん。

風呂上がり、ビジネスホテルのベッドの上で、胡座をかいてスマホでメールの返信を打っていたら、妹からの電話。

同僚の愚痴をまた聞かされてしまった。その後は、お父さんのことで、愚痴とは違うけれど、ともかく色々言いたいことがたまってたらしく、だいぶ吐き出された。思うに、妹は、お父さんもだけど、未だにお母さんに甘えているのだ。お母さんがいなくなって、もう十年……十一年になろうとしているのに。

お父さんは、家事に関して、あの年代の男性にしては例外的によくできる。妹が家に帰り、父親との二人暮らしに戻った今、むしろお父さんの方が、妹の妻かお母さんの役をすることが多い。お父さんには感謝している、と妹は言う。

でも、その後に必ず、自分だって中高校生の身で、学校に通いながら、会社勤めのお父さんのために主婦のようなことをやった、と続ける。お姉ちゃんは、大学生から社会人になる年齢で、家のことをせずにすんだじゃない……責められても、成り行きでそうなっただけで、自分勝手をしたわけではない。妹も大学は地元を選ばず、高校を卒業すると家を離れた。

妹が今日特に苛立っていたのは、勤め先の高校で起こった揉め事について父親に話したら、お父さんが、女なんだから、勤めは人生を懸けてやるほどのことじゃない、そんな問題は我関せずで放っておけばいい、と口走ったせいだ。

妹は「女だから、なんて言わないでよ」と、ほんのちょっと返しただけで矛を収めた。日頃のお父さんの行いへの感謝の念がそうさせたのだそうだ。

お父さんは、かつて、男のくせにと揶揄する人がいそうな暮らしをずっと続けていた（実際に、そう言われたことがあるらしい）。働くお母さんと家事を分担し、子育てにも協力していた。お母さんが亡くなった後には、父子家庭を仕事と両立させるのに、並大抵でない苦労をした。お父さんは、見事にやりきった。仕事を終え、年金をもらう年齢になって、これまで口にしなかった泣き言のような本音のような一言が漏れ出した——そういう成り行きは、他人の感情に少々うといところのある妹にも理解できたのだ。

それで、かえって、お父さんに向けられなかった分の鬱屈が、私の方に来た。リタイアして老人になった父と、勤めを持つ若い娘が二人きりで暮らしていれば、軋轢が生じて当たり前。だから、妹としては、もっと私に家に顔を出してほしいと注文する。でも、今回も、東京に戻る途中、家に寄ることはできそうにない。

それより、妹から聞いたお父さんのもらした別の一言の方が、私は気にかかった。

お父さんは、妹との子供の口喧嘩みたいなやりとりを収めて、急にしみじみと、お母さんが勤めを辞めた後が我が家の一番幸せな時代だったな、とつぶやいたそうだ。お前たち、お母さんにたっぷり甘えられたものな、と。妹は、そうかもしれないけど、お母さんが仕事を持っていた時のことは小さくて覚えていないから、比較できないと答えた。お父さんは、その答えに不服そうだったらしい。

「ねえ、どうだったのかな？　お姉ちゃんは、お母さんが家にいてくれるように、会社までお願いに行ったでしょう。もしお姉ちゃんが行動しなくて、お母さんがあのまま働いてたら、私は鍵っ子になって寂しかったかもしれない。だけど、お母さん自身はどうだったんだろう？　お母さん、専業主婦で幸せだったのかな、ってたまに思う。そんなことを考えるのは、自分も働くようになったからで、まあ、私はいつ主婦になってもかまわないのに、そういう甲斐性のある男が見つからないからだけど。今になってみたら、お母さんに仕事を辞めてって頼んだお姉ちゃんが、ワーキング・ウーマン一直線で生きてる。変よね。すごい不思議」

何度繰り返しても訂正されないから、もう妹にもお父さんにも改めて説明しない――私がお母さんの会社に行ったのは、家にいてと頼むためじゃなかった。お母さんを捜しに行っただけ。昼のあいだ、家から姿を消してしまうお母さんが、本当に会社というところに行っているのか、会社はどんなところなのか、お母さんはそこで何をしているのか、自分の目で見て確かめたかったのだ。しかし、私の行動が、お母さんが仕事を辞めるきっかけになり、周囲にはそんな風に間違って記憶されてしまった。

会社を辞めて家庭に入ったことを、お母さん自身は喜んでいたのかどうか。悔やまなかったのか。嫌そうな顔をするのを見たり、不満を言うのを聞いたりしたことはない。でも、それはお母さんがそんな人だったからというだけかもしれない。

お母さんは勤めを持って大変な時だって、私の幼くてあやふやな記憶の中では、たいてい笑顔だった。不機嫌な顔や疲れた表情を見せることはまれで、だからそんな時、私はとても不安になったものだ。

お母さんに答えを聞けたらいいけど、そうは行かない。いや、答えなんかじゃなく、声を聞くだけでいい。今なら、動画の一つくらい残せただろうに。

というわけで、今日も、お母さんに一方的に話を聞いてもらっている。お母さんなら、ちゃんと聞いてくれると信じて……私は、自分の頭を整理するために、お母さんを利用しているのかもしれない。ごめんなさい。でも、お母さん、娘に頼られるのは、いやじゃないでしょう？

結局、私も、お母さんに甘えているみたいだ。


今日で、三週間続いた西日本巡業はだいたい終わりです。明日、柿谷忠実堂の若社長に挨拶と報告をして、東京に戻ります。

車載用〈セルアシ〉の開発が、ほぼ完了した。後は柿谷忠実堂の営業関係全部署で何ヵ月か使って、改めて商品化のためのブラッシュアップをし、来年初頭までには売り出すことができるはず。まだやるべきことは多いけれど、後は柿谷忠実堂の担当者とインナー・パスポート社の同僚たちに任せて……本当はちょっと心配なんだけど、信頼して仕事を任せる方がいい。心配より期待の方が大きい。あと数ヵ月、データが集積されれば、〈セルアシ〉がどんなに有効なシステムであるか、ハッキリわかるようになる。

今日、営業に同行させてもらった横田君は、〈セルアシ〉の試行に参加することになっている忠実堂の販売子会社の社員で、工業高校の卒業生なんだけど、はっきり言って、今まで同行した忠実堂の営業社員（多くが大卒）の誰よりも出来が良かった。

中学校の時に何かあって不良になり、それで進学校には進めなかったけど、本当ならそのまま高校から大学に行くような人だったんだと思う。プライベートなことは聞かないから、工業高校出身以外、全部私の想像だけど。

で、横田君に営業同行後にインタビューをして、色々と収穫があった中で、一つ意外というか、面白かったのは、横田君が〈セルアシ〉に興味津々だったこと。

これまで同行した人たちは、面倒な機械を押しつけられると思うらしく、迷惑顔か、そうでなければ無関心かだった。説明すれば、それなりの反応をするのは、自分の仕事に大なり小なりかかわって来ると聞かされているから。でも、それだけ。営業マンの居場所や立ち回りの時間が正確に把握されるので、管理がきつくなると警戒されている面もある。

だけど、横田君は、〈セルアシ〉によって自分のやっている営業活動が、会社全体の中で、どんな位置づけになるのか形として見えるところがすごく面白いと言っていた。

他の人たちは、興味を持つとしても、営業日報を書く際に手間がはぶけることについてだけ。それにしたって、これまでIT化だなんだと言って導入されたシステムや機器が、かえって仕事をふやすことになったり、覚えるのが難しい割に効果が不明だったりするようなものばかりだったので、〈セルアシ〉も端から疑っている。

若い横田君は、そういう古い経緯と無縁ということもあるけれど、会社の営業活動全体の視覚化という〈セルアシ〉の肝の一つにすぐに目が向いたのがすごい。彼は、私のノートパソコンで、個々の営業活動がどんな風にヴィジュアル化されるのかを見たがった。会社の営業活動全体の動きをオープンにするのも〈セルアシ〉の長所だから、ただ見せるだけでなく、きちんと解説もした。

横田君のいるKCリテールでは、何を、どんな風に売るのか、忠実堂から指示が下され、それを、ノルマにしばられつつ、ひたすら実行するだけ。会社の方向性や全体の販売計画といったものは、周知されないのだ。この手の情報は、忠実堂から来た幹部が独占し、むしろ社員には内緒にしている気配。

ただ売ってればいいんで気楽です、と横田君は言ったけど、それじゃあ、やる気を出すのも難しいだろう。〈セルアシ〉は、こういう仕事のやり方を変えることになる。

というわけで、西日本巡業、最初の頃は鬱になりそうだったけど、最後に、横田君のような営業マンと会って締めくくれたのはラッキーだった。

明日は、希望を抱いて（笑）、東京に戻ります。忠実堂の会長には、ちょっと働き過ぎだから、ここらで少し休暇を取って観光していったらと勧められた。でも、私の勘では早く帰京すべき。

カキヤの中にインナー・パスポート社の出張所を作ることは、若社長がカキヤの社長を押し切って承諾してもらったけれど、その場所に実際行って確かめてみないと、ちゃんと仕事ができる環境なのか不安。いや、たぶんきちんと整えられてるなんてことはないだろう。いずれにせよ、新しい職場の環境はこちらで作るしかないのだ。

忠実堂から転籍でカキヤに行くことが決まった乾さんは、昨日あちらに顔を出したそう。乾さんは、営業の前は人事関係が長かったらしい。若社長は、信頼のおける社員だと言っていた。それを信じないわけじゃないけど……私が恐れているのは、彼が、関東出身だからという理由でこの職務に選ばれたんじゃないかということ。適性や能力ではなく。忠実堂の社員は九州出身が圧倒的に多くて、地元から離れるのをいやがるのだ。

柿谷社長は、経営手腕も人望もあるなかなかのリーダーなのに、こういうところに甘さが出るせいか、いつまでも若社長と呼ばれている。経営的なアドバイスをしたくなる場面だけど、今の私はコンサルタントじゃない。関係会社の一社員。一社員として、与えられた材料を使って仕事をする。お母さんが、会社員時代にそうだったように……そうだったでしょう？

私はあえてそんな普通の会社員の立場に身を置きたくて、コンサルから足を洗ったのだ。


今日は、これくらいにします。また、近いうちに。

次も仕事の話になるかも？　頼りにしてます。

おやすみなさい。

8

駅からカキヤ本社まで、彼は大通りを通らず、スマホの地図にあった斜めに進む道を選んだ。屈曲はあるものの、道なりで本社近くまで到達できそうだった。

通りは商店街のなれの果てで、通勤時間帯に営業している店は一つもなく、代わりにラブホテルが目につく。ホテルの看板が並んで、狭い道が通りにくくなるほどの場所もあった。夜になれば客引きが立つのだろう。通勤する人間は通らないようで、人影はまばらだった。

彼の進路のすぐ前で、突然、駐車していたリネン屋のライトバンのドアが開いた。中から制服制帽の男がゆったりした動作で降りてきて、彼の進路を邪魔した。舌打ちしそうになった。制服制帽の男が彼の方に顔を向けた。鍔の下が真っ黒で、目のない男のように見えた。思わず視線を外した。心臓の鼓動が少し速くなった。

さらに進む内、カキヤの方角がわからなくなった。時間には余裕があるはずだったが、一向に本社に近づく気がせず、焦りが生じた。まだ定刻の九時に三十分と少しある。しかし、彼は八時半に到達する心積もりだった。

歩みを止めないまま、胸ポケットからスマホを取り出し地図を開いた。現在位置を示すポインターは、彼のいる通りから少し離れた場所を示していた。それでも、ひどく道に迷っているのではないことが判明した。

やがて大通りが見える場所にたどり着いた。本社に到着したのは予定の十分遅れだった。彼はまず営業五課に顔を出した。新規事業室は、部屋の準備ができていないだろうと考えたのだ。課長に挨拶して指示を仰ぐと、あちらはすでに使える状態だ、と言われた。

「後で俺も行く。連絡事項はその時に伝える」

面倒な片づけ仕事をしないですむなら、それに越したことはないと思いながら、彼は西ビルに移動した。

一階の部屋のドアには、「新規事業室」と「インナー・パスポート　カキヤ分室」という二つのプレートが貼られていた。「事業室」が上で「分室」が下だ。

インナー・パスポート社が「カキヤ分室」という形で社内に入ることは、彼には知らされていなかった。

軽度の怒りと気の重さとが合体して生じたやるせない気持ちを抱きながら、彼はドアを開けた。

複数の視線が自分に向けられるのを感じた。

「おはようございます」彼はできるだけ平静な発声をしようとした。その試みは自分ではうまくいったと感じた。

おはようございます、という返事が部屋にいた人たちからばらばらに上がって、それぞれ尻すぼみに消えていった。

部屋は確かにきちんと整えられているように見えた。数個の机を集めた「島」が二つ作られている。ただし、柿谷忠実堂の段ボール箱の集積は部屋の奥にそのまま残っていた。男性三人に女性一人が席に着き、机上にはＰＣや書類フォルダーが置かれている。笹島の姿は見えなかった。

彼はドアの近くのハンガーにコートを掛けた後、どこの席に着けばいいのか分からず棒立ちになった。

「営業五課からこちらに配属された乾と言います。よろしくお願いします。あの、私の席がどこか、わかる方はいますか？」

しばしの沈黙の後、手前側の島にいた相当の年配に見える男性が立ち上がった。

「私は総務から新規事業室勤務を拝命した黒田といいます。乾さんは、こちらの席です」

黒田が指さしたのは、五つの机を固めた手前の島の中で、上位者、課長のような中間管理職が座りそうな席だった。

黒田はなおも彼が動こうとしないのを見て、言葉を続けた。

「佐久間営業部長から、聞いていませんか？」

しまった、営業部長のところに顔を出すべきだった、と彼は突然気づいた。佐久間部長とは初対面の挨拶をし、間宮課長を紹介されたくらいで、会話らしい会話をしたことがない。しかし、仕事が本格的に始まるという今日、部長に会っておくことは必要な手順だった。この自分の迂闊さを助長したのは、間宮だ——彼は少しうらめしく感じた。

「間宮課長にこちらに行くように促されたので、五課から直接来ました。佐久間部長には、今朝はまだ会っていません」

黒田は怪訝そうな視線を彼に向けたが、すぐに何でもないというように小さく首を横にふった。

「乾さんが、この部屋全体の責任者ということになります。それであちらは」黒田は、もう一つの島の方を振り向いて見た。「インナー……何とか社さんで、私たちと一緒に仕事をする、という辺りは、乾さんの方がよく知ってますよね？」

インナー・パスポート社は柿谷忠実堂の子会社の一つで、忠実堂本社のコンピュータ・システムの維持・管理業務を行っていた（忠実堂ではＩＰ社と呼んでいた）。ここ最近、忠実堂の社長の意向でＩＰ社は業務範囲を広げ、いわゆるＩＴソリューションの分野に進出していた。

〈セールス・アシスタンス・システム〉の開発もＩＰ社が主力だった。彼は、忠実堂本社でＩＰ社の業務にもかかわっていたが、ここにいる男性二人は見覚えがなかった。ＩＰ社事業部東京事務所の所属のようだった。

「私たちは、インナー・パスポート社と協力して仕事をすることになっています」と乾は言った。

「ああ、インナー、パスポートさん。覚えにくい名前ですな。で、それはそれとして、乾さんは、事業室の責任者という形で席が用意されたわけです」

「新規事業室の室長ということですか？」と彼はたずねた。

「いや、そうではありません」黒田はにこやかな笑顔で答えた。「室長代理です。室長はいないそうですが」

黒田がそう言った直後、黒田の横で、ギュッと大きな音がした。彼は、黒田の隣りにいた女性が大袈裟に笑ったのだと思った。しかし、女性は困ったような表情でうつむいており、笑ってはいなかった。どうやら、女性がからだをずらそうとしたところ、椅子が思ったより大きく動いて机の脚に触れ、音を発したらしい。女性の頬は紅潮していた。

室長代理だなんて想定すらしていなかったけれど（彼は声には出さずにつぶやいた）、まあ、想定外の中では最悪じゃない気がする。こちらで早速、長のつく地位についたと聞けば、両親は喜ぶだろう。うちに帰って、こんなことを話題にする気になればの話だが……。

彼は決められた席についた。机の上には、電話とＬＡＮケーブルしかない。一番上の引き出しには、一通りの文房具が整っていた。

彼は鞄を開け、忠実堂の支給品であるノートパソコンを机の上に置いて、電源ケーブルを机の横の床面にあったコンセントにつないだ。

どうすれば社内LANにログインできるのかたずねようと思って顔を上げると、室内にいた四人がみな彼の方を見ているのに気づいた。

どうしたのかな？　彼は戸惑った。思わず視線を落として腕時計を見る動作をした。九時を二分過ぎたところだった。

彼はもう一度顔を上げた。相変わらず、全員が彼の方に注意を向けている。

さらに数秒の戸惑いの時間が過ぎた。その後になって、彼は自分が何を期待されているのか理解した。今、カキヤの社内で〈セールス・アシスタンス・システム〉の業務が始まったところなのだ。なんと、ここにいる四人は、室長代理である彼の指示を待っている。

あの、と口から出そうになり、次には、えーと、と言いそうになって、どちらも喉の奥に押しとどめた。理不尽な成り行きだと思ったが、彼は管理職の真似事を始めなくてはならないらしい。

彼はIP社の「島」の方に向かって、声をかけた。

「インナー・パスポート社の方、こちらに来て、空いた席に座ってもらえますか」

大きなモニター越しに彼を見ていた大きな顔の男と、彼に視線を向けながらもノートPCの画面をチラチラ見ることを継続していた細い顔の男とが、互いに横を向いて顔を見合わせた。

細い顔の男は眉をひそめつつ、首を傾げた。大きな顔の男は一旦下を向いた後、椅子を引いて立ち上がった。細い顔の男は少し慌てた様子で、それに続いた。

彼に近い側の席に顔の大きな男が着いた。男は顔が大きいだけでなく、からだも肥満していた。細い顔の男は背は低いものの、特に痩せてはいなかった。

彼は手前側の男にたずねた。

「笹島さんは、まだ来ていませんか?」

「うーん」男は彼の顔ではなく、前方の中空に視線をさまよわせながら答えた。甲高い声だった。「来てますけどね。カキヤさんの方で、打ち合わせがあるとかで、まだ戻りません」

「本社ビルに行ったんですか?」

「そうでしょうね」男はそう言うと、彼の方を向いた。笑顔だったが、その表情が何を意味しているのかは、彼にはつかみかねた。

「黒田さん、責任者だっていう私がこんなことを聞くのは変ですが、この部屋に配置されるのは、笹島さん以外、これで全員なんですよね?」

「カキヤから他に誰か来るとは聞いていません」黒田は彼の方ではなく、前に座ったIP社の二人に不審の眼差しを向けながら答えた。

「えっとー」……ついに声に出てしまった。「皆さん、聞いてしまったと思うので、隠し立てしません。私は、今日ここに来て、自分がこの部屋の責任者だと知りました」彼は、いま何を話すべきなのか懸命に考えて言葉にし、言葉にしながら次の言葉を考えていた。「連絡不行き届きということなのでしょうが、正直なところ――」

彼は一旦言葉を切った。ふざけんなよ、と本当は言いたいのだった。間違いなくひどい扱いだった。しかし、自分でも、営業部長の席に顔を出さないというミスを犯していた。

「こちらから言いたいことはありますが」そこでもう一度息をついだ。「それは置いておきます。で、これから始まる〈セールス・アシスタンス・システム〉モバイル版のプロジェクトは、柿谷忠実堂本社が始めた事業で、これからカキヤと共同して大きな商品に育てて行くことになります。両社にとって、重要な新規事業であることは間違いありません。柿谷忠実堂とカキヤ、両社は本来一体なのですが、右手と左手のように離れてもいます。仕事のやり方にも違いがあります。これから戸惑うこともあるでしょうが、皆で力を合わせれば、克服できない問題はないと信じます」

何とか出だしの挨拶らしいことを話すことができた。

彼は少し気が楽になり、聞き手の四人の顔を見た。しかし、明らかに白けた空気が漂っていた。彼は言い忘れたことがあるのを悟った。

「〈セールス・アシスタンス・システム〉のプロジェクトは、インナー・パスポート社がソフト、ハード両面の開発を担って来ました。笹島さんがいれば、ここで一言もらいたいところですが……。このプロジェクトは、インナー・パスポート社の力なしには進まないわけですから、しっかり協力して行く必要があります」

言葉は淀みなく発することができたものの、聞いている四人の表情は固いままだった。早くも漂い始めた徒労の気分を撥ねのけるように、彼は言葉を継いだ。

「初顔合わせの場ですから、お互い、自己紹介をしましょう。先ほども言いましたが、私は乾です。忠実堂の本社からカキヤに移りました。実は地元はこちらで、実家から通います。一旦営業五課に配属されたのですが、そこから出向のような形で、新規事業室に来ました。これから力を合わせて行きましょう」

彼が黒田の方を向くと、促す前に黒田は勝手に話し始めた。

「黒田です。総務部総務課所属です。中西部長から、新規事業室を発足させるのに、総務の人間がいなくちゃ立ち行かないというので、こちらに来た次第。ま、総務の中で誰も行きたがらないもので、仕方ない、私が手を挙げたんです。定年後再雇用の身ですから、率先して自己犠牲の精神を発揮したわけですな」

黒田はそう言って、他の四人の顔を見渡した。面白いことを口にしたのだから、みな笑うはずだと思い込んでいる表情で。しかし、誰の顔にも微笑のかけらさえ浮かんでいなかった。

「会社のことなら大抵わかるんで、役に立てるでしょう。ま、私からは、こんなところで」

急に自己紹介を切り上げ、自分の仕事は終わったと言わんばかりの表情だ。

彼は、黒田の横の女性に発言を求めようとしたが、名前が分からない。視線を合わせようとしても、赤い顔のままうつむいているので、難しい。

「あの……」と声を出したところで、黒田が割り込んで来た。

「こちらは中丸です。事務仕事は、この子がやってくれます。総務が長いけど、営業部の補助

とらしい。


の仕事もしてたことがあったよね？」

黒田が顔を向けると、中丸はうつむいたまま、さらに首を深く下げた。うなずいたということらしい。

彼は、中丸に自分で話をするよう促そうとした。すると、彼女の唇が動き出したように見えた。しかし、実際に声が出て来るまでには、彼が予期したより長い時間がかかった。おまけに、発せられた言葉は、自分の名前でもなければ、よろしくお願いしますという常套句でもなかった。

「新しい名刺が必要な方は、部署と名前と役職名を紙に大きな字で書いて、私のところに持って来て下さい」

中丸は机に視線を向けたまま、小声でそれだけ言った。

そういえば、新しい名刺を作ってもらう必要があるな、と彼は思わず考えてしまった。しかし、心配すべきは別の問題だった。中丸という女性は、自己紹介一つ満足にできないようだ。吹き溜まり、なる一語が頭に浮かんだ。厄介払い、という言葉がそれに続いた。わがスタッフは、定年後再雇用の偏屈なじいさんに、コミュニケーション障害を持った女性なのだ。

彼は気を取り直すように、ＩＰ社の男の方に顔を向けた。

「インナー・パスポート社のお二人も、お願いします」

太った男は、彼と目が合うと、少し緊張した表情になった。

「インパスでシステム開発をやってる小淵です。〈セルアシ〉のモバイルチームには、立ち上げからかかわってます」

東京事務所では、「インパス」がインナー・パスポート社の略称であるらしい。

小淵が言葉を切ると、小柄な男が話し始めた。

「インパスでシステム・セキュリティーをやってる倉本です。〈セルアシ〉車載版のセキュリティーをやってた関係で、こちらも担当することになって、ついでに、ここのネット環境の立ち上げもやらされてます。今、乾さんのデスクに載ってるLANケーブルは、うちとつながってます。カキヤさんのLANは、まだ使えません。必要なら、インパスのゲスト用のIDを教えます。笹島さんから指示がありました。笹島さんは、今うちとカキヤのネットワーク接続をどうするか最終的な擦り合わせをしています」

倉本はそう言って小淵と顔を見合わせ、二人でうなずきあった。

「インパスっていうのは、インナーなんたら社のことなのか」突然、黒田が声を出した。「自分たちしか知らない略称をいきなり使われても困るな。言葉には、もうちょっと注意した方がいい。その、インパスのお二方」

倉本と小淵は再び顔を見合わせたものの、返答はしなかった。

彼は身をかがめ、鞄から〈セルアシ〉モバイル版の企画書を取り出した。事業の概要を説明し、インパスの社員にはソフトとハードの進捗状況についてたずねるつもりだった。

しかし、言葉を発しないうちに、何か重たいものが壁にぶつかる音がした。顔を上げると、部屋のドアから間宮課長が入って来るところだった。この人は、ノックの代わりにからだをドアにぶつけるのだろうか、と彼は考えた。

「や、早速会議ですか」間宮は、挨拶の代わりのように言った。誰に向けてでもない感じだったが、黒田が返事した。

「まあ、そんなところですわ。わざわざ、ご苦労様」

「いや、いや」と間宮は親しげな調子で応じた。しかし、間宮が歩み寄ったのは彼の方だった。

「ふんふん」間宮は彼に声をかける寸前に口ごもった。呼び捨てにしようとして、それはこの場ではまずいと考え直したようだった。

「辞令を持って来た」

「室長代理っていうやつですね。黒田さんに聞きましたが、本来なら佐久間部長に挨拶すべきでした。後で、うかがいます。なるべく早く」

「部長?」間宮は、意外な名前を聞いたという表情になった。「ふーん。そりゃ会ったらいいと思うけど、今日はバタバタしてるよ」

間宮に渡された辞令には「営業部営業五課配属とし、新規事業室長代理を任ず」とあった。

「新規事業室は新しい部署じゃなくて、営業部内のプロジェクトチームという位置づけになる。ふーんと、大体は五課が面倒をみる。黒田さんと中丸さんは、総務部所属のまま。ただし、実際の業務では、乾がリーダー格なんだから、そのつもりでやってくれ」

「承知しました」乾は、何が分かったんだろう、と自ら疑いながら答えた。

「で、忠実堂でやってた〈セルアシ〉のことなんだけど――」

間宮がそこまで言った時、新規事業室のドアが、さっき間宮が立てたほどではなかったものの、大きな音を立てて開いた。

黒っぽいカーディガンを着た女性が、寒さに肩をすくめるようにして立っていた。しかし、顔には笑みが浮かんでいる。

「あ、もう会議を始めてたんですね」と笹島は言った。

声を聞いた時、彼は柿谷忠実堂本社から遠く離れた場所に来たと実感した。ピンと力が張り詰めていて、しかもこんな艶やかな声を出す女性は、九州では本社にも私的な知り合いにもいなかった。東京とその近辺でしか聞くことのない種類の声だという気がした。

「乾さん、お久しぶりです」

彼は笹島と会釈を交わした。

「間宮課長もいらっしゃってるんですね。今、タイミングが悪いですか?」

笹島は、微笑と恐縮とが入り混じった表情を浮かべた。

「いや、そんなことはないんで、心配なく。ふん。笹島さんもいてくれた方が、話が早い」

間宮の声の調子が、笹島に対してはいつもと違うようだった。笹島が部屋に入って来ただけで、部屋の空気がリフレッシュされたようだった。

「インパス」の二人は背筋を伸ばし、主人の命令を待つ大型犬のように、笹島に注意を集中していた。黒田の口元は緩んでいた。笹島から目を離さず、機会があれば話題に加わろうという表情だ。中丸だけは相変わらずうつむいていた。

「本社で会えると思ってたんですけど、うまく行きませんでしたね」彼は当たり障りのない話を笹島に向けた。

「入れ違いになりました。これから、よろしくお願いします」

笹島は軽く頭を下げると、彼に名刺を差し出した。

「インナー・パスポート株式会社　事業部次長　笹島彩夏」とあった。それまで、彼は下の名前を知らなかった。彩夏という名前と事業部次長という肩書きの取り合わせに違和感があった。

「後で、打ち合わせをしましょう」彼がそう言うと、笹島は深めにうなずき返した。

「そちらの話は、もうすんだ？」間宮が、急に硬い表情になって口をはさんだ。

「はい」と彼が答えた。

「ふんふん。〈セルアシ〉モバイル版のことで、二人に話しておきたいことがある。〈セルアシ〉モバイル版の実地テストを営業五課でやりたいという話は、少し前に聞かされた」

間宮はそう言いながら、彼と笹島の顔を見た。

「でも、会社の中での〈セルアシ〉モバイル版の位置づけがよく分からなくて、先週から何度か佐久間部長や石岡専務と話をした。それで、〈セルアシ〉モバイル版は、今の段階では、柿谷忠実堂がインナー・パスポート社と協力してやっているプロジェクトであって、カキヤの事業ではないという理解に落ち着いた。ふん。もちろん、忠実堂の関係会社として協力する。

で、カキヤの営業部としては、テストに参加するとしても、あくまで個々の営業部員や、せいぜい課のレベルで、ボランティア的にやることになる」

笹島の表情が険しくなった。彼としても、嬉しい話ではなかった。

「テストには協力するんだよ。この部屋だって、会社としての協力姿勢の表れだしね。うまく行けば、良い商売のタネになるという話も疑ってるわけじゃない。ただ、カキヤは、知ってると思うけど、問屋商売が厳しくなる一方の世の中で、ちゃんと利益を確保してる。みな一生懸命働いていて、もちろん営業部員はその先頭に立ち、しゃかりきに頑張って来たことが一番の理由だ。そこに、横から全く新しい仕事が加わる。重い負担だよね。厳しい戦いをしている営業部員たちに、是非とも〈セルアシ〉の仕事を手伝って、とは言えないんだよな。ふん」

間宮は、二人の顔を再度交互に見た。彼は、笹島が異論を唱えるかと思ったが、口をつぐんだままだった。

間宮が話を続けた。

「で、五課はＩＴ方面の営業を重点にやっている関係で、〈セルアシ〉モバイル版のテスト・ベッドに見込まれたわけだけど、正直、課員はほぼ全員、乗り気じゃない。テスト版の説明書以外何も来ていないので、よく分からないこともあるけど。ふん。五課を使いたいなら、俺も含めて、課のみんなが納得できるようにしてほしい。現状だと、難しい」

一瞬、部屋の全体が、誰もいなくなったのかと思えるほど静かになった。その沈黙はしばらく続いた。

「間宮さん」笹島が持ち前の力のある声で静寂を破った。「いま、カキヤ内部での厳しい認識を聞かせてもらいました。けれど、〈セルアシ〉モバイル版のプロジェクトは、まだ始まったばかりです。明後日のプレゼンテーションを見た上で、もう一度考えてもらえませんか。その後、さらに調整をするのがいいと思います。五課の人たちも、プレゼンを見たら、きっと前向きになってくれるはずです」

間宮は、笹島の視線を逸らすように、彼の方に顔を向けた。

「プレゼンは見させてもらうけど、個々の課員にも働きかける必要があると思うよ。忠実堂がこうしたいから、はい分かりました、って、そんな簡単な話じゃない」

言い終えると、間宮は「島」から離れる姿勢になった。

「というわけなんで、何かあったら連絡をする。困ったことがあったら相談に乗る」

部屋を出て行く時には、間宮がドアに触っても大きな音は立たなかった。

「間宮さんて、随分あけすけな話し方をしますね」笹島の表情は、すでに微笑を含んだものに戻っていた。

「あけすけっていうのか、ぶしつけというのか」

そう口にしながら、彼は別のことを考えていた。他の連中のいない場所で、早く笹島さんと打ち合わせをしなくては、と。明後日のプレゼンという言葉に驚いていた。これまた、初めて聞く話だったのだ。

彼が笹島に目を向けると、視線が正面からぶつかった。じゃあ、と彼が口にしかかると、笹島は、すぐに終わりますので、ちょっとだけ待って下さい、と言った。

笹島は、倉本君、と呼びかけた。そう呼ばれた途端、倉本の両耳がピンと立ったように、彼には感じられた。

「社内《イントラ》ネットの件、話がついたから。倉本君が推察した通り、社内ネットのメンテに外部の業者が入っていて、そこに近いレベルのアクセス権限がもらえることになった。三十分後くらいに、カキヤのイントラネットの担当者と業者の人が一緒にここに来るから、接続と設定をして。回線は、部屋のどこかまで来てるんだって」

「了解です」と倉本は返事した。小淵も、一緒にうなずいた。二人は、元の「島」に戻って自分たちの仕事を再開した。

彼は、黒田と中丸に、忠実堂本社で〈セルアシ〉モバイル版説明会の時に使ったプレゼン用資料を渡し、読んでおいてください、と伝えた。

しかし、黒田は資料を机の上に放り出した。

「お二方の打ち合わせは、この部屋の外がいいんでしょう？　西ビルの会議室の配置、私はよく知ってますから案内しましょう」

「お願いします」彼は黒田に向かって言った。

9

黒田に連れられて行った西ビル三階の部屋は、二十人ほどの会議ができそうな広さだった。会議用のテーブルと質素なパイプ椅子が置かれた味も素っ気もない部屋だが、隅っこにはなぜか古びたカラオケの機械が置かれていた。廊下側は素通しの窓になっている。黒田は、二人の顔をチラチラ見ながら部屋を出て行った。

「色々、聞きたいことがあります」と乾は言った。「〈セルアシ〉を一緒にやるのなら、もっと前に話し合いをしておくべきでした」

笹島はわずかにうなずいただけで、言葉を返さなかった。

「あの、新規事業室を整えてくれたのは、もしかして笹島さん？　こっちに来てまず力仕事をするもんだと覚悟してました」

「大体は総務の人がやってくれたんですけど、急かしたのは私です。中西部長は意外と協力的でした。あと、ネット関係はインパスで……インパスって、インナー・パスポート社のことを、私たちはそう呼んでるんですが、インパス社が独自でやらないと駄目だと思ってたので、あの二人を連れて来て、とりあえず仕事ができる環境にしました。せっかく忠実堂から乾さんが来てくれたのに、力仕事からなんて勿体ないですよ」

微笑んでいる笹島と目が合うと、乾は少し気分が良くなった。

「笹島さんはそう言ってくれるけど、カキヤの中じゃケチョンケチョンです。予想した最悪レベル」

「乾さんは、つらい立場ですね。カキヤの中で、忠実堂の代表者だとみなされて。でも、本当は変です。カキヤは忠実堂の子会社なんですから」

「そこらは、本社内でも問題視されていて、でもずっとどうしようもなかったわけで。今回のことをきっかけに親密な関係になればいいですね。笹島さんだって大変なのは同じですよ。おかしなことに巻き込まれたって思ってませんか？」

「全然」笹島は笑顔のまま、首を横にふった。「私、自分から〈セルアシ〉の仕事をさせてください、と若社長……じゃなくて、柿谷社長にお願いしたんですから」

「若社長でいいでしょ。皆そう呼んでます。笹島さんは、自分で志願したんですか」

笹島はうなずいた。

「えーと、聞きたいことですけど、いいですか？」と乾はたずねた。「初めて聞くことばかりでビックリの連続ですが、明後日〈セルアシ〉のプレゼンというのも初耳。本当に明後日？」

「私も、乾さんはプレゼンの話を聞いてなさそうなので、心配になってました。いくらカキヤと本社の関係が疎遠だからって、ひどすぎますね。私、カキヤで全社的なプレゼンをやらせてほしいって、前からお願いしてたんです。梨のつぶてだったのが、先週末になって急に、佐久間営業部長から明後日の夕方を指定されて。だから、当然、忠実堂というか、乾さんにも連絡が行っていると思い込んだんです」

「じゃ、笹島さんは、ある程度はプレゼンの準備をしてるんですね？」

「それが」笹島は首を横にふった。「佐久間部長は、プレゼンターは忠実堂から転籍した乾さんだとハッキリ言ったので、てっきり乾さんが用意するんだろうと――」

「うーん」乾は思わずうなり声を出した。佐久間部長からこの件について聞くチャンスがあったとしても、つい、さっきだ。新参者へのいじめだ、と考えないではいられなかった。カキヤの全体が、柿谷忠実堂のエージェントである乾を歓迎しないという意思を示しているのだ。ひどい状況。といって、逃げるわけにはいかない。

「私がやるしかないんでしょうね。でも、ほかにも仕事は山ほどあるのに、これからプレゼンの内容を一から作るのは無理です。忠実堂社内でやったパワーポイントを使うことにしましょう。車載用のですけど、モバイル版についても説明が入っていたと思うので、そこを重点にやるように組み替えて」

乾は、笹島が自分の目をまっすぐに見ているのに気づいた。笹島は、乾の意見を否定しようとしていた。そのことは、言葉にする前から、乾に伝わった。発せられた笹島の言葉には、有無を言わせない圧力があった。

「あのプレゼンは、私も制作を手伝いました。元は若社長のアイデアですよね。手伝わせてもらって、勉強になりました。実際、忠実堂の社内向けには悪くなかったと思います。でも、カキヤでは駄目でしょう。一から新しいものを作るしかありません」

乾は、営業部の先輩が社内向けに行ったプレゼンを思い出していた。言われてみれば、少し変だった。大して長い時間でもないのに、会社の創業時代から始まっていた。

柿谷忠実堂は「武士のリーダーシップと商人の知恵、武士の精神と商人の魂」を融合させて生まれた会社だ、と。その上で、〈セルアシ〉は、長い年月にわたって継承されてきた我が社のDNAを現代に甦らせるものである、と宣言する。……確かに、カキヤの連中にとって、忠実堂の創業の歴史など関心の外に違いない。

ただし、〈セルアシ〉のDNAに関する宣言は空言というわけではなかった。営業という商人の戦場に、ITを使ったシステマティックなアプローチを取り入れることで、〈セルアシ〉は営業手法を知的に革新しようとしている。それは、三菱の岩崎彌太郎や、うんとスケールは小さくなるが柿谷忠実堂の創業者が行った革命の再来だった。岩崎彌太郎や柿谷忠実堂の創業者は、明治の初期、まだ江戸時代そのままだった商人の世界に、武士の持つ知性やリーダーシップを活かして近代的な会社組織を作り出し、成功をおさめた。〈セルアシ〉は、そうした革命を現代にもたらすもの——と若社長は主張した。

こうした説明は理屈っぽすぎたが、それでも、若社長の新しいおもちゃと揶揄する者もいる〈セルアシ〉なる商品を、忠実堂の人たちが受容するのに実際に効果があったのだ。なにしろ、若社長という経営者が自らやり始めた事業なのだから、できれば理解したい、うまく行って欲しいという思いを、多くの忠実堂従業員は共有していた。カキヤ社員には、およそ理解しがたい心情だろう。

プレゼンを一から作ることに賛意を示そうとした時、乾は笹島の様子がおかしいのに気づいた。

笹島は驚きの表情を浮かべ、落ち着きをなくしていた。

「どうしました？」

「廊下の、窓に、人が――」笹島は小さな声で答えた。

「え？」窓に向かって横向きに座っていた乾は、顔を廊下の方に向けた。

しかし、だれもいない。だいいち、会社の廊下に人がいたって驚くような事態ではない。

「女の子が、小さな女の子がいたんです」動揺を抑えられない声で笹島は答えた。「見ませんでした？」

乾は首を横にふった。

「確かめて来ます」笹島はそう言って、立ち上がった。

笹島には、錯覚と思えなかった。間違いなく、四、五歳くらいの髪の長い女の子が、窓にへばりつくようにして、向かい合って話をする笹島と乾を見ていたのだ。笹島がそちらを向き、目が合うと、女の子はその場を離れた。

廊下に出てあちらに行き、こちらに戻りしてみたが、発見できなかった。歩く内に冷静になったものの、動悸は続いていた。笹島は仕事のことに頭を切り換えようとした。

会議室に戻ると、乾がわざとのようなのんびりした声でたずねた。

「見つかりましたか？」

「いいえ。迷い込んだのか、会社に来てパパかママを捜してるのか……。どっちにしろ、困ってるなら助けてあげたいと思って」

「そういえば、会社の中で子供の姿を見ることって、滅多にありませんね。何だったのかな？ まさか座敷童？」

「幽霊かも……。でも、本当にいたんです」

「信じてますよ。会社の中に、外の人が来ることはあります。子供は珍しいけど」

笹島はうなずいて、先ほどまでのような落ち着いた笑顔を乾に向けた。仕事の話に戻ろうというサインのつもりだった。

「さっき話に出た忠実堂のプレゼンのファイルですが、実際には使わなかった素材も一緒に、私が持っています。明後日では時間的には厳しいですけど、使い回せる素材もあるので、無理ではないでしょう。私は、最初に就職した会社でプレゼン資料作成の修業をさせられたので、作るの結構速いです。問題はアイデアとシナリオです」

「アイデアとシナリオ？　あと、プレゼンターである私にも問題あり。営業用のプレゼンって、やったことがない」

「乾さん、こんな厳しい状況なのに、飄々としています。うまく行くと思います」

笹島はすっかり落ち着きを取り戻していた。

「飄々なんて、とんでもない。内心、煮えくり返ってます。笹島さんと話をしてると、楽観的な気持ちになるからいいな。現場でのプレゼンは私が練習をした上で最善を尽くすとして、アイデアとシナリオ、笹島さんが経験豊富なようなので、考えてもらいたいですね」

「いいえ」笹島は真剣な表情になって言った。「私ができるお手伝いはさせてもらいます。でも、こういうケースでは、私の助力なんて、小手先のテクニック程度でしかありません。それより、スピーカーが自分の言葉で話すのが一番の力になります。今回のプレゼン、柿谷忠実堂とインパスにとってはチャンスです。今の厳しい状況をひっくり返して、カキヤの社内で〈セルアシ〉モバイル版を認知させることができるかもしれません。カキヤは今は私たちの敵みたいですけど、本来は味方なんですから」

「それほど大事なものを、これから一日半で考えるのは厳しいんじゃないですか？　他にもやることいっぱいあるし。プレゼンの話は聞いたばかりだから、頭からっぽですよ」

笹島が何か言いそうになった時、机の上にあった笹島のスマホが震え出した。笹島は手にとって画面を凝視した後、元の位置に戻した。

「話を進めましょう」

「ええ。笹島さんは、実際にはプランを持ってるんでしょ？　手伝ってくれるなら、それを教えて下さい。小手先のテクニックでも……小手先は謙遜でしょうね。取っかかりができれば、そこから考えます。ゼロからは、きついです」

笹島は一瞬息を止めた。素直にアドバイスを求めて、悪びれない。ある意味、羨ましい。しかし、乾は〈セルアシ〉の当事者のはずだ。自分なら、どんな状況でも、他人のアイデアに乗っかったプレゼンはやりたくない。

笹島が乾に答える。

「〈セルアシ〉自体は単純なシステムだし、取り扱いもシンプルなので、説明は大していらないと思います。それより、カキヤの皆に〈セルアシ〉に興味を持ってもらうこと、これを使うことで、営業マンそれぞれにメリットがあると分かってもらうことが大事です。重役も来るはずなので、社員のメリットが会社のプロフィットにつながることも言いたいですね。後、時間を長くしたくないので、単刀直入に」

そこまで話したところで、乾のスマホが鳴りだした。乾は、短く話を終えて、笹島の方に向き直った。

「中丸さんから。何言ってるのかよく分からないけど、ともかく部屋に戻って来てもらいたいみたい」

乾がそう言う間に、笹島のスマホに再び着信があった。視線を落として文面を読むと、笹島は立ち上がろうとした。

「そろそろ戻らないと駄目みたいですね」

しかし、乾はそれを押しとどめるように言葉を発した。

「笹島さん、もう一つだけ。お願いがあります。今話してくれたのはレジュメみたいなものですよね。あなたは、プレゼンの具体的なアイデアを持っているはずです。ほんのちょっと、出だしだけでもいいから、聞かせて下さい」

笹島は思わず乾の顔を見つめた。素直なのか、厚かましいのか、判断がつかなかった。その時、突然、これが会社員という存在なのだ、と笹島の頭に閃いた。もちろん、コンサルタントだって、必要に応じて他のメンバーの力を借りるのは当たり前だ。むしろ、一人で問題を抱え込んで、割り当てられたジョブを完遂できなかったら最悪。でも、今の乾さんの発言は、そういったコンサルのやり方とは丸で違う。

乾さんは自分で考えないために、私に頼っているのだ。同じ会社にいる（のも同然だ）から、チームメイトのアイデアは、無料《ただ》でいただけるものだと信じて。

しかし（と笹島は再確認する）、事実ここは会社なのだ。私は会社の中で仕事をすると決め、この場所を選んだ。会社員を相手に、会社員としてふるまう——。

笹島は自分のアイデアを披露した。

「私は、『〈セルアシ〉はすでに使われています』というオープニングを考えていました。実際に車載用を使っているシーンを見せれば、〈セルアシ〉の機構自体については、ほとんど説明する必要がなくなります。この出だしの後のシナリオはありません。ただ、忠実堂の営業マンが実際に〈セルアシ〉を使っている場面を写真に撮ってあるので、提供できます」

「いいですね。使わせてもらいます。では、行きましょうか」

笹島は、乾に続いて廊下に出ると、さっき突然目の前に現れて一瞬の内に消え去った少女の姿を求めて、あちこち視線を動かさずにはいられなかった。

10

〈セルアシ〉は、すでに使われています――悪くない出だしだ。

彼は、笹島のアイデアに感心している。自分では考えつけそうにない。聞いただけで、〈セルアシ〉が、プレゼン用のスライドの中で動き出しそうな気がした。

新たに購入したキャスター付きの椅子を無意識に前後に揺すっている。彼は、大学卒業まで使っていた机を客間に戻し、そこを自分の居場所にしていた。

日付けが変わろうとしている。忙しい一日だった。

夜九時過ぎまで会社にいて、翌日のプレゼンの準備は全くできていない。笹島も同じように忙しくしていたはずなのに、家に帰ってPCのメールを開くと、約束した写真のファイルがちゃんと届いていた。全て使いやすそうにきれいにトリミングされて。おまけに、参考資料として、柿谷忠実堂で〈セルアシ〉を試用した何人かの営業マンのコメント集と、〈セルアシ〉で送信されたデータを処理して図表にまとめたファイルも添付されていた。

一方、彼がプレゼンのシナリオを書こうと用意したA4の紙の束は、全て白紙のままだ。

下の階では、TVがつきっぱなしになっている。父親は、風呂から出たばかりのようだ。母親が台所の流しで水を使う音も聞こえる。二人は、いつの間にこんなに宵っ張りになったのだろう？　父親が工場に勤めていた頃は、朝が早いので、夫婦そろって十時前には床についていた。高校生になっても、夜遅く音を立てると叱られたものだ。

アイデアなんて――と本当は彼は思っている。そんなもの、平の会社員の身の上では、鼻くそほどにも役立たない。営業マンは、良いアイデアを出しても、へえ、と感心されるだけ。売上が伴わなければ、無だ。柿谷忠実堂では独創的なアイデアなんて求められていなかった。アイデアを出すのは、専ら若社長の役目なのだ。

新入り当時、彼には、柿谷社長が斬新なアイデアの宝庫のように思えたものだ。それを、すごいと素直に驚いたところが気に入られたのか、彼は社長直轄の色濃い人事に取り立てられた。その内、乾にも、若社長のアイデアの成否の割合は、成が一なら、否が九だと分かってきた。若社長も、乾はさほど可愛気のある人間ではないと気づいたらしい。修業のためと称して営業に出され、さらにカキヤへと行かされた。もちろん、「期待されて」。

柿谷忠実堂におかしな横文字の商品や子会社がたくさんあるのも、若社長のアイデアだ。柿谷忠実堂の営業・販売子会社ＫＣリテールは、元は九州忠実堂販売と言った。会社の看板はリテール＝小売りなのに、売上は卸売り部門の方が多い。若社長がリテールっていう言葉を使いたかっただけだろう、と口の悪い社員は噂する。

開発当初、営業補助ＧＰＳシステムと呼ばれていたのを、〈セールス・アシスタンス・システム〉＝〈セルアシ〉と改名したのも、若社長の独断だった。

インナー・パスポート社は、元は中九州電設といって柿谷忠実堂に関係する電気設備工事を請け負う小さな企業だった。それを忠実堂が出資割合を増やして子会社化する際に、現在の名称になった。

協力会社やその社員は、忠実堂の内部で深いパートナーとなることでシナジー効果が生まれる、と若社長は主張する。関係企業は「インナー・パートナー」であるべきと言うのだ（若社長の造語らしい）。忠実堂本社を中心とする関係企業を行き来するパスポートになるＩＴ技術を扱うのがインナー・パスポート社、というわけだ。

若社長が、中九州電設をインナー・パスポート社と改名すると発表した際の皆の当惑と脱力感を、彼は今も覚えている。若社長は、それでも社内では好かれていた。横文字好きは困ったものだが大した実害はなく、一方で経営手法は意外に堅実だった。考えついたアイデアがうまく行かなければ、損害が大きくなる前に撤収する潔さもあった。失敗を咎められないですむのは、オーナー社長ならではだが。

若社長の横文字好きの理由について、社内で二説あった。一つは、アメリカのビジネススクールに行ったライバル会社の御曹司に対する劣等感によるというもの。

柿谷忠実堂には、同じ中九州を地盤に、九州から西日本全体を商圏とする高峰興産という問屋業界のライバル会社があった。その四代目御曹司は、東京の私大から都市銀行に就職した後、アメリカのビジネススクールに留学、ＭＢＡを取得して家業につき、経営に当たるようになった。地元財界の若手スターで、地元紙によく登場した。

一方、現若社長、高峰興産四代目の二歳下だった柿谷忠実堂五代目御曹司は、地元国立大学への進学を強制された上、卒業後は食品問屋国内最大手に丁稚奉公のように入社させられたので、四代目の華々しい活躍を、指をくわえて眺めているしかなかった。

折しもバブル華やかなりし時、高峰四代目は時代に即した新業態として、高級ビジネスホテルなるものを九州から首都圏や関西にも展開、新進気鋭のデザイナーを擁したアパレルブランドや、離島でのリゾート開発も手がけた。が、バブルが崩壊すると、その引き波と共に高峰興産という百年近く続いた企業自体が消滅した。四代目御曹司が経営者になって十年と経っていない。

前社長も、ライバルに羽振りの良さを見せつけられ、銀行にも焚きつけられて、バブルの夢を見そうになったことがある。だが、前社長の母親が、今の世の中は何かおかしい、やめとき、ときつく言うので、大きな投資を渋々諦めたおかげで生き延びた。

そんな経過を見ていた若社長は、堅実な経営者となった一方で、高峰四代目への憧れと嫉妬も容易には消えず、それが横文字好きとして折々に噴出すると言うのだ。

もう一説は、コンサルタントの存在を理由と見る。五代目として社長に就任した後、柿谷忠実堂はアメリカ系コンサルティング会社から折々アドバイスを受けるようになった。ハーバート&パークス、略してH&P社の忠実堂担当は、ただの日本人なのに、なぜかいつもMさんと呼ばれていた。Mさんが独立してコンサルティング会社を設立すると、忠実堂は新会社のクライアントになった。

このMさんが、若社長に横文字を吹き込み、若社長のアイデアを持ち上げて試行を繰り返させているのではないか、と前社長時代から社長室にいる古参の女性秘書は言う。忠実堂が支払っているコンサルタント料は、聞いた社員が卒倒しそうなほど高額なのだそうだ。

古参秘書は、Mさんが若社長に差し出した最新のおもちゃが〈セルアシ〉だ、と主張する。彼の考えでは、元ネタはたぶん忠実堂の運送子会社KCロジスティクス（元の名前は……）が取り入れた運行管理用GPSシステムだ。これを、位置情報や運転管理だけでなく、営業にも活用できないかと若社長が考え、Mさんが導入を勧めていた営業マネジメント・システムと合わせたのが、つまり〈セルアシ〉なのだ。

Mさんは、H&Pを辞めた女性を、〈セルアシ〉推進のために採用するよう若社長に推薦した。それで、笹島がIP社＝インパス社に入った。外資系コンサルティング会社から地方の中小企業へ、しかもその子会社へ。こんな転職、普通にはありそうにない。

笹島は、九州に来た当初、元コンサルタントと聞いて人が期待するようなオーラが丸でなかったらしい。実際には、笹島のディレクトによって、難航していた〈セルアシ〉の開発作業は一挙に進行したのである。〈セルアシ〉車載版のハードに実装するボタンを三つだけにする、という笹島のアイデアは画期的だった。

Mさんが忠実堂に導入しようとした営業マネジメント・システムは、アメリカのハスウェイト社のSPIN《スピン》営業システムを元にしており、セールスの進展を状況提示・問題発見・解決示唆・クロージングの四つの段階に区分して、最適の営業手法を取るというものだった。それで〈セルアシ〉にも、営業の進捗状況を示す四つのボタン＋開始・終了の二つのボタンと、タッチパネル式の小型液晶画面が搭載されていた。このため、ハードも、それを処理するソフトも複雑なものになった。

笹島は、これに対して、ボタンは開始・継続・終了の三つだけ、表示もインジケーターで十分と提案した――。

「紀実彦、まだ起きてるの？」

すぐ近くで母親の声が聞こえた。

母親は、片手に湯飲みと小皿の載ったお盆を持って立っていた。息子が手の届く範囲に帰って来たことを喜び、息子が重要な仕事をしているのだと思って誇りを感じ、息子を気づかうことのできる自分に満足している、穏やかな母の表情。

「お茶とお焼きを持って来たけど、食べる？　仕事を続けるなら、お腹すくでしょ？」

「まだ眠れない。徹夜はしないつもりだけど」時計を見ると、十二時半を回っていた。

「明日の朝、早いのに、無理しない方がいいんじゃない？」

「そうも行かない。明日は五時半には起きる。七時に会社に行く約束」

「お父さんも朝は早かったけど、こんな時間まで起きてるなんてなかったよ」

「しょうがないよ」

母親は、彼が乱雑に敷いた布団をきれいに直して出て行った。

「明日は勝手に出て行くから、寝てて。おやすみ」

「おやすみなさい」

母親は、きっと彼の朝食の用意を整えて待っている。玄関を出て行く時には、たぶん父親も出て来る。愛される次男坊……兄がいる間は、そうでもなかったのだが。兄の「家出」が、親子の関係を変えた。両親は、兄の「不在」を今も受け入れられない。家に寄りつかなくなったことに大した理由がないように見えるからだ。

彼も「原因」を知っているわけではないが、理解できないとも思わない。突然会社を辞めて一時家に引きこもり、両親に再就職を迫られると家を出た。その後住居も職も転々としたが、大まかな地名だけは葉書で伝えて来るので「失踪」でもない。しかし、決して家に寄りつかず、電話で声を聞かせることもない。もう八年近くなる。両親は、病気でもないのに会社に行かずに部屋に閉じこもり、外に出るよう説教すると、「家出」して浮浪人のようになってしまった兄が全く理解できない。せっかく大学を出て「サラリーマン」になることができたというのに。工場の現場で働き続けた父にとって、長男はまさしく「希望」だったのだ。

お焼きは、両親が去年の秋に信州へのバス旅行で買った冷凍品の残りものらしい。かじると表皮がパサついていて、関東の冬の乾燥した空気のようだと思った。九州の空気は、冬でも少し湿っていた。

消えるボールペンを持ち、白紙に横書きで「〈セルアシ〉は」と書いてみた。「は」の後に「、」を入れるべきかどうか考え始める。それだけのことがなかなか決められない。一旦、書いた文字を消す。

笹島はすごい、と彼は思う。こんな「、」一つで迷う自分とは、全然違う。

笹島が九州にいた時に、すでにそう思っていた。ボタンは三つでいいというのが、どういう仕組みなのか理解していなかったが、それは単なるアイデア以上のもの、〈セルアシ〉という小さな世界の中での革命だと直観した。それをＳＰＩＮ営業システムの細部にこだわる若社長に提案し、実現してしまうところもすごい。

彼が実際に笹島に会ったのは、〈セルアシ〉の三つボタンが仕様として確定した後だ。挨拶をしただけだった。こちらで会った笹島は、九州で見た時とは別人のように輝いて見えた。容姿は平均的というレベルより上でも下でもないのに、すごくチャーミングな女性と一緒にいる錯覚に陥る……いや、これは錯覚とは言わないのか。インパス社事業部の部下二人などは、まるで忠犬のように笹島の命令を待ち、ボールを投げれば、二人とも一目散に駆け出そうという態勢だ。

彼は笹島のすごさを再確認し、〈セルアシ〉の仕事では笹島に頼ることにしようと決めてしまった。

「〈セルアシ〉は、すでに使われています」と書いてみる。これで良いと思えた。

お茶を一口。

笹島がなんでインパスのようなちっぽけな会社にいて、びっくりするほど熱心に仕事に打ちこんでいるのかはさっぱり解らない。それは、彼が考えるべき課題ではなかった。特に、今は。

彼は、もう一口、お茶を飲んだ。

11

カキヤ本社で最も広い本社ビル六階の大会議室は、〈セルアシ〉プレゼンテーション開始予定の午後五時半の十分前になっても、五分の一弱しか席が埋まっていなかった。

乾はパワーポイントのプリントアウトをめくりながら、時々入り口の方に目をやる。人はぼちぼちしか入って来ない。受付には黒田と中丸がいる。黒田は親しい人間を見つけて談笑する。中丸はうつむいたまま、参加者に資料を渡す。黒田には、重役が来たら教えてほしいと伝えてあったが、知り合いとの話に身が入っている様子で、任務を覚えているのか不安になる。

笹島は発表者用デスクのサブの位置につき、パワポの微調整に忙しい。キーボードを叩いて、問題箇所を手直しする。

結局、乾も笹島も忙しすぎて、通しのリハーサルは行うことができなかった。しかし、乾は自分でも意外なほど落ち着いていた。殆ど寝ていない上に、プレゼン前まで仕事に忙殺されて、頭がハイになっているのが却っていいのかもしれない。夜中にやっつけで作ったシナリオなのに、笹島がパワポのスライドに落とすと、それなりという以上に立派なものに見えた。午前七時からの一時間半でほぼ完成させる笹島の仕事の素早さと正確さには、驚くしかなかった。

「一旦お渡ししますので、全部見てもらった上で、必要な直しをしましょう」

新規事業室で笹島からノートPCを渡された時、出だしを見ただけで出来の良さが分かった。乾は、作成のスピードのことも含めて、笹島さん、さすがですね、と思わず口に出した。笹島も、乾を見直していた。プレゼンのシナリオに実は期待していなかったのだが、思ったよりいい内容で、スライドに落とすのに苦労しなかった。目算より早く完成した。リハーサルは途切れ途切れにしかできなかったが、乾の発音はしっかりしていて、落ち着いてやれば並以上のスピーカーになれそうだった。しかもアドバイスすると、いやがらずに素直に直す。何でも指摘して下さい、と自分から言っておいて、いざ意見を伝えると機嫌が悪くなる人はいくらもいる……昨日は素直すぎて気に障ったのに、今日はそれがプラス評価になる。たぶん、シナリオが良かったからだ。

午後五時半になった。まだ始められない。五課の連中が間宮課長を中心に、発表者用のデスクのすぐ前に固まって笑いながら話をしている。しかし、全員ではない。課長を含めて十人いるはずなのに、五人だけだ。

「定刻になりましたが、もうしばらくお待ち下さい」乾が立ち上がって、マイクで呼びかける。「佐久間部長がお見えになったら、開始します」

会場はザワザワと落ち着かない。ここにいない連中は、本当に忙しいか、無視しているか敵視しているかのどれかだ。集まっている連中も別に味方じゃない。

これまでの参加者と雰囲気の違う数人のグループが、固まって入って来た。黒田は、急に平身低頭の態になり、集団が受付の前を通過すると、乾の方に小走りに近づいて来た。

「石岡専務がお見えです」

乾の心臓が縮み上がった。取締役の誰かが来ると聞いていた。しかし、石岡は予定に入っていなかったはずだ。専務も取締役には違いないが、専務が来るなら専務来訪と予告されるだろう。

「早速始めてもらうのがいいと思いますね」黒田はそう言いおいて、受付に戻った。

すでに、五時三十五分を過ぎていた。専務がいるのに、これ以上遅らせるのはまずい。しかし、このプレゼンの主催者である佐久間営業部長が、まだ来ていない。

始めていいものか——乾は、思わず、笹島の方を見た。笹島は営業用の微笑を浮かべて、参加者席を見ている。乾の苦衷には気づいていないようだ。

声を出しかけた時、入り口の方で、遅れて申し訳ない、という大声が響いた。

佐久間営業部長が二人の部下を従えて、慌てる様子なく会議室に入って来るところだった。

佐久間は、しかし目ざとく石岡専務を見つけ、今度はさっきより本気の調子で、申し訳ありませんと言って、後方の席に着いた。

「始めましょう」乾は笹島に小声で言った。

笹島が椅子を引いて立ち上がった。会議室が静まり返った。さっきまで穏やかだった乾の鼓動が、一気に速くなった。

乾は、佐久間営業部長の方に視線を向けた。目が合うと、佐久間はうなずいた。

「これより、〈セールス・アシスタンス・システム〉、略称〈セルアシ〉のプレゼンテーションを開始いたします」

　スクリーンには、「〈セールス・アシスタンス・システム〉／プレゼンテーション」と二行に、その下に「〈セルアシ〉」が上の二行より大きな文字で表示されている。

「本日は、お忙しい中、貴重なお時間を割いてご参集いただき、ありがとうございます。また、このような機会を提供して下さった佐久間営業部長に、感謝いたします」

　乾は、頭を下げつつ佐久間に再び視線を送ったが、佐久間からの反応はなかった。

「私は、柿谷忠実堂より先週転籍し、カキヤ本社営業部営業五課に配属になりました乾紀実彦と申します。よろしくお願いします」

　乾が言葉を切って会釈をすると、五課の人たちを中心にまばらな拍手が起こった。

「私の隣りにいるのは、〈セルアシ〉の開発を実質的に受け持って来たインナー・パスポート社事業部次長の笹島彩夏さんです。今日は、プレゼンテーションの補助をお願いしています」

「よろしくお願いいたします」

　笹島は深々とお辞儀をした。その姿勢はとてもきれいに見えた。乾の時よりも大きな拍手が起こった。笹島は、一瞬乾と視線を合わせてから椅子に座った。

「〈セールス・アシスタンス・システム〉と言おうとすると、そのたびに舌を噛みそうになります。それで、この先、基本的に〈セルアシ〉に統一することにいたします。〈セルアシ〉という言葉にも違和感を覚える方がいらっしゃるかもしれませんが、こちらは間もなく馴染んでいただけるものと期待しております。〈セルアシ〉は、そのまま商品名になる可能性がございます」

喋る内容を記した細かい原稿がないので不安は消えなかったが、滞りなく言葉が出て来ることに、ひとまず安心した。続いて、パワーポイントを使っての本格的なプレゼンに移行するため、受付に声をかけて明かりを落としてもらおうとした。その時、突然、部下として配置された女性の名前をど忘れしていることに気づいた。乾は、名前を呼ぶ代わりに視線を合わせようとしたが、彼女はうつむいたままなので不可能だ。どうしようかと焦り始めた時、笹島が小さいが良く通る声で呼びかけた。

「中丸さん、照明を半分に落として下さい」

中丸は立ち上がって壁のスイッチを操作し、笹島に言われた通りにした。

乾の鼓動はさらに速まったが、何事もなかったようにプレゼン本編を開始した。

「〈セルアシ〉は、すでに使われています」と乾は言い、ノートPCのキーボードに触れた。

スクリーンには乾が発した言葉と同じ文字と、カラー写真が二枚セットで映し出される。一枚は、ダッシュボードに設置された車載版〈セルアシ〉のアップ、それを操作している女性の指。もう一枚では、営業マンが〈セルアシ〉のある車内でノートPCを開き、データを確認しようとしている光景。

「〈セルアシ〉は、何より現場で働く営業マン、営業ウーマンのアシスタントですが、それ以上のものでもあります。しかし、ここではまず、〈セルアシ〉が実際の現場でどのように使われているか、日々の仕事にいかに役に立っているかを、お見せします」

画面が切り替わる。スーツ姿の若い男性が黒いビジネスバッグを持ち、営業車のドアを開けて外に出ようとしている。彼がＫＣリテールの横田という名の営業マンであることは、この場では笹島しか知らない。

「彼の名前はカキヤならぬ、カキタニ君としておきましょう。サッカー日本代表の柿谷君のように、大事な試合で点を取ってくれそうな予感がします」

もちろん、クスリとも笑いは起こらない。気にしない、気にしない。乾がカキタニという名に決めた。笹島から届いた写真の「モデル」には、どことなく以前は不良だったかもしれないと思わせる雰囲気があり、ワールドカップサッカーの日本代表フォワードに通じるように思って命名したのだ。笹島も賛成した。

「カキタニ君は、いま、本日最初の営業先に車で到着し、車外に出るところです。彼はすでに車内で一仕事すませています」

画面は営業車の車内に切り替わる。次の画面ではフロントシートにカキタニ君が座っていて、〈セルアシ〉車載版に向かって左腕を伸ばしている。続いて、〈セルアシ〉がアップになり、カキタニ君の指が「開始」というボタンを押そうとしていることが分かる。

「カキタニ君が車内で行った仕事は、〈セルアシ〉の開始というボタンを押しただけです。しかし、これだけで、カキタニ君の新しい営業日報が生成されました」

新しい画面には「営業日報」というキャプションがつけられ、項目別に色分けされた入力用画面が映し出されている。

「ボタンを押したことで、〈セルアシ〉内のGPSなどのデータがネット経由でサーバーに送られ、その日のカキタニ君の営業日報が立ち上がったのです」

乾が、赤いポインターで升目のいくつかを指し示す。

「サーバー側で送られて来たデータを自動判別し、年月日と時間、営業先の会社データ、先様の担当部署、担当者、営業種目が自動的に入力されます。出先の営業マンは、普通、この時点では営業日報を見る必要はありませんが、何かの加減でもし営業先を確認したいのであれば、スマホなどで情報を確かめることが可能です。これから訪問するお客様について、記憶が曖昧になっている時に役に立つでしょう」

会場が少しざわめいた。営業マンにとって、相手先の名を間違えないことは初歩の初歩だが、確認を怠って相手の名前を忘れたり、間違えそうになったりして冷や汗をかいた経験を持つ営業マンは少なくないのだ。

画面が切り替わり、カキタニ君は営業車に戻ってドアを開けようとしている。すぐに次の画面へ。

「カキタニ君が戻って来てなすべきことは、ただ〈セルアシ〉のボタンを選択し、押すことです。選んで、といっても、ここで選択できるボタンは「継続」と「終了」の二つしかありません」

カキタニ君のものらしい指が、「継続」と「終了」の二つのボタンの前で宙に浮いている。

「もし、登録された営業種目の取引が終了したのであれば、終了を、まだ商談が続くのであれば、継続のボタンを押します。このデータもサーバーに送られ、営業日報の形式的な記入箇所はあらかた埋められました」

もう一度日報の入力用画面が映され、記入された箇所が増えていることが分かる。

次の画面では、カキタニ君がダッシュボードの引き出し式のトレーに載せられたノートPCを操作している。

「もし、時間に余裕があれば、この時点で営業日報に入力されたデータを確認したり、コメントを書き入れたりできます」

入力用画面の上をカーソルが移動すると、担当部署や担当者の升の上で吹き出し型のコメント欄が出て来る。コメント欄が大写しになり、中に文字列が打ちこまれていく。

——お互いバイク好きであることが判明、愛車の話で盛り上がる。しばらく商談は後回し。発注の最終決定が遅れているのは、予算の問題ではなく、上層部の某氏がだめ出しをしているため。いつものこと、とは担当者の弁。明日、午後一の訪問を約束。

「営業先のそれぞれで、ただボタンを押すだけで必要な情報が入力されて営業日報になり、それが積み上がると週報、月報という形で利用可能になります。〈セルアシ〉を使うと、営業日報を書く作業の中で最も重要な、コメントの記入に集中できるのです。週報、月報の状態でも、それぞれの日にちにカーソルを置くだけでコメントが読めます。これら全ての情報は、設定次第で、上司や同僚もリアルタイムで共有することができます」

会議室は、いつの間にか席の三分の一ほどが埋まっている。熱心に聞き入っている者もいた。カキヤ営業部には、日報を手書きすることを課長から強制されている部署があり、そこの課員にとって〈セルアシ〉は、ほとんど魔法のように見える。


笹島は、乾のプレゼンが順調に進んで行くのを喜んでいた。同時に、なぜだか不安も募る。笹島は、実はこのプレゼンがうまく行かなくても仕方ないと腹をくくっていた。乾が失敗しても悲観すまい、と。プレゼンが、〈セルアシ〉のカキヤへの導入が順調に進む大きなきっかけになる可能性はまずないと見ていたからだ。

柿谷忠実堂とカキヤの関係は、事前に想像していた以上にねじれていた。両社の間には奥深く、陰湿な何かが、どっしりと横たわっている。

彼女は、親会社・子会社の関係で同様に凄絶なものを知っていた。「お座敷列車」の会社のケースは、プロジェクト終了後に笹島を心底落胆させたものだ。子会社の営業部の主要なメンバーが、コンサル期間終了後に次々に会社を辞め、ライバルの企業グループに転職してしまった。どうやら、笹島らの助言や提言が効果を現し始めた時期には、既に集団転職が画策されていたらしい。

彼らは、ハーバート&パークスによる営業コンサルティングを、在籍年数の長い社員への親会社によるリストラ策と見ていた。新しい営業手法の修得については、それまでの経験の質や長短は、あまり意味を持たない。こうした研修は、ベテラン社員の社内的価値を低下させるのだ。彼らは面従腹背でコンサルティングを受け入れた。実際、新しい手法は営業マンとしての「成長」に役立つ。そして、コンサルティング受容の姿勢は、集団離脱への動きを隠す芝居としても有効だった。温泉での打ち上げは、その芝居の総仕上げだった。

打ち上げの一次会がすむと、満面の笑みを浮かべながら、何の未練もなさ気にそそくさと内輪の二次会に向かう一団を、笹島は視界の端でとらえていた。その意味が判ったのは、選任された次のプロジェクトが佳境を迎えた時期だった。

プロジェクトのメンバーだった同僚たちに連絡を取ると、子会社からライバル企業への「脱走」の知らせに喜ぶ者はいなかったものの、まあ、すんだことだし、という冷めた反応が大半だった。コンサルタントにとって転職は、空気を吸うのに近い自然な動作だ。社内で問題事例のペーパーとしてあげるのなら、リサーチに協力してもいいよ、と人ごとのように言う者もいた。笹島は釈然としなかった。

笹島は、彼女の導師《グル》であるミスターMに相談した。外資系企業系列のコンサルティング会社に笹島を引っ張るところから始まり、次に自ら転職したH&P社に誘い、さらには笹島を柿谷忠実堂の若社長に引き合わせることにもなる人物だ。

「いつでもベスト・プラクティスというわけに行かないのは分かってます。でも、このケースはどうにも気分が悪いんです。お互いかなり深く付き合い、それでやっとうまく行ったという実感があって……思い込みだったんですけど」

「その会社のことは知らないけどさ、笹島はこういうところで悩むのがいいね。失敗は他人のせいにしておくのが業界の習慣だもの」

「コンサルタント向きじゃないってことですか？」

「いや、問題点に立ち止まって考える笹島みたいなのも、いた方がいい。失敗の研究は実際にはちゃんとやるわけで、そこでも役に立つ」

「やっぱり向いてないって言われてる気がします。私、次のステップは、普通の会社への転職にするつもりです。あるいは、結婚」

「結婚？」ミスターMは咳き込んだ。

「ビックリし過ぎじゃありませんか？」

「ごめん、ごめん。具体的に考えてる相手がいるの？」

「未定のプロジェクトです」

「ふーん。未定の結婚か」

この後、ミスターMは話題を変えてしまった。しかし、笹島の発した「普通の会社への転職」という言葉をちゃんと覚えていて、それが後に柿谷忠実堂との仕事につながる。

ちなみに、ミスターMというのは、忠実堂内での「若社長」のように、当人の前では発せられることのないニックネームだ。笹島が新卒で入った外資系企業で、彼は既にそう呼ばれていた。某高級SMクラブの常連でMの方だから、との噂だった。笹島は、忠実堂でミスターMが大っぴらに「Mさん」と呼ばれているのを知って驚いたものだ。007の上司Mみたいに部下に指令を発しています、と若社長の前で自己紹介し、若社長が「Mさん」と呼び始めたことから広まったらしい。

神がかり的な偶然の一致なのか、あるいは、何かの加減で自分がMと呼ばれていることに気づき、その名は007から来ていると勝手に決めこんだせいなのか、はたまたそれら全てを知った上での真の「自虐《マゾヒズム》」だったのか……笹島は導師にたずねる勇気がない。

ミスターMと話していたら、子会社社員たちの「裏切り行為」は、大したことではないと思えてきた。煎じつめれば、それぞれの利益を最大化しようとする親会社と子会社社員との間の単純な争いに過ぎなかった。一方、柿谷忠実堂とカキヤとの関係は、利益相反という単純な命題に還元することができそうにない。両者の利益は、本来合致するはずなのだ。

――そんなことを頭の一隅で考える内、不安が生じるのは乾のプレゼンが順調だからだと思い至った。始まる前には今日の成り行きを楽観しないように自戒していた。なのに、プレゼンが始まったら、乾が意外にうまくやるので希望を持ってしまった。その希望が裏切られるかもしれない、という心配から不安になるのだ。事の成否に関し、希望や悲観といった感情ではなく、可能性を理詰めに考えることを習慣にしていた笹島にとって、それまで経験したことのない心持ちだった。

乾のプレゼンは、〈セルアシ〉の肝の部分にさしかかっている。〈セルアシ〉の大きなメリットは、一社の営業マン全員が三つのボタンを押し続けることで、営業活動の動的な状況が、全体として把握できるようになることだ。

ＰＣの画面などで全体状況を可視化し、一望できるようにする付属のツールを「営業状況マップ」と仮に名づけていた。このマップによって、上層部は営業活動全体を把握し、個々の営業マンは、自らの営業活動の現況、位置づけを確認できる。それが、継続ボタンを押すことで可能になる。もし単なる営業日報記入の補助手段なら、継続ボタンは不要だ。

だが、全体状況を知りたいかという関心の度合いについては、人によって、また立場によって、深浅様々だと笹島には分かっている。ＫＣリテールの横田は、一介の現場営業マンに過ぎないのに大きな興味を示した例外だった。柿谷忠実堂では、営業日報の記入が楽になることだけに興味を持つ者が過半だった。なので、このプレゼンではいくつか図表を示して営業状況マップのメリットを直観的に理解してもらい、それ以上の詳しい説明はしないことにしていた。

乾のプレゼンは、大過なく続いている。笹島が助け船を出すまでもなかった。

「では、次の営業状況マップを御覧下さい」

乾がそう言って画面を切り替えた直後、数人の人物が立ち上がった。石岡専務とその取り巻きが、一斉に会議室を出ようとしているのだ。彼らは演壇の方は一瞥もせず、足早に去って行った。黒田が立ち上がって頭を下げるが、無視された。

乾は、立ち去る石岡たちを思わず目で追った。プレゼンがつまらなかったからなのか、それとも他に用事があるのか——そんなことを考える内、後ろの席にばらばらに腰かけていた数人も席を立った。その様子を視界にとらえた乾は、急に、次に出すべき言葉を見失った。

…………

笹島は、乾の言葉が途切れたことに驚いた。参加者の一部が去ったくらいで、動揺してしまったのだろうか。

「えーっと」乾は、出すつもりのなかった声を発した。誰が退席しようが気にしない、気にしてはいけない、と乾は自分に言い聞かせた。

「それで」思わず息を深く吸い込む。「カキタニ君の、マップ上の現在位置は」レーザーポインターの先が微妙に震えている。「ここになります」

乾は、横から咎めるような視線を感じたように思い、一瞬笹島を見た。笹島は、しかしPCの画面を見つめ、泰然としていた。

乾は少し落ち着きを取り戻した。

「さて、営業状況マップを見ると」乾はここで言葉を切り、息を吐き出した。「日本海オイリオの新食用油Xを取り扱っている営業担当は五人。その中で、カキタニ君の目立つ特徴は、継続中になっている取引先が多いことです。断られても、終了ボタン長押しから継続ボタンという手順を踏み、何ヵ所もで再アタックをしていることになります。彼のコメントは——

〈今日は門前払いされたが、再度トライする価値あり。〉

カキタニ君はかなりの頑張り屋、熱血型営業マンのようです。上長は、熱くなりすぎるカキタニ君に、引き揚げの時期を見極めさせるアドバイスも必要か——と、こうしたことまで、営業状況マップから読み取れるわけです。〈セルアシ〉を使うと、全体の状況の俯瞰と、そうした大きな図面の中での一個人の動きとが、どちらも見て取れるようになります。もちろん設定次第で、売上や、それに要した経費なども連動して数値化したり、グラフ化したりすることが可能です。こちらのスライドを御覧下さい」

　少し、早口になっている。何枚かスライドを映しながら息を整えた。

「……ここまでお見せしたのは、全て車載版〈セルアシ〉の実際の使用例です。一方、こちら、カキヤでは、モバイル版の〈セルアシ〉を皆さんと一緒に開発し、大きな商品に育てて行きたいと願っています」

　乾は言葉を切って、小さく頭を下げた。

「モバイル版には二種類あります。一つはGPSと通信機能を持つ筐体に三つのボタンをつけた、こちらです」

　画面には、白色の長方形の箱に、青、黄、橙三つのボタンがついたものが映し出される。隣りに置かれたiPhone5より少し小さいサイズだ。

「この筐体の殆どが、実はバッテリーです。〈セルアシ〉であると共に、スマホ充電用の予備バッテリーとしても使えます。重さは二百五十グラム弱です。もう一つは、こちらです」

　iPhoneとアンドロイドのスマホが二台並んで大写しになり、それぞれの画面の中で、やはり青、黄、橙三色のボタンが表示されている。

「こちらの〈セルアシ〉は、スマホのアプリになっています。スマホですのでGPSは弱くなりますが、所持品を増やさずにすむ利点があります。どちらの〈セルアシ〉も、車載版に対して、ＧＰＳの精度以外、機能的に劣る部分は殆どありません。つまり、ご紹介した車載版〈セルアシ〉の機能は、モバイル版でも利用可能だということです」

乾は会議室全体を見回した。表情は様々だが、気のない様子を露骨に見せる者はいないようだった。

「モバイル版〈セルアシ〉は、予備バッテリー兼用のＧＰＳ版も、アプリ版も、基本的な機能や動作という点では既に九割近い完成度に達しています。これからは、実際に使用しながら問題点を抽出し、改良することで、早めに99％の完成度を達成することを目指しています。そのためには、皆様方の協力がぜひとも必要です。現状でも、皆様の営業活動を邪魔する要素はほとんどなく、むしろお役に立てる機会が多々あるだろうと思っています」

乾は再び会釈した。

「これからの開発とテストのスケジュールとしては、まず五台から十台の態勢で試験運用をスタートし、徐々に台数を増やして、秋口には営業部所属の全ての方がＧＰＳ版、あるいはアプリ版を携行し、営業状況マップについてもきちんと使える状態にできればと考えています。こうした社内での開発と試験を経て、実際に商品として――」

パワーポイントを使ってのプレゼンテーションは、終わろうとしていた。笹島は、その最後の段階に至って、突然、乾がまたも口ごもり、口調がおかしくなったことに気づいた。

「それで、商品としては……、実際には、パッケージとして、その……幾種類かパッケージを考えているのですが、それらを、来年の二月頃に、売り出したいと、柿谷忠実堂と言いますか、……柿谷のグループ全体として、どうにかできればと……、考えている次第です……よろしく、お願いします」

柿谷忠実堂や柿谷グループという言葉は使わないようにしよう、と笹島は乾と申し合わせていた。カキヤ内でこうした言葉を出して好意的な反応が返って来ることは、まずないから。

乾さん、どうしたんだろう？

笹島がＰＣの画面から目を上げると、会議室の雰囲気が一変し、張り詰めた緊張感で満たされていることがわかった。緊張した空気の中心は後方の席の一隅で、そこには禿げ頭の老人が座っていた。老人は、乾にもスクリーンにも目をくれず、ひたすらパワーポイントのプリントアウトの束を繰っていた。

岩佐社長が、会議室に現れたのだ。

席の位置からして、社長の来場を目視した人数は少ないはずだ。社長が〈セルアシ〉のプレゼンに来るという話はなかった。しかし、会場の雰囲気は前とはまるで違っている。社長が現れたことを、ここの皆は気配だけで察知できるのだろうか？　笹島は、その気配を感じられなかった。一方、乾は、社長の来場を目撃できた数少ない一人だったはずだ。社長の突然の出現で、乾は混乱を来したらしい。

乾は、棒立ちになっていた。プレゼンの終了と質疑応答の告知をしなくてはならないのに、黙りこくっている。

笹島は、小さな声で乾に呼びかけた。

「乾さん、質疑応答の呼びかけを」

乾の背中がぴくりと震えた。笹島の声に驚いて、思わず大きく息を吸い込んだのだ。ようやく言葉を発した。

「プレゼンテーション、を終わります」

盛大とは言えない拍手が起こった。

「では……、質疑応答に移ろうと、思います。ご質問、ご意見があれば、お願いいたします」

乾の心をかき乱すように、さらに数人の男女が席を立ち、会議室から去って行った。プリントの資料を受付のテーブルに置いていく者もいた。

「中丸さん、明かりを戻して下さい」と笹島が言った。

部屋が明るくなった直後、専務と数人の男性が戻って来た。全員が、社長の周囲の席に陣取った。しかし、社長は彼らには見向きもせず、資料をめくり続けている。

12

会議室は静まりかえっていた。

「ご質問など、ありませんでしょうか?」乾は、再度呼びかけなくてはならなかった。

それでもまだ沈黙の時間が続くように思えた。乾が、もう一度声かけをするか考え始めたとき、最前列の席にいた男性がゆっくりと手を挙げた。

乾は救われた思いで、返した掌の先を男性に向けた。

「営業三課の森川と言います。〈セルアシ〉のプレゼン、お疲れ様でした。えー、GPSの精度について詳しい説明がなかったので、もう少し聞かせて下さい」

いきなり、テクニカルな質問だ。苦手な分野だった。

「GPSですが、当然、精度は高いに越したことはありません。しかし、〈セルアシ〉では、必要な取引先の情報に特化されますので、位置と企業データとを照合して、会社が特定されればいいわけです。そうした観点からすると、車載版では既に98％以上の精度になったと聞いています……で、いいですよね？」

乾は、笹島の方を向いて、同意を求めた。笹島はうなずいた。

「モバイル版は、今はテストの段階です。会社の特定という点では、確か、七、八割、でしたよね？」

乾は、再び笹島の方を見た。

「補足させていただきます」

笹島が立ち上がってマイクを持つと、会議室の空気がまた少し変わった。知らず知らず社長の方に向いていた参加者の神経が、演壇に引き戻された。

「ビルの多い都市部でGPSの精度が落ちることは、皆さん経験があると思います。ですので、地域差も考慮に入れてということですが、高度なGPSを搭載するバッテリー兼用型で七、八割、スマホでは、機種にもよりますが、これより10％から15％落ちるというのが現状です。実地テストを始めたばかりですので、これから急激に向上していきます」

森川が再び発言しようとするところに、中丸がマイクを持ってやって来た。意外にも素速い動きだった。

「えー、七、八割とか、それより10％以上劣るとかだと、使えないに等しいいんじゃないんですか？　昔、パソコンの音声入力が90％以上の認識率といううたい文句で、全然実用にならなかった覚えがあります」

これは、〈セルアシ〉の現況を詳しく知らない乾には答えられない質問だった。それを察して、笹島が答えた。

「二週間の内には試験運用を始めたいと思っていますが、その時点では、どちらも少なくとも九割以上の精度になるように努めています」

五課の望月という男性が、手を挙げないまま発言した。マイクなしでもよく通る声だった。

「営業日報に間違って入力されたら、どうするの？　一つ一つ訂正？」

乾と笹島が顔を見合わせた。笹島が答える方が良さそうだという了解が生まれた。

「一つ一つ訂正できます。ただ、入力された会社名のセルをアクティヴにすると、データベースから選ばれた近隣の会社が候補としてプルダウンされますので、その中から選択すれば、自動的に他の項目も訂正されます」

「新規の訪問先の場合は？」望月がさらにたずねた。中丸は望月に近づいたが、マイクを渡すタイミングを逸した。

乾は、笹島が返答しなかったので、自分で答えた。

「会社の顧客になる可能性のある企業は、たいていデータベースに入っていますので、企業情報を全部入力するケースは少ないと思います」

「どこの会社が新しい顧客になるのか、予測できるのかな?」望月は中丸から無言で手渡されたマイクを持ってたずねた。

「予測するのではなく、顧客になりそうな企業はあらかじめデータに入れておきます。ですので、たいていは大丈夫ということです」

望月は乾の答えに釈然としない様子で、首を傾げた。

「補足させてください」笹島が割って入った。「会社は日本中に数え切れないほどあります。しかし、〈セルアシ〉の顧客データベースに、全ての会社がそろっている必要はありません。車載版〈セルアシ〉を作る際、柿谷忠実堂の既存の顧客と、顧客になる可能性のある企業をできる限り広くピックアップしましたが、最大に見積もって五百から六百社、支店、個人商店など個々の訪問先を数えても二千から二千三百という概算になりました。既にある会社のデータを活用すれば、全て入力しても大した手間ではありません。事実、早期にやり終えました。現在、新規の訪問先でも、ボタン一つで七割以上の会社情報が自動的に入力される状態で、さらに改善されつつあります。こうした顧客企業のデータベース作成も、〈セルアシ〉の商品パッケージに含まれております」

「カキヤでは、どうなんですか? もうデータベースはできているんですか?」

本庄というやはり五課の男性が、望月からマイクをもらってたずねた。

「まだです。しかし、時間は大してかからないと考えています」これは乾が答えた。

「別の質問ですけど、いいですか？」社長の席の少し前に座っている中年男性が手をあげた。

「どうぞ」と乾が言った。中丸が駆け寄って行った。

「営業一課の山本と言います。ご存じでしょうが、うちの営業部は一課から五課まで、同じ営業といっても扱っている商品も営業の形態もバラバラです。当然、営業日報もそれぞれの課に適した形になっています。〈セルアシ〉では、それぞれの課の営業日報に合わせた形で入力されると考えていいんですね？」

笹島は乾の方を見た。答えにくい質問だった。営業日報のスタイルが統一されていないのは、柿谷忠実堂も同様だった。これを、若社長の一声で〈セルアシ〉が使いやすい形に全社的なフォーマットを決めてしまい、後で部署による微調整をしたのだった。この話を、カキヤでするのはまずい。笹島は、乾がそのことを話してしまうのではないか、と恐れた。

乾も笹島の方を見た。何と答えればいいのか迷っているらしかった。笹島は自分が答えるしかないと悟った。

「現状では、それぞれの課の形に合わせるようなソフトは構築できていません」と笹島は言った。「ただ、各課の特性に応じたフレキシブルな日報が作成できるフォーマットを作ってあります。これを調整することで、自動的な入力と個別の対応が両立できます」

営業五課から来ていた唯一の女性である橋本が立ち上がり、中丸がマイクを持って来るのを待って発言した。

「二週間後にテストが始まると、テスト台になる部署では、〈セルアシ〉用と本物と、二つ日報を書かされるんですか？　二度手間になりますけど」

「テストの初期の段階では、そうなる可能性があります」笹島は正直に答えた。「ですが、調整期間が終われば、当該部署では、〈セルアシ〉の便利な機能を真っ先に使えることになります」

「五課は、人柱になってください」と誰かが口にした。あちこちで笑いが起こった。橋本も笑っている。橋本が話を続けた。

「うちの会社、仕事がきつくてブラック企業っぽい、という人もいるんですが、いえ、私は全然そんなこと思ってませんよ」

また笑いが起こる。男性の声で、社長がご臨席です、という合いの手が入った。

「え？」

橋本は振り返って社長を発見し、慌てて頭を下げた。気づいていなかったらしい。また、笑いになる。しかし、社長は相変わらずプリントアウトの束から目を離さない。

「すみません。要するに、営業はどこも忙しいんですよ。〈セルアシ〉で仕事が簡単になるはずなのに、それで仕事が二重になるんじゃ、本末転倒ですよね。もしテストをするんだったら、そこら辺をクリアにしてから、始めてもらえませんか」

何人かが拍手をした。橋本は少々顔を赤らめながら、腰かけた。

「ご意見は承りました。できる限り、お手間を取らせない形で実地テストに入るようにいたします」と笹島は答えた。

前列の端の方に座っていた五十代も後半と思われる男性が手をあげた。中丸が早足で向かった。

「営業二課課長の安藤です。営業日報について、言っておきたいことがあります。その〈セルアシ〉とやら、日報を書く手間が省けて便利という話ばかりでしたが、お二人は日報を書く意味、本当のところ、わかってるんですか？　あれは、ただ必要な項目を埋めればいいってものじゃない。お得意様の会社名、担当者のお名前を丁寧に書き込む。その日どんな話をしたのか、確認して頭に叩き込む。そういうことを繰り返す内に、お客様に対して自ずから感謝の念が生まれる。そういう大事な役割があるんです。だから、私のとこでは、営業日報は必ず手書きにしている。営業マンは、今はパソコンで色んな書類を作るから、データとしてはそちらで十分。日報は、昔通り手書きであるべきで――」

安藤課長の演説は数分にわたって続いた。空気が淀んでいく。ひそひそ声のお喋りが始まる。

社長が、突然のように資料から顔を上げた。すると、安藤課長は位置からしてその姿が目に入ったはずもないのに、弾かれたようにからだを硬直させ、唐突に話を終わらせた。

「ご意見は、承知しました。今後の参考にいたします」と乾が言った。「それでは、他にご質問、ご意見はございますでしょうか？」

安藤課長の席から少し離れた場所にいた、ベテランらしい女性が手をあげた。

「営業三課の江口と申します。日報ではない、別の質問です。〈セルアシ〉のボタンについておたずねします。開始、継続、終了という三つを使うということでしたが、それだと三課では、毎回毎回継続のボタンを押し続けることになります。というのも、三課は大型の契約を取る仕事が殆どなので、短期間で契約完了、あるいは撤退ということにならないのです。半年かかることだってあります。その間、継続ボタンを押し続けるんですか?」

乾は、この質問は迂闊に答えられない、と思った。

笹島は、乾が回答をするつもりかどうか窺った。乾は、明らかに笹島に答えてほしい様子だった。笹島が返答した。

「継続ボタンを押すことは、取引が続くことを示すと同時に、その日の商談が終わったことを確認するものでもあります。お手間ですが、押し続けてください。大型商談においても、長期間にわたる多くのデータが集積することで、営業状況マップによって様々な情報が目に見えるようになります。このことは、車載版〈セルアシ〉のテストからも分かっています。実際に使う時が来たら、どうか押し続けて下さい」

江口は、笹島の言葉に一旦うなずいてから、言葉を返した。

「丁寧な説明、ありがとうございます。ですが、率直に言って、長期のデータとか、目に見える情報とか言われても、実感がないんですよ。私たちは、アメリカのハスウェイト社のSPIN《スピン》営業システムによる研修を受けています。それで思ったんですけど、〈セルアシ〉

に、ＳＰＩＮの進展が示される仕組みだったら、商談の進行具合を把握し、みなで情報を共有するのに役立つんじゃありませんか？　笹島さん、ＳＰＩＮは、ご存じですよね？」

笹島はうなずいた。乾は反応を示さなかった。

江口が発言を続けた。

「スマホのアプリとして、ＳＰＩＮの四つの質問、つまり状況、問題、示唆、解決ですけど、その四つが表示されるようにしてはどうですか？　ＳＰＩＮの質問は、商談の進行具合に対応しています。それが全部状況マップに反映されるなら、ボタンを押す意味があると思います。三つのボタンでは、得られる情報が少なすぎます。それが正直な感想です」

江口は話し終えると中丸にマイクを渡し、腰かけた。

「ご意見、ありがとうございます」

笹島は、今は江口の意見は聞き置くのではなく、ボタンを三つだけにすることの意義を、きちんと話しておくべきだと考えた。

「〈セルアシ〉は仕組みを単純化し、操作に余計な手間がかからないことを優先して、ハードもソフトも設計されています。機能がたくさん詰め込まれているけれど、面倒で誰も使いたがらないものより、機能に制限があっても、確実に使われるものを目指したということです。いま江口さんのおっしゃったこと、つまり〈セルアシ〉を、ＳＰＩＮシステムを使うためのツールにするというアイデアは、素晴らしいと思います。ただ、私は、三つボタンのままでも、〈セルアシ〉をＳＰＩＮシステム活用のツールにできると考えます。営業日報のモディファイや、コメント機能の拡充などの方法が使えるのではないでしょうか。〈セルアシ〉とＳＰＩＮシステムの融合については検討課題とさせてください。その際には、江口さんからも、ぜひお力添えをお願いします」

笹島は、答えながら江口に視線を送ったが、江口は反応しなかった。言いたいことは言ったので、笹島の答えはどうでもいいという表情だった。

突然、沈黙が会議室に舞い降りた。

「その他に、ございますでしょうか？」と乾が呼びかけた。

乾は、そろそろプレゼンテーションを終わりにしたかった。疲れて来た上に、質問されても笹島しか答えられない状況が続くために、自分が情けなく感じられていた。

返答がないので、乾が終了の言葉を発しようとした時、佐久間営業部長が立ち上がった。中丸が大急ぎでマイクを届ける。

「本日は、どういう形でわが社で取り扱うのか不明の〈セルアシ〉のプレゼンテーションにご参集いただき、ありがとうございます。社長にもお越しいただき、感謝に堪えません。お時間がございましたら、後ほど、お言葉を頂戴し――」

「今すぐ、言いたいことがある」社長が突然話に割り込んだ。

部長はあわてて口から出そうとしていた言葉を呑み込んだ。

「――それでは、お願いいたします」

社長はマイクが届くのを待って、座ったまま発言した。

「言いたいことは、二つある。一つは、カキヤが元々、柿谷忠実堂もそうだが、食品問屋だったもんだから、商売人相手にものを売るのは得意なのに、ソフトやらソリューションやら、現物が見えないものを扱わせたら、とことん下手くそだということだ。佐久間と間宮が一緒になって、これからはソフトウェアとソリューションの時代です、新しい部署が必要です、なんぞと抜かすから、営業五課を新設したが、以来ちっとも社の稼ぎに貢献してないじゃないか。赤字じゃないからいいってもんじゃないんだぞ。佐久間と間宮、聞こえてるか？」

「はい、もちろんです」間宮が返事した。声だけは元気だった。いつの間にか椅子に腰をおろしていた佐久間は身じろぎもせず、沈黙を守った。

会議室に来て以来、間宮がこれまで一言も発していなかったことに乾は気づいた。この場では存在を消し、〈セルアシ〉になるべくかかわりたくないという姿勢のようだ。

社長が話を続ける。

「忠実堂から〈セルアシ〉の話が来た時、例によって断ろうかと思ったんだが、五課のことも考えて引きうけた。こいつのいいところは、単なる電子情報ではなく、ものとして目に見えることだ。〈セルアシ〉の本質は営業活動を補佐するサービスの方にあるのだろうが、特にGPS版は、その本質が形になり、手で触れられるところがいい。こうしたものなら、五課の連中でも売れるかもしれん。今のところ、五課としては様子見のつもりなんだろうが、やるとなったら、必ずちゃんとやれ」

社長が言葉を切ると、会議室は無人の空間と化したかのように静まり返った。

「二つ目は、名前だ。〈セルアシ〉では駄目だ。営業車に載っけて〈セルアシ〉、それはそれで結構。車は会社の足だからな。だが、一丁前の営業マンに向かって、アシはないだろう。営業の人間はアシスタントか？　それとも、足軽か？　バカにされてるとしか思えん。名前は〈セルプロ〉にしろ。セ、ル、プ、ロ。セールスのプロが使う、プロフェッショナルな営業の道具だ。わかったか？」

社長は、乾と笹島の顔を交互に見た。笹島は何とか社長に視線を返し、乾は目を伏せた。

「〈セルプロ〉は提案じゃない。決定だ。以上」

社長はマイクを中丸に返し、席を立った。

専務と重役陣が、社長に続いた。他の参加者も次々に会議室を後にした。

「本日はありがとうございました。もしご質問があれば、この場でお答えしますので、おいで下さい」

乾の呼びかけに応じる者はなかった。会議室には、乾と笹島、それに中丸だけが残された。

黒田は話し相手を見つけて、他の連中と一緒に立ち去っていた。

「お疲れ様でした」と笹島が乾に言った。

「ありがとう。助かりました」

乾は笹島の方は見ないまま答えた。

「中丸さん、今日はありがとうね」

乾が言葉をかけると、中丸はそれまでより深くうつむいた。

「これで、良かったのかな……」乾は独り言のようにつぶやいた。

13

寄り道がしたい夜だった。本社にいた頃、妻子のいる家にすぐに帰りたくない時には、それなりの過ごし方があった。飲み屋で気を紛らわすこともできたし、車でわざわざ遠回りして帰ることもあった。今晩、一日会社にいてからだ中に溜まった濁りを実家に持ち帰り、両親と顔をつきあわせるのはしんどかった。

ほぼ徹夜後の夜なのだから、寄り道するのはまずい。しかし、眠気を感じない。帰り道、彼は大通りから脇にそれて、ラブホテル街の方に進んだ。「立ちん坊」から相手を選ぶ気などなかったはずなのに、そんなことを求めたくなるくらい鬱屈していた。脇道に入る時、一応振り返って会社の人間がいないことを確かめた……確かめたつもりだった。

道がさらに狭くなり、紫やピンクの光をまとった看板が目に入り始めて間もなく、寄り添うような人の気配を感じた。早くも客引きに狙われたのかと思った。だが、いつまで経っても声をかけて来ない。変だと思って歩みを止めないまま右斜め後方をうかがうと、そこには彼のペースに合わせて歩く小柄な女性がいた。

まさか、と思ってもう一度見直した。

間違いない。中丸だった。

「どうしたの?」

中丸は、会社にいた時と同様、ただうなずくだけだった。ここでうなずかれても困る。

「もっと早くに退社したはずだよね?」と彼はたずねた。

中丸はまたうなずいたが、今度は声でも返事をした。

「……すみません」

「うん? 何が、すみません?」

「あの、勝手にそばに寄って、すみません」

「謝らなくていいけどさ、中丸さん、どうしたの?」

「私、夜に一人で帰るのが怖いんです。乾さんが会社から出て来たので、後ろについて歩いていました。そしたら、この道に入ったので、また怖くなって……」

中丸は乾から三十センチと離れず、斜め後ろをぴったりくっついて来る。こんな場面を会社の人間に見られたくない。しかし、人通りはほとんどなかった。代わりに看板や街灯の発する光と影の間や、建物と建物の隙間の暗い場所から、こちらに向かって来る視線があった。シルエットや視線の動きで、多くが日本人ではないことが分かる。乾が声をかけられないのは、中丸が近くにいるからだ。

「あの」中丸の方から声をかけて来た。

「なに?」

「私、そんなつもりありませんから……」

最後は消え入るようだったが、何が言いたいのかは伝わった。ラブホテルに入る気はないということだ。こっちもそんな気はないと返したいが、足下に視線を向けたまま心細そうな表情の中丸を見ると、できなかった。

今日は中丸さんのおかげで、と改めて感謝の言葉を伝えても良かったが、気持ちが冷めている。間を空けて歩こうかとも思ったものの、中丸が心の底から怯えている様子なので、それもやめた。むしろ、中丸が歩きやすいように歩幅を小さくした。

情けなくて溜息が出る。

今日の自分は中丸に助けられ、黒田にもちょっと世話になり、笹島には掛け値なしにおんぶに抱っこだった。プレゼンを何とか無事に終えられたのは、笹島の助力によるものだ。〈セルアシ〉への笹島の取り組みの深さからすれば、当然だった。だが、その当然を彼はうまく受けとめられない。同僚や上役、さらには社長までもがいる前での「公開処刑」になったことが、痛手だった。特に社長が現れた後では、全てが駄目になった。

プレゼンが終わった直後、これで良かったのかな、と思わず弱気な言葉が口からこぼれ出た。今日のプレゼンでは、あれ以上のことは無理だったと分かっている。全否定して卑下する必要はない。しかし、それは理屈の上のことだ。

笹島からは、今日のプレゼンでいくつも良いことがありましたと褒められた。しかし、会議室から一目散に退去していった社員たちを思い返すと、虚しかった。それに笹島には衆人環視の場で圧倒的な力量の差を見せつけられた。何という敗北……。

突然、斜め後ろにいた中丸が乾の真横に来た。中丸は目を合わせないまま小さく頭を下げ、そのまま駆け出すように先に進んで行った。

小さくなって行く中丸の背中の向こうに、駅の明かりが見えた。これじゃ、ラブホテルでひどい目にあわされて、男から逃げていく女みたいじゃないか、と乾は考えた。そして、またへこんだ。

14

吐いてしまった。物心がついて以来初めてだと思う。

職場から家に帰って泣いたことはある。悔しくて眠れなかったこともあった。でも、胃腸が丈夫なのが取り柄で、どんな時でも食べられるし、吐き気、下痢や便秘とは無縁だった。緊張で吐きそうなどという言葉を耳にしても、ピンと来なかった。緊張することはあるが、吐きそうになった覚えがなかったのだ。

今、吐きそうという感じが分かる。人は吐き気を感じると、本能的にそれを否認しようとする。しかし、吐き気が昂進すると、それに負けて吐いてしまう。吐きそうと感じる時の不快感には、生理的な気持ち悪さと同時に、吐き気に負けてしまう自分の弱さへの自覚も含まれる。

誰だって、忙しければ疲れるし、疲れればイライラする。自分もそうだ。当たり前のことなのだから、疲れや苛立ちに囚われないよう生きて来た。大体うまくやっていたと思う。

疲れて、イライラする一日だった。普通の会社に入るなんてしなければ良かった、と思いたくなる日。

いくつか問題はあったけれど、プレゼンテーションは大きな収穫があった。第一に、カキヤの社員が〈セルアシ〉に興味を持っているとわかったこと。不満を言うのも、認識していればこそだ。そんな人がもっと増えてくれればいい。〈セルアシ〉という名前を、みな当たり前のように使ってくれた。

……名前は、〈セルプロ〉に変わるのだったっけ。〈セルプロ〉、悪くない。というか、〈セルアシ〉よりいい。しかも岩佐社長の提案だ。社長がプロジェクトに参加してくれたのも同然。岩佐社長は、〈セルアシ〉、じゃなくて、〈セルプロ〉について、実はちゃんと考えてくれていた。望外の大収穫。〈セルアシ〉の命名者である若社長にどう伝えるかは、また、明日、考えよう。

部屋に戻り、一人で遅い晩ご飯を食べ終わって、インパス本社あてに、今日のプレゼンを報告する文面を考えていたら、胃から喉にかけて調子がおかしいのに気づいた。記憶にある限り、初めての気分の悪さ。もしかして、これが吐き気なのか。

すぐに洗面台の前に行った。すると、少し吐き気がおさまったようだったので、立ったまま、また考え事を始めた。乾さんのプレゼンでの話をどうまとめたものか……。

変な感触が、今度は、喉の奥まで上がって来た。

その直後、なぜだか知らないけど、プレゼンが終わった後で乾さんがつぶやいた一言が、急に頭の内に甦ったのだ。口調までもが、ありありと。

――これで、良かったのかな。

思い出した途端、吐いていた。

未消化のコンビニ弁当が飛び散った。シンクだけでなく、その周りにも。

吐き気は三度襲って来た。

その後、しばらく床に引っ繰り返っていた。

だけど、もうそろそろ大丈夫。

本当にまずいのは、実は体調じゃない。今まさに気づいてしまったのだ。私は乾さんが苦手らしい。らしいじゃなく、本当に。しかも、かなりひどく――。

15

インパス社の二人組の内、小柄な倉本がPCから顔を上げ、大きく伸びをした。続いて、首を何度も左右に傾げた後で、横にいる小淵の方をちらりと見た。

小淵は、修行中の僧侶のように集中してPCを操作している。倉本は小淵の様子を見て、諦めた表情でPCの画面の方に顔を向け直した。

乾が倉本と笹島から聞いた話を総合すると、小淵は本来ならインパスのようなちっぽけな会社にいるはずのない非常に能力の高いシステム開発エンジニアだ。出世や金銭といったものに関心が薄く、自分が興味を惹かれる仕事以外はやりたがらない。〈セルプロ〉の開発は気に入っている。〈セルプロ〉開発過程の難題は、殆ど小淵が解決して来た。

小淵がインパスにいる理由は、もう一つある。笹島に心酔しているのだ。それは笹島の魅力や能力の故に、というだけのことではない。小淵の「妻」の話を聞いても、笹島が平然としていたことが大きな理由だ。

小淵の「妻」は、見た目は本物の人間と変わらないが、喋ることも自分から動くこともできず、体温もなければ血も流れていない。精密な等身大の人形である。だが、小淵に言わせると、自分にとって欠かせないパートナーである以上、彼女を「妻」と称するのは当然のことだった。知り合いの夫婦は（小淵の両親のことのようでもある）、一緒に住んでいて、口もきかなければ目も合わせない。それに較べると自分と「妻」とは……云々。

小淵は、時と所を構わず「妻」の話を開陳するわけではないが、秘密にもしていない。そして、上司とプライベートの話をするような時に、あえて俎上に載せることがある。上司の反応を試してみたいのだ。そういう際には、「妻」が金のかかった特注品であることを、微に入り細にわたって述べたがる。そのせいで、職を失ったこともあった。

小淵は、笹島という上司を得ると、拒否反応が一段と強いはずの女性に向かって、彼の「妻」に言及する欲望を抑えられなくなった。ところが、笹島はこの挑戦に少しも怯まず、平然と受け流した。結果、笹島は、小淵から、大した人だ、許されるなら師匠と呼びたい、とまで賞揚されることになった（師匠と呼ぶのを、笹島は許していない）。

乾は、小渕がいつになったら仕事を切り上げるのか気にしていた。

自分の仕事が山のようにあったから、時間を無駄にしていたわけではないが、乾は、笹島と新規事業室の他の連中がいないところで話をする必要があった。営業五課で〈セルプロ〉の試験運用が始まって一ヵ月、大小様々の行き違いやトラブルが続き、五課の課員からのクレームが山積みになっていた。

カキヤでは、役職のない者は、部長の許可がない限り午後八時以降の残業は許されない建前だった。役職者も原則的に午後九時まで。もう八時半だった。インパス社員もカキヤの規定に従うのかどうかは曖昧だったが。中丸と黒田は、すでに退勤していた。

乾は、新規事業室専用のインスタントメッセージで笹島に呼びかけた。

「小渕氏に、そろそろ切り上げるようお願いできませんか?」

すぐに返信が来た。

「たぶん、もう少しです。やらせてあげてください」

乾は、倉本を真似て伸びをした。

その直後、小渕が立てていた盛大なキーボードの響きがやんだ。

「よし、終わり。笹島さん、送ったので、見ておいてください」小渕は、天気の話でもするような軽い調子で告げた。

小渕と倉本が二人そろって新規事業室を立ち去ると、乾は笹島に呼びかけた。

「そろそろ、大丈夫ですか?」

「すみません。遅くなって」笹島はモニターから一瞬だけ視線を外して答えた。

「大変そうですね。そちらに行きましょう」

「いえ、私が行きます。もう二分だけ待って下さい」笹島は今度はモニターから目を離さないまま返事した。

二分の間にできる仕事はなさそうだった。乾が手持ちぶさたにしていると、廊下から玄関に向かって男女の集団が談笑しつつ通り過ぎて行く声と足音が聞こえた。

カキヤの退勤時間の規則には、例外があるようだった。遅い時間に、数人、時には十人以上と思われる集団が、新規事業室のそばを通り過ぎて行くことがあった。会議なら、規定の時間を過ぎても構わないのかもしれない。それじゃあ、残業規制なんて意味ないのにな、と乾は思う。


忠実堂の本社では、夕食を家族と一緒に、という若社長発案のスローガンがあるだけで、残業規制はしていなかった。それで十分だった。遅くまで残業をしているのは、たいてい独身か家に早く帰りたくない連中だった。乾も、たまにその仲間になった。時に家より会社にいる方が心地よいことがある。まあ、日本の会社員なら普通のことだ——。

「お待たせしました」

笹島が椅子を引いて立ち上がり、自分のノートパソコンを持って、まだ空いたままの乾の右前の席にやって来た。

「どこから始めましょうか?」

乾がそう言うと、笹島は少し苦い表情をしたように乾には感じられた。

いまクレームが来ているのは、主に笹島の担当する業務だった。新規事業室の職掌は乾が社内での折衝、インパス社がシステムの構築と運営ということになっていた。〈セルプロ〉のような事業では、導入の初期からシステムが完璧に動くはずはなく、笹島の側に問題が多く生じるのは当然の成り行きだった。もっとも、小所帯なので乾と笹島の分担を厳密に切り分けることはできず、互いに助け合うしかない。

乾は、自分の言い方が、笹島にインパス社側の問題の多さを揶揄したと取られたのではないか、と危惧した。

笹島が返事をする。

「昨日からトラブっていたスマホ版の認証が通らなくなる問題、解決しました」

いつもと同じ、冷静だが暖かみのある口調だった。乾の心は少し穏やかになった。

「プログラムのミスがいくつか見つかって、修正しました。詳細をお伝えしますか?」

「聞いても、分かりません。解決ということは、実地でも大丈夫だったということ?」

「ええ。倉本さんがずっとテストをしてくれていて、五課の本庄さんには外から、何ヵ所か場所を変えて試してもらいました」

本庄は、五課の中で〈セルプロ〉に一番好意的だった。あまりに協力的なので、笹島に惚れているんだろ、と課内でからかわれているらしい。

「了解です」

そう言いながら、乾は、前にもあったように、実は問題が本当は解消されていない可能性を考えないではいられなかった。もう大丈夫、と伝えた後で実際には駄目、という気まずい事態を繰り返したくない。しかし、乾は口にしないでおいた。もっと大きな問題があった。

「会社データベースの件、何度も言ってるけど、今の状態では信用を失ってしまいます。間宮課長から、今日また呼び出されました。今度は、出先で相手の確認をしたら、そのデータの方が間違ってたって。こんなんじゃ、実験に協力するのは難しくなると強く言われました」

「すみません」笹島は目を伏せた。「〈セルプロ〉のデータベースに使った他社のデータに問題があったんです。修正には時間がかかります」

乾は息を呑んだ。

「その問題、今になって分かったんですか？」

「申し訳ありません。その通りです。インパス社で購入したデータは、そもそも日報に細かい項目を入力するような用途が想定されていませんでした。それでも九州では十分だったんです。こちらでは通用しませんでした。会社の集積の度合いが段違いで。重複や誤記を見つけて訂正する作業を始めたところです」

「え？　当分は直らないってこと？」

「本当に申し訳ありません。今日より明日、明日より明後日という風に少なくなって行きます。でも、ミスを直すのは人手によるしかないので、一度に全部は無理です」

乾の脳裏に、渋面を浮かべた間宮の姿が思い浮かんだ。その渋い表情には、こちらのしでかした過ちを喜んでいるような含みも感じられて、余計に憎たらしい。

目を上げると、笹島は溜息をつきたそうな疲れた表情だった。笹島も本当に困ればこんな顔になるのか、と乾は少し安心した。

しかし、笹島の口調はいつもと変わらない。

ミスの発見と訂正のために、こういったデータを扱うのが専門の校正者に見てもらうことにした、と笹島は言った。しかし、インパス社の東京事務所はすでにいっぱいなので、校正作業を新規事業室でやらせてもらえるとありがたい。人数は二人、期間は一ヵ月ほど……いつの間にか頼み事をされていた。

空いた席があるのだから、乾に異存はない。乾が、佐久間営業部長から承認をもらうことになった。その他いくつかの懸案について話し合った後、ようやく本題に入る。営業日報の件だ。

乾も笹島も、この話をするのは気が重かった。言葉が途切れたところで目が合い、笹島がわずかに視線をそらしたので、乾が言葉を発することになった。

「じゃあ、例の日報の件で……動作はだいぶ安定して来ました。ですが、まだ苦情がいっぱい来ます。主にスマホ版との間での不具合。スマホと相性が悪いという声が多いです」

「スマホと日報の相性の問題は把握しています。ただ、乾さんもご存じの通り、ＫＮＳ《カキヤ・ニッポウ・システム》の深い部分は、小淵さんしかいじれないんです。もう少し時間をください」

ＫＮＳは、〈セルアシ〉の日報の部分を、カキヤの営業形態に合わせて改修したものだ。柿谷忠実堂では、元からある営業日報をシステムに合わせて変えたのだが、カキヤではシステムを営業部各課の日報に合わせることにした。そうしなければ、〈セルプロ〉はカキヤの社員に受け入れられそうになかった。

しかし、KNSを制作するにあたって、〈セルアシ〉の日報システムの上にカキヤの各課用を載せる形でシステムとして一体化したため、プログラムが巨大化し複雑になった。トラブルが増えるのは必然だった。

「また時間が必要ですか?」〈セルプロ〉の導入実験を依頼している営業五課に対して、修正完了までの時間の猶予を取りつけるのは乾の役割になる。俺はサンドバッグか……そんな思いが浮かんだ。「要するに、小淵さんが良い結果を出すのを待つということですね?」

笹島が、視線を合わせないままうなずいた。

乾は、笹島が、一緒に仕事を始めた頃より遠慮がちになったと感じていた。コンサルタント風の言動を抑制しているようだった。

乾もうなずいた。直後、笹島の視線と正面からぶつかった。今度は笹島の方が乾に問題を提示する番らしい。

「日報の件で、私からも、いいですか?」

乾は笹島の抑えたトーンに、かえって緊張が高まるのを感じた。

「もちろん」と乾は答えた。

「二課の日報のサンプルは、まだ手に入らないんですか? サンプルになるものを入手して、それを元に、こちらで二課の日報のプロトタイプを作ることに決めましたよね？」

「それはそうですけど、今インパスはトラブル対処に忙しいので、二課の日報は、もっと後でいいかと思って」

笹島は硬い表情のまま首を横にふった。

「日報のシステム構築自体は難所を越えて、各課個々の日報作成を進められる段階まで来ました。なので、プログラミングを、トラブル処理と別進行で行います。むしろ、今の内に全てのヴァリエーションに対応できるように作っておきたいんです」

「そうですか……でも、二課はやっぱり難しいです。知っての通り、安藤課長は〈セルプロ〉自体に反対だし、課員にも持ちかけてみましたけど、いい反応がなくて」

乾には笹島の視線が痛かった。営業日報は極秘の書類ではない。まして、中身の書いていない用紙など、社内の人間なら誰が見たっていいはずだ。そんな紙一枚持って来られないのか、と笹島はあきれているのだ。だったら、自分でやってくださいと言いたくなるが、笹島は社内の人間ではない。内部の書類に手を出しにくいのは、乾にも分かっている。

自分は人徳がないから、この役割は向いていないと喉元まで出かかった。

「二課の連中は、日報を手書きするのにうんざりしてて、本当は〈セルプロ〉に期待してます。でも、だれも安藤課長に意見をする勇気がないんです。佐久間部長までもが安藤課長は苦手らしくて、日報の件で話をしてくれるように頼んでも、自分で言えの一言」

「部長は、二課の日報を持っていないんですか？」笹島が抑揚のない口調でたずねた。

「俺が営業部員の日報を一々チェックするもんかって言ってましたから、持ってないでしょうね」

笹島の反応はなかった。仕方なく乾が言葉を続けた。

「安藤さんが課長でいる限り、二課が〈セルプロ〉に加わる可能性は殆どありません。ここは一旦引きませんか？　他の課の日報は全て稼動しているのに、二課だけが加わっていない状況を作るんです。外堀を埋めた上で、安藤さんや佐久間部長をもう一度説得する方が合理的じゃないでしょうか」

笹島はすぐには返事をしなかった。返答の遅延は、乾の意見に対する反対の表明に等しかった。乾は、なぜ笹島が賛成しないのか、よく分かっていた。そもそも内部の一課を説得できなくて、どうやって〈セルプロ〉を外部に売ることができるのか——。

しかし、笹島が発した言葉は、思いがけないものだった。

「皆さん、なぜそんなに安藤課長が苦手なんですか？　佐久間部長までそうなんでしょう？　不思議な気がします」

乾は笹島の言葉を呑み込むのに、少々時間が必要だった。話の方向が突然変わった戸惑いから脱出すると、自分でも不思議だと思っていたことに気づいた。

「うーん、社歴が長いんでしょう……確か佐久間部長よりも」

乾の脳裏に安藤の姿が鮮明に浮かんで来る。思い出したくもないのだが、勝手に記憶の倉庫から脳内映像として選択されてしまった。安藤は小太りの冴えないおじさんだ。昔の「日本のサラリーマン」そのもののような外見をしている。中でも一番揶揄の対象になりがちな、年功序列人事の象徴としての凡庸な課長さん。

安藤は、説得する乾の言葉にただの一言も挟まずに耳を傾けた。そして、結局、乾に対しての答えは三つの「ません」だった。

「うちの課では、〈セルプロ〉の開発に協力できません」

「営業二課の課長として、〈セルプロ〉採用に賛成しません。会社の方針が採用に決まれば従うけれど、決定は出ていない」

「営業日報は二課の、ということはつまり会社の大切な宝だから、外部の人が目を通すプロジェクトには提供できません」

これ以外には一言もなし。プレゼンでだらだら話し続けた安藤とは別人のようだった。

「二課の人も、もしかしたら佐久間部長も、安藤さんが定年になって課長の席から退くのを待っている雰囲気です」

「定年はいつですか？」

「あと二、三年かな。安藤さんは岩佐社長と同時期に九州から来たカキヤ最古の社員の一人なので、課長の地位は安泰らしいです」

「それなら」笹島がきっぱりとした口調で言葉を発した。「二課の営業日報を入手するには、やはり安藤課長を説得するしかないことになりますよね？」

「安藤さん、取りつく島もなかったんです。佐久間部長もさじを投げるくらいだから、やったって無駄です」

「でも、私としては、ここで諦めたくないんです」

笹島は、今やまっすぐに乾を見つめていた。その目は、乾がやらないなら自分が安藤と話をつけて来るつもりだ、と語っていた。

乾は、〈セルプロ〉の件で、再度安藤課長と会うことはしたくなかった。しかし、笹島の圧力で自分の行動を決められるのは、それと同じくらいイヤだった。だからといって、安藤課長の説得は、笹島さんの方でどうぞ、とも言いたくないのだ。安藤が、笹島の言うことなら聞き入れるかもしれないと思うと心配だった。それでは自分の立場がなくなる。立場や面子の問題ではないと分かっているが、気分的に受け入れられないのだった。

笹島は乾から視線を外した。

天井の古い蛍光灯が、ジーンとうなりを上げている。

乾はしばらく考えて、笹島と一緒に安藤課長に会う手もあるなと思いついた。それを口にしようとした時、新規事業室のドアがガタガタと大きな音を立てた。乾も笹島も、驚いてドアの方を注視した。ノックもせずに入ろうとしているのだから、当然新規事業室の関係者だろうと乾も笹島も推測した。

しかし、ドアが開くやかましい音と共に姿を現したのは、小学校高学年くらいの歳に見える少年だった。

16

少年は、二人の大人が自分を見ているのに気づくと、無言のままぺこりと会釈した。驚く様子もなければ、間違った場所に来たという当惑の表情もない。背は高くないのだが、顔つきや物腰に小学生らしくない大人びた雰囲気があった。

笹島と乾は顔を見合わせ、互いにこの少年と面識がないことを無言の内に確認した。

少年は少しの躊躇もなく、乾と笹島がいる島へと近づいて来る。そして、笹島の横の空いていた席に、言葉を発しないまま腰かけた。

「ねえ、君」笹島が少年の方を向いて呼びかけた。

「何ですか?」

少年の声には邪気がなく、笹島はかえって言葉に詰まった。

「いま、私たち、仕事中なの」

笹島は、そう言いながら、少年に伝えるべきことはこれではなかった、と自分の言葉に違和感を覚えた。何と言うべきだったのだろう?

少年はうなずいただけだ。

「なぜ、この部屋に入って来たの?」と乾がたずねた。

「お父さんに、ここで待っているように言われました」少年は落ち着いた調子で答えた。

「お父さんは、カキヤの社員?」

少年はうなずいた。なんで、そんな当たり前のことを聞くのか、という顔で。

「お父さんは、なんでここで待てと言ったのかな?」

乾の三度目の質問で、少年の表情がわずかに変化した。二人の大人が自分に対して不審の念を持っていることを、うっすらと感じ取ったようだった。

「前にも、ここで待ってたことがあるからだと思います」少年は、それまでより少し堅苦しい口調で返事した。

「名前は?」笹島が少年にたずねた。

「ぼくですか、お父さんですか」少年が聞き返した。

「君の名前」

「オクダ・ショウトです」

「お父さんは?」と乾がたずねた。

「オクダ・ケイスケ」

「営業部ではないようです」乾は笹島に言った。

「私も、オクダ・ケイスケという名前は聞いたことがありません」

オクダ・ショウトは塾のロゴの入ったバッグから、携帯ゲーム機を取り出した。

「もしかして塾の帰り?」と笹島がたずねた。

「そうです」顔はゲーム機の方を向いている。

「お父さんは、すぐに来るんじゃないの？」

笹島がそう言うと、少年は顔をゲーム機から上げた。

「そう遅くないと思います。ぼく、邪魔ですか？」

邪魔ですか？　という一言が不意打ちになって、笹島は一瞬次の言葉を見失った。

「邪魔っていうわけじゃないけど……」笹島は思わずそう口にした。

すると、オクダ・ショウトはまたゲーム機の操作を始めようとする姿勢になった。

「塾は、いつもこんなに遅いの？」と乾がたずねた。

オクダ・ショウトは顔を上げて、乾の方を見た。

「いつもではありません」

「遅くなったので、お父さんと一緒に帰ることにしたの？」

オクダ・ショウトは返事をせず、代わりに首を傾げた。またゲーム機をいじろうとしたが、二人の大人がここでゲーム機で遊ぶことを喜ばないことにようやく気づいたようだった。

オクダ・ショウトはゲーム機から手を離した。

「お母さんがいなくなってから、夜、お父さんと待ち合わせることがあります」

笹島は思わず息を呑んだ。

「お母さん、亡くなったんじゃないよね？」乾は、慎重に言葉を選びながらたずねた。

「死んではいないと思います。お父さんは、お母さんがシッソウしたと言ってます」

乾と笹島は返答できなかった。シッソウという音の響きが意外すぎて、シッソウ＝失踪であることを了解するのに困難が生じたからだ。しばらく沈黙が続いた後、オクダ・ショウトはゲーム機を動かし始めた。

「今日は、ここまでにしましょうか？」乾が声を小さくして、笹島に問いかけた。

「そうですね。でも……」

笹島は目顔でオクダ・ショウトの方に注意を向けた。少年が帰るまで、つまりは父親のオクダ・ケイスケがやって来るまで、ここを離れることはできないのだ。

「私、残りますからいいですよ」と乾は笹島に言った。

笹島は首を横にふった。乾は、笹島がいつになく緊張した表情をしているのに気づいた。しかし、今さら、二課の営業日報の話を再開することは不可能だった。

オクダ・ショウトがゲーム機を操作する小さな音だけが響く。この微妙な沈黙の時間がいつまで続くのか、と乾が不安に思い始めたとき、ドアの方からガタガタ音が聞こえた。

乾と笹島は、海上を漂う遭難者が船影を見つけたとでもいうように、一緒にドアの方に向き直った。

しかし、入って来たのは、オクダ・ケイスケではなく、小さな女の子だった。

女の子は一歩踏み入れたところで、心底驚いた表情になって立ち尽くした。中の光景が想像していたのと違っていたようだ。

笹島も呆然としていた。新規事業室発足の日、笹島の前に一瞬だけ幻のように現れた女の子が、突然目の前に出現したのだ。

オクダ・ショウトは、ゆっくりドアの方を振り返った。

「あ、ユウカ。パパは?」

ユウカと呼ばれた女の子は何も答えず、緊張で固まっていた。

もう一度ドアが開く音がした。

三十代後半と思われる男性が、オクダ・ユウカの後ろに立った。オクダ・ユウカはオクダ・ケイスケの顔を見上げ、大急ぎでその手を握った。オクダ・ケイスケは眩しそうに目を細めて、部屋の中を見ている。

「すみません」オクダ・ケイスケは、細身のからだに合わせたような成人男性にしてはやや高いトーンの声で言った。「子供たちがお仕事の邪魔をしてしまったようです」

「こんばんは」と乾が言った。「営業五課の乾です。今は新規事業室に配属されてます」

「初めまして。経理のオクダです。こちらの部屋は、また業務に使われるようになっていたんですか。知りませんでした。申し訳ありません」

「こんばんは。笹島と言います」笹島はそれだけ言った。

オクダ・ケイスケは笹島に向かって会釈した。そして、さあ、帰るぞ、と息子に声をかけた。

オクダ・ショウトは、そばの二人には見向きもせず、父親に向かって早足で歩いて行った。

「ご迷惑をおかけしました」オクダ・ケイスケは、部屋に残る二人に向かって声をかけ、子供たちと共にドアの向こうに姿を消した。

ドアが閉まると、笹島が乾に言った。

「私が、会議室の外にいたと言ったのは、あの子です。オクダ・ユウカちゃんでした」

「そうだったんだ」

「お母さんが家にいないので、会社に子供を連れて来ていたんですね。想像もしませんでした」

「そう……だとしても、子供が会社の中をうろうろするのは、まずいよね」

笹島は、自分が内心動揺していることを、乾は気づいていないと確信した。気づかないのは当然のことだ、と笹島は考える。なぜなら、子供が会社にいることの不思議さについて骨身に染みて知っているのは、この世で自分だけかもしれないから。

一方、乾は、九州に残して来た二人の子供のことを考えていた。オクダ家の二人より少し下の姉と弟。乾は、自分が子供たちに対してクールな方だと思っている。世間によくいる子供べったりの親とは対極の存在だと。自分の子供が可愛いと素直に感じられる時はある。が、子供と遊んでいる時、たいてい義務を果たしているような気分がつきまとう。しかし、今オクダ親子を見ていたら、そんな自分の子供に対する感情が寂しいもののように感じられた。カキヤでのサンドバッグ状態がこたえて、家族が恋しくなったのか。会社の命令をいいことに、半ば家族から逃れるようにこちらに来たというのに。勝手なものだ。

家族のことを考えるのはやめて、乾は笹島の方を見た。笹島の顔には張り詰めたような表情がはりついたままだ。

乾が話しかけた。

「ショウト君っていう子、この部屋にいて、ちっとも緊張してませんでしたね。むしろリラックスしてた」

「そうでした」笹島は、乾に話しかけられて我に返ったようだった。

「大人っぽいっていうか、厚かましい」

「私は、ショウト君は職場にいるのに、慣れているように感じました。お母さんの失踪が関係あるんでしょうか？」

「笹島さんが見たユウカちゃんのこともあるし、あの二人、時々会社に来てるのかな。事情が事情としても、変ですね」

「不思議です。でも、この会社の人たち、仕事が終わった後も、会社の中に結構残ってるみたいで、遅い時間に、もう帰ってると思った人に、会社の出入り口で会ったことが何度かあります」

「ある。遅い時間、帰り道で、カキヤの社員に追いついたり、追いつかれたりとかも」

「カキヤという会社は、会社とプライベートの区別が曖昧なような……仕事が終わっても職場にいるって、どの会社でも普通ですか？」

「普通じゃないと思いますよ。柿谷忠実堂では、そんなことはありませんでした。でも、他は分からないし、笹島さんの方が色んな会社を見てるから知ってるんじゃないですか？」

笹島は、首を傾げた。

「社員としていたわけじゃないので……でも、普通ではなさそうですね。カキヤの人たち、仕事が終わった後、会社のどこにいるんでしょう？」

「うーん、部署にいるわけじゃないよね。残業規制で、時間になると、管理職が明かりを落として部屋を出るって話でしたから」

乾と笹島は顔を見合わせた。そして、二人がほぼ同時に、答えの出ない問いに時間を無駄にしていることに気づいた。

「お母さんが失踪だなんて、ショウト君もユウカちゃんも気の毒です。まだ小さいのに」と笹島が言った。

「お父さんも気の毒ですね」と乾は応じた。

言葉が途切れた。二人とも、沈黙が訪れるのを待ちながら話を続けていたのだと感じた。

「そろそろ、帰りましょう」と乾が言った。そして、急に思いついて付け加えた。「日報の件、安藤課長と、もう一度話してみますよ」

乾は、自分が発した言葉に驚いていた。なぜ、突然こんなことを言い出したのか、さっぱり分からない。しかし、いったん口に出したことを取り消すわけにもいかなかった。

「そうですか。よろしくお願いします」と笹島は言った。

笹島から緊張の気配が消え、リラックスした表情になって行くのが分かった。笹島さん、営業日報の件を相当に気にかけていたんだな、と乾は考えた。

乾は帰り支度を始めた。しかし、笹島は自分の席に戻ると、インパス社の東京事務所に電話をかけ始めた。乾は笹島に見えるように手をあげ、部屋の鍵の場所を指さして別れの挨拶にした。

笹島は目を合わせないまま会釈を返した。

17

土曜日の夜十時過ぎ、妹の携帯に電話をかけた。家の電話で父親と話をするのはかったるかった。妹は、さっき京都から帰って来たところだと言った。

「京都って、出張？　……もしやデート？」

「全部外れ」妹はそう言った後、指揮者と舌を嚙みそうなオーケストラの名前を口にして、マーラーの交響曲第九番だけという渋いプログラムだったと付け加えた。

「まさか、京都、一人でコンサートに行って帰って来たんじゃないでしょうね？」

「何か問題ある？」

「問題あるかも」

「ないない。すごい良かったんだから。もう感動。帰りの新幹線で、弁当食べても、ビールを飲んでも上の空っていうくらい」

「ビールで弁当って、あんたは中年のオヤジか。へえ、そんなに良かったんだ」

「明日、東京でもマーラー九番やるよ。S席なら、当日でも買えるんじゃない？　確か京都より高くて二万七千円のはずだけど、お姉ちゃんなら平気でしょ、って違うか。今はちっぽけな会社に勤めているんだものね」

今日はコンサルタントでなくなったことを認識できているようだ。

姉妹のクラシック音楽好きは、母親の影響だ。彼女は、いい演奏会に行くと今はいない母親が一緒に喜んでくれるようで、そんな時はチケットが高くても気にならない。彼女はたまに行くだけだが、妹は、特に東京の大学にいた頃には、来日オーケストラのスケジュールをチェックし、安い席を確保することに情熱を燃やしていた。中学の時に母親と二人で行ったコンサートが熱気あふれる名演で、以来すっかり「クラオタ」になってしまったのだ。

「いくら安い席でも、京都新幹線往復したら、東京のS席と変わらなくなるでしょ？」

「余裕でオーバー。当日券で二万円。昼まで仕事で、明日も行事で朝から学校だから、もううんざりして。辛抱できなくて、京都まで行ったの。耳と頭をきれいな音で掃除したかった」

「焼けコンサートか。先生も大変だね」

妹は、少し間を空けて言葉を発した。

「勘だけど、お姉ちゃんも今日仕事してたでしょ？　ストレス声よ。もしかして、明日も仕事？」

「明日は仕事はしないつもりだけどね」きっと明日は休みにしよう、と彼女は心に誓った。

「まだコンサートの余韻で気分がいいから、仕事の愚痴を聞いてあげる」

意地悪な微笑を浮かべているのが伝わって来そうな口調だった。

「それが、聞いてほしいのは仕事の話じゃないのよ。いや、仕事とも関係あるけど。いつだったか、家で一緒にTVを見ていて、日本の子供は、他の国の子供にくらべて表情が悪いって話をしたでしょ？　覚えてる？」

「うん。去年かな？　子供の遊びを紹介する番組で、他の国の子は無邪気でかわいいのに、日本の子はこまっしゃくれてて、残念だった」

「日本の子はかわいくない、って、あなたが言ったの。それって学校のせいもあるかもよ、先生がそんなこと言っていいの？　って私が……」

「そうだっけ？　お姉ちゃんが先じゃなかった？　学校で教えてても、そりゃ、かわいくない子もいるけど、みんながそうじゃないからね。全員かわいくなかったら、さすがに教師はやってられない。むしろ、いい子の方が多い。ただ、日本の子供は未熟なのに無邪気でいられないから、かわいそう」

「おお、教師らしいお言葉。そのかわいくない方の子供の話」

「それが、なんで仕事と関係があるの？」

彼女は新規事業室に突然小学生の男の子が入って来て、その後、社員の父親が男の子を連れ帰った顚末を手短かに話した。

「その子が、もちろん初対面なのに、妙に場慣れしてて、そばで勝手にゲーム機で遊ぼうとするの。いやだなと思いながら、その子に質問をしたら、お母さんが失踪して、それで、塾帰りに父親と会社の中で待ち合わせしてるんだって。聞いたら、注意することができなくなった」

「失踪……？」

「翌日、私と一緒に男の子と応対した室長代理さんが、その人も会社には新入りだから、古参の社員に、社員の家族とはいえ職場に部外者がいるのはどうも、って話をしたの。でも、古参社員はそれには乗って来なくて。代理さん、その社員の人は家が大変らしいので事情は分かりますと付け加えた。すると古参社員が、あそこは三人目が生まれるからおめでたい、奥さんが体調悪いらしくて、早めに入院したので大変だけど、今時三人目なんてえらい心がけだ……だって」

その時、彼女は、乾と黒田の会話が耳に届いていたので、オクダ家の真実を知って驚き、思わず乾の方に顔を向けた。乾も彼女の方を見た。視線がぶつかった。乾は当惑の表情だった。彼女は呆れていた。今時の子供は、こんな嘘がつけるのか、と。

「男の子はともかく、妹の方はかわいいし、父親もいい感じの人なのに、お母さん、なんで失踪したのかしら、なんて考えていたのよ。三日前だけど、不愉快さが消えないから、先生にアドバイスをもらおうと思って。あの子、その場でゲームをしたいばかりに、お母さんが失踪したと嘘をついたのよね。そう言えば、大人を黙らせられると分かってて」

「いやな嘘をつく子は確かにいる。学校は、教師も生徒もお互い長いつきあいだから、そこまで露骨にはしないけど。その子、今だけ凌げればいいと、思いつきで口にしたんだね」

「思いつきで、お母さんを行方不明にしちゃう？」

「確かに、かわいくない。でも、その男の子、職場っていう大人のテリトリーに入り込んだ上で生意気な態度だったので、余計にイヤだったんじゃない？」

「あるかも。今いる会社って、社員が公私の区別をきちんとつけない感じでモヤモヤさせられるのよ。九州の本社は、意外にさばさばしてた。田舎と都会で、イメージが逆みたいだけど」

「経験からすると、そういう可愛げのない子も、実は寂しくてかまってもらいたかったり、反抗期で強がってるだけだったりが多い。そこらが分かれば、仲良くなれたりもする。本当に絶対だめという子は、そんなにはいないよ」

「でも、いるのね？」

「まあ、いた。一人か二人。勝手な推測だけど、お姉ちゃんが気分が悪いのは、子供よりむしろ、会社のもやもやが原因なんじゃない？　たかが子供なんだし。客観的には、お姉ちゃんが気に病むような問題とは思えない」

彼女は、妹の言ったことが正しいのか、思わず考えてしまった。

その間に、妹が言葉を続けた。

「お姉ちゃんは、子供の頃は素直でいい子だったし、その後もずっとそんな感じよね。前の会社までの職歴を見たら、そうは見えないクールなエリート風だけど」

「いきなり、何言ってんの」

「お姉ちゃんも、お母さんの会社の中に入り込んだことがあったでしょ？　だけど、子供の時のお姉ちゃんとその子、会社の中に入り込んだという外見は同じだけど、お姉ちゃんは、お母さんを返してって会社に頼みに行ったんだものね。子供にしては異常に行動的だけど、動機が超かわいい」
「あれは、違うの。何度も言ってんのに、わからないかな」
「何が違うの？」
「全然、違う。話すから、今度はちゃんと聞いて」
妹は彼女の頭の中のスイッチを押してしまったらしい。言葉が、奔流のように彼女の口から飛び出して来た。

――私は小学四年生だった。昼間、家にお父さんもお母さんもいなくて、うちはそうなんだと一応理解はしていたけど、お母さんが家にいる友達がうらやましかったことはある。お母さんがいない分、おばあちゃんに面倒をみてもらった。でも、おばあちゃんが専業主婦じゃない嫁を不満に思っていることは子供なりに感じていて、私はお母さんの味方だったから、おばあちゃんと一緒にいると、時々居心地が悪かった。

お母さんが働いている子は、もちろん私の他にもいた。でも、そういう子たちのお母さんは、学校の先生や看護婦さんだったり、パートでスーパーのレジ打ちや、化粧品のセールスをしていたり、子供にも分かりやすい仕事だった。

お母さんのように、他の家のお父さんと同じように会社というとこに一日いて、しょっちゅう残業し、時には出張で家を空けるなんて、聞いたこともなかった。

九〇年代半ばだから、男女雇用機会均等法ができて十年くらい経ってたわけだけど、お母さんたちは、それ以前の世代。当時、女性がキャリアを積める会社は少なかった。コンサルをやるようになって自分で調べて分かったんだけど、お母さんのいた会社では、七〇年代から女性がキャリア組に入れた。外資系以外でこういう会社は例外だった。

でも、十歳でそんなこと分かるわけがない。家の外のお母さんは謎だった。

お母さんが、私たちを置いて朝から夕方や夜までいる会社って、何をするところなの？　どこにあるの？　お母さんはそこで何をしているの？　家では、お父さんもお母さんも会社の話をしないし、聞いちゃいけない雰囲気があった。今になってみれば、両親とも、仕事のことは家に持ち込まないという立派な心がけだったと理解できるわけだけど。

秋の学年遠足にバスで出かけて、町外れの信号で止まった時、名前だけを知っていたお母さんの会社が見えた。建物に大きな字で社名の看板が飾られていたわけ。お母さんはここで働いていたのか——私は近くにあったバス停の名前と辺りの景色を忘れないよう、懸命に記憶した。その時には、お母さんには内緒で会社に行って、本当にお母さんがいるのかどうか、そこで何をしているのか確かめることに決めていた。

翌朝、通学仲間の友達に忘れ物をしたと告げて、家に戻った。あなたは同級生とのお喋りに夢中で、気づかない。我ながら知恵を働かせたものだと思う。ランドセルを背負ったままバスに乗ったら怪しまれると思ったんだ。

玄関のドアを開けると（その頃、家に鍵をかけないのは当たり前だった）、二階からおばあちゃんが「どうしたの」って声をかけて来た。忘れ物、って大声で返事して自分の部屋に入った。ランドセルを机の下に隠し、貯金箱のお金をポケットに入れた。もう一度二階のおばあちゃんに「行って来ます」と言って、家を出た。冒険の始まりなのに、意外とドキドキしなかった。

歩いてバスセンターに行き、路線図を見たけど、昨日のバス停を見つけられない。すると、近くにいたおばあさんが声をかけて来て教えてくれた。

もちろん、今日学校は？　って聞かれたけど、お母さんの会社に行きますと答えたら、それ以上は追及されなかった。バスの運転手さんは、おや、という顔で私を見たけど、別に何かたずねたりはしなかった。私は誰にも嘘をつかなかった。

目的の停留所で降りたら、目の高さがバスに乗ってた時よりうんと低くて会社の看板が見つからず、パニックになりそうになった。周りは工場や倉庫ばかり、人っ子ひとりいなかった。でも、方角の見当はついたから、歩き出した。間もなく、建物の切れ目に会社の名前が見つかった。前日の遠足はずっと曇り空だったのに、その日は真っ青で、高い空の上からカキーンと金属音が聞こえて来そうなほど澄んだ晴天だった。

会社の近くまで来ると、大きなゲートの近くに制服の女の人が立っているのが見えた。近づくに連れて急に緊張し始めたんだけど、入り口の受付のそばにいたお姉さんは、私を見つけるとやさしげに微笑んでくれた。

「こんにちは、お嬢ちゃん。見学に来たんですね」

私はびっくりした。だって、一目見ただけで、こちらの目的が見抜かれたのだから。

私は、こくりとうなずいた。驚きで、言葉が出なかった。

お姉さんは再び微笑んだ。

「他の人たちと一緒じゃなかったの？　他の人たちは、どうしてるかしら？」

私は固まってしまった。連れなんていないるわけない。返事をしたくても、私には答えの用意がなかった。この間の男の子みたいな嘘をつく才覚は私にはなかった。

お姉さんの表情が改まって、いぶかしげな目で私を見始める。微笑みは、唇の端に消えずに残っていたけれど。

「お嬢ちゃん、お名前は？」

これなら、答えられる。

「笹島です。笹島彩夏と言います」

お姉さんは、手に持っていた紙を眉をひそめるようにして見た。

「笹島さん、工場見学の予約はしてる？　あ、予約っていうのは事前の申し込みのことね」

「予約はしていません」と私は答えた。さっき自分の名前が言えたので、少し緊張がほぐれていた。「ここはお母さんの勤めている会社です。お母さんが働いているところを見学したいんです」

「え？　彩夏ちゃんのお母さんはここで働いているの？」

私はうなずいた。

お姉さんが私に向かって何か言おうとした時、背後から声がかかった。入り口ゲート横の受付事務所の窓から、守衛と思われる男性が顔をのぞかせていた。

　見学予約をしていた人が、途中で交通事故に遭って来られなくなった、と言ったのだと思う。お姉さんは驚いた様子だった。けれど、すぐに冷静な声になって、社内の女性で笹島さんていう方、わかりますか？　と守衛さんにたずねた。

「ササジマ？　覚えがないな」と返って来た。私にも声は届いたから、お母さんはここにいないかもしれないと思い、少しこわくなった。

「私も笹島さんという名前は初耳です」とお姉さんは言った。「でも、よく知らない部署もあるから」

「新しいパートの人とかだと、わからないなあ。その子のお母さん？」

　お姉さんは守衛さんにうなずいてから、私の方に向き直った。

「お母さん、本当にここにいるのね？」

　私は迷いを隠して、しっかりうなずいた。そうしないと、追い返されそうな気がした。

「私について来て。お母さんが働いているところを見せてあげられるかは分からないけど」

　私はお姉さんの後について、敷地の中に入った。受付の前を通る時に頭を下げたら、守衛さんが敬礼してくれた。

　最初に連れられて行ったのは、古い倉庫を改装したような、大きいけれど質素な作りの部屋だった。見学者の待合所だったのだと思う。中央には工場の製品らしい機械が展示されていたけれど、当時は興味が湧かなくて、何も覚えていない。長椅子がいくつかあって、私はその一つに座って待つように言われた。

お姉さんはあちこちに電話をかけた。どこかの部署に笹島という女性が働いていないか確かめていたのだ。でも、一向に探し出せない。何度も電話をかけ直す様子を見ていたら、心細くなった。

お姉さんは一度首を傾げてから受話器を置き、私の方を向いた。

「彩夏ちゃん、お母さんが会社でどんなお仕事をしてるのか知ってる？」

私は不安を隠して、ハキハキと答えた。

「一日会社で仕事をしてます。夜遅くに帰って来ることもあります。遠くに出張に出かけて、家に帰って来ない日もあります」

私の答えを聞いて、お姉さんの表情が変わった。ついに正解にたどり着いて納得したとでもいうように。

お姉さんは再び電話をかけた。今度は最初にかけた先で長く話をした。通話をしている間、何度か私の顔を見た。

電話が終わると、もう一度、私について来て、と言った。

「お母さんが、会社のどこにいるか分かった。でも、この工場じゃないの。彩夏ちゃんが会えるまで、時間がかかりそう」

お母さんが本当にこの会社にいるのだと聞かされてホッとした。

お姉さんと私は、敷地の中の広い通路を歩いて、真新しいビルにたどり着いた。白い真四角の建物は銀色の五層の縞で、幅広のボーダー柄のTシャツのように区切られていた。縞模様は窓だったのだけれど、光を反射して中が見通せない。何か秘密めいた場所のように思えた。お母さんはここで働いているんだ、私たち家族に秘密にしているだけでなく、会社の中でも内緒のお仕事をしていて、案内のお姉さんもお母さんのことを知らなかったんだ、と考えた。

入り口のドアの内側にも守衛さんがいた。お姉さんはその人と少し話をしてから、私を呼んだ。ここでも守衛さんに会釈をしたけれど、いぶかしげな目で見られただけだった。

お姉さんは入り口から遠くない場所のドアを開けた。中には簡素な応接セットが置かれていた。タバコ臭かったのを覚えている。

「私は、ここまでね。別の係の人が来るから、それまで、待っていて」

お姉さんはそのまま立ち去ろうとしたのだが、急に立ち止まり、近くにあった何かのスイッチに触った。すると壁のブラインドが半開きになり、大勢の人が働いているのが目に入った。ブラインドは、別の部屋を見通せる窓を隠していた。お姉さんは私に職場を見せてくれたのだ。

お姉さんは、いたずらっぽく微笑んだ。

「じゃあ、彩夏ちゃん、さようなら。早くお母さんに会えるといいね」

ありがとうございました、とお礼を言った。しばらく一緒にいたお姉さんがいなくなることに不安を覚えたらしく、私の声は小さかった。

お母さんが見つからないか、もう一度ブラインドの向こうの部屋に目を向けた。すると、最初に目に入ったのは、お姉さんだった。部屋の奥まで一直線に歩いて、誰かと短い話をし、もう一度こちらに近づいて来た。お姉さんは右手を肩の高さに上げ、私に向かって小さく手を振った。私は思わず頭を下げた。

しばらくすると、別のお姉さんがコップ入りのリンゴジュースを持って来てくれた。このお姉さんは制服は着ていなかった。部屋を出る時、振り返って私の顔をじっと見つめた。別に意味はなかったんだと思うけど、なぜだかその目が怖かった。リンゴジュースはおいしかった。喉が渇いていたらしい。

また少し時間が経って、今度は、前のお姉さんが話しかけたおじさんが、少し慌てた様子でこちらに近づいて来た。おじさんはドアを開けて顔をのぞかせるなり、お母さんと私の名前を確認した。私が緊張しながら答えると、うん、と一声発しただけで元の席に戻っていった。そして、長い間、誰かと電話で話をしていた。

することもないし、話し相手もいない。私は窓の向こうで働く人たちの様子を眺めていた。男の人の多くがスーツ姿で、上着を着ていない人もネクタイはしていて、みな同じ人に見えた。女の人の服装は男の人よりは多少の個性があるものの、そろって地味だった。私は小さすぎて、それぞれの年齢の違いは目に入らない。全員が「大人」だ。

仕事場は教室のようには人で埋まっておらず、空いている席もあった。お母さんは帰りが遅いことも多く、疲れた顔で夕食を食べることがあったから、会社はすごく忙しい場所なのだと思っていた。でも、一番近い場所に座っている男性は、さっきからずっと笑いながら電話をしている。外に面した窓際では、男性が数人集まってタバコをふかしていた。

お母さんは、他の人よりもたくさん仕事をしているから忙しいのかな、と考えた。そうだとするとかわいそう。コンピュータのキーボードを一心に叩いている女の人の隣が空いていたので、勝手にお母さんの席だと決めて、働いている様子を想像してみようとした。うまく行かない。頭が少しボンヤリしていた。朝から続いていた緊張が、朝の日射しで溶ける水たまりの氷みたいに、ゆるみ始めていた。

少しうつらうつらしたようだ。その証拠に、永遠に電話口で笑い続けるのかと思っていた男性の姿が席から消えていた。その空いた場所の向こう、私のいる部屋に顔を出したおじさんのそばに、お母さんが立っていた。

お母さんは到着したばかりのようだった。お母さんがお辞儀をすると、おじさんは椅子から立ち上がって、何か言葉を返した。すると、お母さんはさっきより深くお辞儀をした。

とうとうお母さんが来たのに、私は驚きもしなければ、喜んでもいなかった。何かがヘンだったのだ。

それは確かにお母さんだった。けれど、そこにいるのがお母さんだと確信が持てなかった。成人男性の肩からやっと上に出るくらいの背、短いけどふんわりしたボリュームのある髪、その頃よく着ていた、膝下丈のスカートとコンビの濃い目のベージュのジャケット……みんなお母さんなのだけれど、何かヘン。何も違わないのに、全部違う。

おじさんが先に立ち、お母さんが後について、こちらに近づいて来る。お母さんは、私が見ていることに気づかなかった。私の頭の中に一つの妄想が浮かんだ。このお母さんは、お母さんそっくりの仮面をつけた別人なのだ、と。このお母さんはきっと、私に気づいたら、リンゴジュースを持って来てくれた女性のような恐ろしい目で私を見るだろう……自分で勝手に考えたことなのに、私は自分で想像したお母さんの目つきに怯えてしまった。

お母さんの姿が窓から消えた。私は両手を閉じてぎゅっと拳を握りしめた。お母さん、私ね、お母さんが働いているところが見たかっただけなの――お母さんにそう言おうと思って、私は身がまえた。

ドアが開くと、おじさんが先に入って来るものと決め込んでいたのに、お母さんが立っていた。お母さんにそっくりのお母さんだった。私はさっきの科白を言おうとして口を開いた。

「あのね、お母さん、あのね……あのね」

そんな言葉しか出て来ない。でも、私がそう言っている間に、お母さんの顔からお母さんそっくりの仮面がはがれ落ちて行くのがわかった。温かいミルクの表面を覆う薄皮のようなものが消えて、間違いのない本当のお母さん――私の知っているお母さんが現れた。

「もう、彩夏、あなた、何やってんのよ」

お母さんはそう言って、私に近づいて来た。お母さんは私を叱らなかった。一方で、抱き合って感動の再会という風にもならない。お母さんは私が怯えていることに気づいただろうか？直前までいた偽者のお母さんが怖すぎて、そこにいるのが本物のお母さんだとわかっても、恐怖心が大きな魚のように心臓の周りを激しく泳ぎまわっていたのだ。

お母さんは私の右の手を取り、両手で握りしめた。お母さんの手は乾いていた。でも、暖かかった。

「あのね……」

お母さんは右の手を離して、私の頭の上に置いた。私は顔を上げてお母さんを見た。お母さんの目に、うっすらと涙が浮かんでいた。すると、心臓の周りの魚はメダカみたいに小さくなった。想像上の怖いお母さんはいなくなった。その時はよく分からなかったけれど、お母さんは私が見つかって、心底ホッとしていたのだ。

私の「会社訪問」は、学校に行ったはずの子供が一時行方不明になるという一大事件だったのだ。入学以来無遅刻無欠席の小学四年生が、無断で学校に来ない――友達は忘れ物を取りに一人で帰ったと証言――家に連絡すると、一旦戻った後学校に出かけたとおばあちゃんの返答――勤務中の両親も行方を知らない……警察に捜索願を出そうかというぎりぎりのタイミングで、「工場の事務所」から本社勤務のお母さんに電話がかかって来たのだ。

結局、この事件のインパクトが、お母さんの会社員としてのキャリアにとどめを刺すことになった。私がお母さんに会社を辞めるよう頼みに行ったという誤解が生じたのは、そのせいだ。学校をサボってでもお母さんが働いている会社というところに行ってみたい――そんな私の願いは、だれにも理解されなかった。お母さんはどうだっただろう？

大学生になって、お母さんに、私の軽率な行動のせいで会社を辞めることになったみたいだけど……と話を向けたことがある。お母さんからは、勤めは限界だと思っていたから、踏ん切りがついただけ、という言葉が返って来た。二人の子供を産むのを認めてくれた寛容な会社だったけど、女性の昇進を阻むガラスの天井はやはりあった。そこに頭がつっかえかかっていたのだ、と。そのまま居残ったとすると、透明な天井に頭をぶつけてコブをつくるか、無理矢理ぶち破ってガラスの破片で怪我をするか、そのどちらかだっただろう、と。

私の行方不明事件の後、おばあちゃんは強く、恐らくお父さんも、お母さんが会社を辞めることを求めたようだ。でも、最後は自分で決めたことだった、とお母さんは言った。勤めを辞めても、私には二人のかわいい娘がいて、会社員時代のへそくりでコンサートにもいっぱい行けて、いいことがたくさん。大怪我もせずにすんだし……。

「それがお母さんの本心だったのか、私を気遣ってくれたのか、確かめることができない。今になって、お母さんに色々聞きたいことがあるのよね」彼女は、長くくっつけすぎて痛くなった耳から受話器を離しながら言った。

「お姉ちゃん、いいな。私はお母さんとそんな大人の会話はできなかった。死んだ時、中学生だったもんね」と妹は答えた。「交通事故なんだから、どうしようもないけど、お母さんには生きててほしかった」

「うん」

二人は黙り込んだ。姉の方が口を開いた。

「ごめんね。長い話に付き合わせて。明日も仕事なんだよね。おまけに、お母さんのことを思い出させてしまうし」

「それはいいけど、初めて詳しい話を聞いたら、お姉ちゃんはやっぱり変な子供だったたって確認できた」

「私は変じゃないから。だいいち、その、やっぱりって何よ」

「お姉ちゃんは変だけど、やっぱりかわいいとも思った」

「だから——」

「お休みなさい」妹はそう言うと、姉が次の声を出す前に電話を切った。

お休み、と彼女は独りごちた。その晩、本当にやすむ時間になり、布団に潜り込んで間もなく、十歳の時に会社で見た偽者の母親の顔が瞼の裏に浮かんで来た。それを意識的に消すと、今度はオクダ・ケイスケの顔が記憶の内から呼び出された。ショウトとユウカの兄妹に続いて新規事業室に入って来た時の顔。あの時のオクダ・ケイスケは、父親の顔だったのだろうか、それともカキヤ社員の顔をしていたのだろうか？

彼女の頭に、今度は、偽者のお母さんとは何者だったのか？　という疑問が浮かんで来た。それは、十歳の時からずっと彼女を悩ませている難問だ。あの時に感じた恐怖心を思い起こすと、会社員という仮面というようなどこかで聞いた風のありふれた答えでは納得できない。だから今も謎のままだ。それでも、以前よりは答えに近いところに到達したと感じる。インパス社の社員になり、カキヤで〈セルプロ〉の仕事をすることは、やはり何事かなのだ——コンサルタントには許されない情緒的な判断だった。根拠を示せない。でも、今はそれでいい。

18

いつものように、ふんふんと鼻を鳴らしながら、営業五課長の間宮は余裕の表情で、彼の弁明を聞いている。

彼が〈セルプロ〉の問題点について、すぐに解消できる見込みがないことを伝えても、表情は変わらない。彼は、笹島から聞かされた言葉をちょっとだけ楽観的な方向にずらしつつ、言葉をついだ。

伝えるべき用件を話し終えると、間宮は右手で後頭部を軽くいじり、もったいをつけるように暫く間を置いた後で、言葉を発した。

「使っている身になってもらわないとね。ミスがあるんじゃないかとヒヤヒヤして、後で再確認というんじゃ、市販前だとしてもひどすぎる」

彼は何度目か頭を下げた。

「これから着実にミスは少なくなります。そのための態勢も整えました」

そう言って、目顔でインパス社の島の方を示した。笹島と小淵はインパス社の東京事務所に出かけて戻っておらず、今日の午後は倉本とデータ校正者の中年男女二人が、キーボードを叩く音を響かせつつ無言で仕事を続けていた。

彼の島でも、週三日出勤の黒田はいない。午後五時を過ぎ、中丸は席を立って帰っていいのかどうか、迷っているように見えた。

「中丸さん、もういいよ」

中丸はうなずくと机の上のものを片付け、立ち上がって頭を下げた。

間宮はその間インパス社の島の方を見ていたが、急に彼の方に向き直った。

「乾さ、これから話できる時間、ある？　できたら場所を変えて話がしたいんだが？」

インパス社の人がいない場所で、ということのようだった。しかし、それだけでなく、飲みに誘っているようなニュアンスが感じられた。意外な提案だった。転籍した当初、そのうち五課で歓迎会をするから、と間宮は口にしたが実現せず、最近ではそんな言葉は忘れたかのようだったのだ。この誘いは受ける方がよさそうだ。しかし、タイミングが悪い。

「すみません。今日は時間が……」

「え？　一刻を争うような問題がまだあるの？」間宮は誘いを断られるとは考えていなかったようだった。

「今日、家族がこちらに来るんです。もう実家に到着してると思います」

「平日に……？」

「あちらの事情で」

間宮は彼の家族の事情について聞こうとしなかった。別に話しても構わなかったのだが。

オクダ一家が新規事業室に闖入した夜、彼は家族が恋しくなって、妻の携帯に電話した。春休みだし、年に一回は忠実堂本社持ちで家族を呼んでいいことになってるから、来ないかと誘った。

断られるだろうと思っていたら、いきなり、じゃあ来週火曜に行っていい？　と即答されたので驚いた。子供の同級生の母親から、ディズニーランド行きを誘われたところだったのだ、と妻は言った。すごい偶然ね。その母親が一緒するはずだった家の子がハシカだと判り、乾母子が来ればチケットを無駄にせずにすむから、というわけだ。実は前から誘われてたんだけど、せっかく東京に行くのに平日は悪いと思って、一度は断ったの——。

「乾は九州に一度も帰ってないんだな」

「家族が来るのも初めてです」

「ふん。なら、帰ってあげな」

そう、できるだけ早く帰る必要がある。彼の両親と彼の妻とは良い関係ではなかった。両親は妻に息子を奪われたと被害者意識を持っていた。妻はそうした義父母の感情を察して、なるべく彼の実家に近づかないようにしていた。そのせいで余計に溝が深まったのだが。彼のいない実家が冷え切った雰囲気であることは容易に想像がついた。

「いやさ、昨日まで俺と本庄とで東北に遠征してただろ」間宮は、それまでとは打って変わった穏やかな口調で言った。「東北は〈セルプロ〉のサポート地域に入ってないから、毎晩営業日報を手打ちで入れてたんだよ。〈セルプロ〉に慣れてると、これがかったるいんだ。一緒に行った本庄なんか、こんなのやってられませんよ、だって。まあ、本庄は五課で一番〈セルプロ〉を使いこなしてる人間だけどな」

彼は思わず間宮の顔を正面から見た。間宮は目を合わせようとしないが、冗談や嫌味を言っているのではなさそうだった。間宮が〈セルプロ〉について好意的な評価をするのは、彼の記憶では初めてだった。かえって応答に困った。

「本庄さんはよく理解して協力してくれるので、ありがたいと思っています」

間宮は、ふんふん、と彼の言葉を受け流し、立ち上がった。

「製品のねらいとしては悪くないようだな。頑張って続けていけばいいと思うよ」

間宮は大きな音をたててドアを開け、部屋から出て行った。


その朝、家を出る前に、今晩はすき焼きだと聞かされていた。彼の家では、すき焼きは特別の日の献立だ。生玉子が苦手な妻は、すき焼きを好まない。しかし、彼の両親の前では言わないことになっている。

七海と悠人が、帰宅した彼にまとわりつく。彼の姿を見た途端、七海の方は素直に全身で喜びを表し、悠人の方は少し緊張しているようだった。まだ幼稚園の年少組で、ほとんど二ヵ月ぶりに会う父親にすぐには親しみの情が湧かないらしい。しかし、姉にくっついて甘える内、そうした硬さは消えた。

「パパも、ディズニーに行こうよう」と悠人。

「パパは会社があるから、駄目なんだって」と七海。

「そりゃ、パパだって会社よりディズニーランドに行きたいけどな」

本当のところ、彼はディズニーランドが好きではない。だが、その時は、会社に行くより子供たちと「夢の国」で過ごしたいと思った。

「紀実彦、早く着替えて来なさい。すぐ御飯だから」

母親がダイニングのテーブルをすき焼き用に整えつつ、声をかけた。妻は持参したエプロンをかけ、流しに立っている。父親は居間にいて、ＴＶの前で新聞を広げている。父親の新聞を読む声がかすかに彼の耳に届く。

二階に上がると、彼の部屋は見慣れない荷物でいっぱいだった。賑やかな色彩の子供のおもちゃが床中に散らばっている。旅行鞄と小さなリュックが二つ。まだディズニーランドにたどり着いていないのに、ディズニー柄のパッケージがいくつか。園内で思い切り遊べるよう、園外でも買えるものは午後の内に都内のショップで購入したのだ。

妻が階段を上がって来る。子供たちの足音がそれに続く。

「ごめんなさい、散らかしたままで。着いてすぐ夕食の手伝いを始めたから」

「気にしない」と彼は答える。「土産とかは、あ――」兄貴の部屋、と口にしそうになり、言いよどんだ。「あっちの部屋になおしておくから」わざと方言を使った。

「私がやるよ」と妻は答えた。

「布団を敷く時でいい。下を手伝ってあげて」

妻はうなずき、何が面白いのか両親の様子をニヤニヤしながら見上げていた子供たちを追い立てながら、階段を降りた。

一人になって、彼は自分が暗い気分に陥っていることに気づいた。なぜかな、と考えて、さっき兄貴の部屋と言いかけたことに行き着く。間宮課長から〈セルプロ〉への好意的な評言を聞いて、彼は珍しく明るい気分で帰途に着いた。家族と再会できることもやはり喜ばしいことだった。だが、実際に家に戻ると、彼の心には影がさす。この家の空気には彼の気分を暗くする成分が漂っている。だが、彼はそれを分かった上で戻って来たのだ。単身赴任のアパート住まいを諦めた時にはそうは考えなかったが、今は老いた両親の家に住むことを義務だと感じている。

部屋を出ると、すき焼きの香りが階下から昇って来た。


「七海の玉子を割ってあげて」と妻に声をかけられた。

「わたし、できるもん」七海は反抗して、器の中の玉子を取り出す。

「だめよ。テーブルを汚したら迷惑になるでしょ」

母親がそう言っている間に、七海は玉子をテーブルに打ちつけた。うまい具合に少しだけ割れたのだが、七海はそれを器の上できれいに二つに割ることができない。彼が手を添えて手伝った。中身と一緒に小さな殻の破片が落ちた。彼の母がそれを器用に箸で取り去る。

「上手にできたじゃない」と彼の母は七海を褒める。

「すみません」と彼の妻は謝る。

七海はママの謝罪が不満なのか、唇を尖らし、かちゃかちゃ音を立てて玉子をかき回す。

「ぼくもやりたい」と悠人がママにねだる。彼の妻は息子の言葉を無視して悠人の玉子を割り、かき回した。

「もう満開のようだ」と父親が脈絡なく口にする。つけっぱなしのTVが、桜の開花について報じるのが父親の耳に入ったのだ。九州では満開なのだそうだ。だが、彼の妻は気づかない。

「忠実堂の本社のそばの桜並木はきれいだよね」と妻に向かって言った。妻は彼が何を伝えたかったのか理解した。

「今、満開みたいです。うちの近くの公園の桜も素敵です」

「こちらは、まだもう少しね」と彼の母親が口をはさむ。

「小さな子供は、桜よりもディズニーランドだろうな」と彼の父親が言い、そこで話が途切れる。彼の妻は、一昨日、悠人のママ友たちと子供連れで花見をしたことを黙っている。

そうだ、兄と最後にすき焼きを食べた時にも桜が咲いていた、と彼は思い出す。彼が九州へと去る前日のことだ。あの日、兄はとても機嫌が良かった（その時の顔を彼は鮮明に思い出せる。不自然なほどに高揚していると感じたことも）。弟が遠くに行ってしまうのに、何ともないのか、と母親に文句をつけられたほどだった。あの頃、兄は仕事が面白かったようだ。しかし、間もなく暗転する。詳しい成り行きは知らない。今だったら「パワハラ」と名づけられそうな仕打ちを上司から受けていたらしい。そんな話を一度、電話口で断片的に聞かされたことがあっただけだ。「家出」後、兄は彼には全く連絡して来ない。

「アンバサダーホテルって言うんだよ」七海がおばあちゃんに向かって、友人の一家が今晩どこに泊まるのか説明している。

「ホテル？　ホテルがディズニーランドの中にあるの？」とおばあちゃんがたずねた。

「そうだよ」悠人も参戦する。「ミッキーが部屋にいるんだって」

「違うけん」と七海が突然九州訛りになって弟をやりこめる。「ミッキーの部屋っていう名前なだけ。色んなミッキーグッズが置いてある部屋」

「でも、ミッキーと会えるって、タク君が言った」

「ミッキーに会えるとは、部屋でじゃないけん。な、ママ」

妻は、黙ったまま二度うなずいた。

「でも、ミッキーの部屋、いいなあ」と悠人。

「わたしもアンバサダーホテルに泊まりたかった。マユちゃん、羨ましい」

彼の妻は、子供たちの言葉が聞こえなかったかのように反応しない。

「ホテルっていうのはね」彼が責任上（と自分では感じつつ）口を開いた。「旅行に行った先で泊まる場所のない人のためにあるの。悠人や七海は、おじいちゃん、おばあちゃんの家があるから、わざわざホテルに泊まらなくていい。恵まれてるんだよ」

大した演説だ。七海は半分わかったような顔になった。悠人は鍋から自分でしらたきを取ろうとして、うまく行かず、そちらに注意が向いている。

「じゃあ、今度来る時は、そのディズニーランドのホテルに、おばあちゃんたちも一緒に泊まろうか」とおばあちゃんが言った。

「え？　いつ、いつ？」七海が急に笑顔になる。

悠人はびっくりしたように顔を上げた。

「ディズニーランド、すぐにまた来られたりしないから」ママが素速く口をはさんだ。「みんなで行けたら楽しいでしょうけど」

七海は再び唇を尖らせて不満を示した。そして、彼の方を向いて言葉を発した。

「マユちゃんちのパパは来なかったけど、怒ってるんだって。なぜだか、わかる？」

「自分だけ仕事で行けないからだろ？」と彼は答えた。

「違うの。アンバサダーホテルは値段が高すぎるって怒ったんだって。マユちゃんのママが言ってた」

娘は、いつの間にか、こんなこまっしゃくれたことを口走るようになっていた。成長したと言うべきか……。

「子供の前で、お金の話をするのは良くないな」突然、彼の父親が厳かに言った。

食卓は静かになった。彼は妻の方を見た。彼にとって意外なことに、妻は彼と視線を合わせると微笑を浮かべた。

その夜、翌朝の早い出発に備えて、彼の家族は早い時間に床についた。子供たちは明日が待ちきれない様子で興奮し、寝るのをいやがったが、移動の疲れもあって抵抗は長続きしなかった。彼と妻も、十一時前には、子供たちと一緒の部屋に二人並んで床を取った。しかし、明かりを消してもすぐには寝つけない。妻が小さな声を出した。

「あなたは、こちらで実家に戻ることを選んだでしょ？　わたし、少し残念だった。あなたがアパートに住んでくれたら、子供たちは母親に預けて、一人でおさんどんに来れたのに。学生時代は、わたしが一人住まいをしてたじゃない？　あの時みたいな気分が味わえるかも、って、ちょっと期待したの」

妻は自分の言葉を恥ずかしがるように、小さな笑い声を立てた。彼は上半身を半分起こして、妻の唇に軽くキスをした。それから、しばらくの間、二人は手をつないでいた。妻が先に眠った。彼は、その後も目を覚ましていた。寝息と一緒に、明日も会社だ、という声が聞こえた気がした。それは彼の独り言だった。

19

つばめは、新幹線の上りホームにすでに入線しようとしていた。彼女は手近なドアから乗り込み、指定された車両に移動した。

柿谷忠実堂の若社長は、窓際の座席に腰かけている。彼女が遅れたことをわびると、空いた隣席に腰かけるよう、すました顔でうながした。若社長は、秘書を連れない単身での移動を好む。いつものように、地味な色合いの、だがいかにも上等そうな生地を形良く仕立てたスーツに身を包んでいる。彼女は、自分がコンサルタント時代からのスーツを皺も気にせず着ていたことに気づいて恥ずかしくなった。

「結局、ずいぶん慌ただしい出張になったね」

若社長にそう話しかけられて、彼女は再度わびた。

「すみません。最後の訪問先で話を詰めていたら、ぎりぎりになりました」

「こちらの都合で同行してもらうんだから、謝らなくていいよ」

彼女の二泊三日の九州出張で、若社長と二人で話す時間が取れず、博多への移動時間をそれに当てることになった。

若社長が言葉を続けた。

「乾君とは、うまくやってる？」

突然の質問だったので、一瞬間を空けて答えることになった。

「ええ。問題ありません」

若社長が一瞬微笑んだ。乾が苦手なことを見抜かれた気がした。

「乾君は地元出身者の多いうちの会社では異物だから、意地の悪い見方もされる。私はその異物性を活かして伸びてほしいんだ。カキヤは敵地同然だから、一種の海外勤務。そこを乗り切って、成果を出せるかどうか」

成果が十分でなかった場合、どうなるのか？　笹島の頭の隅に疑問が生まれ、すぐに消えた。

「〈セルアシ〉……じゃなかった、〈セルプロ〉だな。まったく岩佐さんらしい。いきなり電話で、名前を変えたからと言われて、思わず笑ってしまった。それで、こっちの負け。ここでは、〈セルプロ〉について会議で出なかった部分を聞かせてもらいたい」

彼女は、昨日の忠実堂本社での会議で、〈セルプロ〉の進行状況について、うまく行っていることもそうでないことも、おおむね正直に報告した。だが、プロジェクトや新規事業室を取り巻く雰囲気については、殆ど話題にしなかった。

「会議ではあまり出なかったけど、GPS版の方はどうなの？　何か問題がある？」

「それをお話ししなくてはと思っていました」後で触れようと考えてはいたが、痛いところをつかれた感じでもある。「問題があります。最初はアプリ版にトラブルが頻発したのですが、それはほぼ解消して、今はアプリ版が順調なのに、GPS版の方が停滞しています」

スマホやタブレットと違い、専用機をわざわざ鞄から取り出して操作するのがかったるいらしい。試験運用を行っている五課十人中、今もGPS版を使っているのは二人だけ。しかもしょっちゅうボタンを押し忘れるという状態。頭の痛い問題だった。しかし、自分から持ち出したにもかかわらず、若社長はGPS版については追及せず、話題を切り替えた。

「聞いていると思うけど、〈セルアシ〉の方は開発が順調で、九州での発売は秋に前倒しになる。来年になったら、関西以西の西日本でも営業活動を始めたい。それらがうまく行けば、来年中には、東日本で売り出したいんだ。突然だけど、笹島さん、東日本での〈セルアシ〉販売について、何か考えていることはある？　カキヤを代理店に使うかどうかも含めて」

虚を突かれた。二泊三日の九州出張の間、彼女は〈セルプロ〉のソフト設計やGPS版の製作に関係する会社との打ち合わせに多くの時間を費やした。〈セルアシ〉の販売展開のことなど、頭に浮かびもしなかった。

「〈セルアシ〉の販売に関しては考えていませんでした」素直に認めるしかない。東京にいるのだから、〈セルアシ〉の東日本での展開について考慮に入れるくらいしておくべきだった。後悔したが、遅い。

若社長は横を向いて彼女の顔を見ながら、言った。

「忙しそうだけど、いま伝えたからね。考えておいて」

「承知しました」

自分の顔を外から見ることができたら、恐らく苦笑と表現するしかない表情をしているだろう、と彼女は思った。若社長は、たぶん彼女にこんな表情をさせたかったのだ。ちょっと意地悪そうに笑っている。でも、育ちがいいせいか、嫌味な感じがしない。

彼女は、自分が会社を外部から俯瞰するコンサルタントの視線を失っていることに気づいた。内部の人間になりきっていたのだ。自ら望んだ通りに。これは一つの達成なのか？　しかし、内部化したという自覚がないのはまずい。再び、しかし、内部化することこそが、会社員になることとの真の意味だとしたら？　ミイラになる以外にミイラを手に入れる方法がないのだとしたら？　……

新幹線の改札を出ると、二人の忠実堂社員が待っていた。彼らは、並んで歩いていた若社長と彼女との間に割って入った。

彼女は、若社長の視野に入るように一礼して、地下鉄乗り場に向かった。子会社の社員が社長の車に同乗することはできない。忠実堂の社員たちは、彼女が社長のそばに特権のように寄り添っているのが面白くない様子だった。

予定では、博多駅で降りて空港に行き、東京に戻るはずだったのだが、若社長から福岡でのパーティーに参加するように命じられた。毎年恒例の得意先を集めてのパーティーなので、彼女が出る意味は殆どない。若社長は、元外資系コンサルティング会社の出身者がグループ企業にいることを自慢したかったのだ（と当人が言った）。なので、壇上で社長に紹介され、挨拶がすんだら、用事はない。

忠実堂の知り合いや、元外資系のコンサルタントと聞いて話しかけて来た何人かの相手がすむと、手持ちぶさたになった。早めに空港に行こうかと思い始めた時、若い男性が笑顔で彼女に近づいて来た。外股でちょっと左右に振れる見覚えのある歩き方。柿谷忠実堂の子会社ＫＣリテールの横田だった。

彼女も笑顔になった。

「こちらは横田君の担当地域じゃないでしょ？」

「展示会の手伝いで駆り出されました。今はパーティーのにぎやかし要員です」

お互い会場に殆ど知り合いがいないので、壁際の椅子に座って話し込んだ。彼女は意外な話を聞かされた。港のレストランで二人で昼食をとったことが、横田の家庭で「連れ」（横田の妻）との悶着の原因になったというのだ。

「あそこに実は連れの友達が働いてて、通報が行ったんすよ。あんたとこの旦那、今まで見たことのない嬉しそうな笑い顔で、都会風の女の人と話し込んどったって。よくもまあ、でたらめを」

「仕事のインタビューをしてただけだものね。あ、お座敷列車の話もしたか」

横田は笑顔でうなずいた。

「家に帰ったら、連れが怒ってるから、わけわからなくて。仕事だって話して、一件落着かと思ったら、その仕事相手の女の人、すごく格好良かったと友達から聞いたけど、って。俺は、格好いい、この辺にはいない感じって答えたら、また怒り出して。もう、アホかと」

「何だかその話、嬉しいけど、私、謝った方がいいの？」彼女は吹き出しそうになりながらたずねた。

「いやいや」と横田は答えた。「格好がどうのっていうのは、笹島さんは事実格好いいですけど、それよりも、連れが最近体重が増えたのを気にしてるからで。これ以上増えたら俺もイヤだけど、今くらいなら構わないと思っていたんすよ。なのに、友達の話を聞いただけでキーッて怒るって、あれ、何なんすかね？」

「体重は女性にとってデリケートな問題だから。でも、誤解が解けたなら、良かったじゃない？」

横田は小さくうなずいた。

「横田君たちが協力してくれたおかげで、〈セルアシ〉はすごく順調に進んでる。前より、もっと使いやすくなったでしょ？」

再度横田はうなずいたが、かすかに表情が曇ったのを彼女は見逃さなかった。

「何か問題がある？」

横田は少しの間口ごもるようだったが、やがて意を決したように言葉を発した。

「ソフトは良くなっているだろうと思います。ただKCの営業は、〈セルアシ〉の日報入力の機能以外は使えなくなったので、営業情報マップがどうなったかとかは知りません」

「え？　それだと〈セルアシ〉の入り口の部分しか使えないってこと？　〈セルアシ〉のいいところは、営業活動の情報を全員が共有できることだから、半分意味がなくなっちゃう」

「そこが問題で、営業情報が全部見えてしまうと、会社の営業上の秘密が守れなくなるって言うんです」

「それは当たり前のことで、だから〈セルアシ〉では、呼び出せる情報を、社内かどうかや職階に応じて、一部制限するシステムが入ってるでしょ？」

「その制限です。子会社の社員が親会社の情報まで見られるのは良くないってことになったらしいです。忠実堂の営業が扱う情報は、部長級以上じゃないと見れないみたいです」

「うーん」彼女は思わずうなってしまった。「だけど、忠実堂の営業とKCリテールのしている仕事って、事実上変わらないじゃない。私はどっちにも同行したから知ってる」

「忠実堂の食品関係の売り上げの内、四割はKCの扱いです。うちは部長より上は殆ど忠実堂の出身なんで、そこで線を引いたんだと思います。でも、KNS《カキヤ・ニッポウ・システム》、便利ですよ」

会社はある意味、秘密の塊だ。一方、〈セルアシ〉の大きな利点は、営業情報を効率よく収集し、視覚化して共有できることにある。本社と子会社の折り合いは簡単ではないが、安易な線引きをしては台無しだ。しかし、彼女は実際の運用面にはタッチできない。個性を持った一人ひとりが全体像を共有し「協働」する――それが魅力で、彼女は〈セルアシ〉〈セルプロ〉の仕事に打ちこんで来たというのに。

次の言葉を探しあぐねていると、横田は、声を低めて言葉を発した。

「実は、俺、酒販卸の大手の人に前から転職を誘われてました」

やっぱり。横田が人材であることは見る人には分かるのだ。分かっていないのは忠実堂本社の人間。彼女は思わず横田の目を正面から見た。嘘やハッタリでないのは明白だった。

「営業先で何度もかちあう内、一緒に飲んだりするようになって。転職は乗り気じゃなかったんですけど、〈セルアシ〉の使用制限のことがあって、だいぶ心が動きました。俺、笹島さんに営業情報マップを見せてもらってましたから。知らなかったら、何とも思わなかったかもしれないけど」

「私、悪いことしたかな?」と笹島はたずねた。

横田は首を横にふった。

「で、行くことにしたの?」

「いいえ。移ったら引っ越ししないといけないし、九州管内ですけど、転勤もあるので。連れが絶対地元じゃないと駄目なんです。一泊二日の出張だって、機嫌悪くなるんすから」

「愛されてるんだね」

「大変な奥さんだって、本当は思ってるでしょ？」

彼女は笑った。一方、横田の表情はさらに真剣になった。

「あの、会社では誰にも話していないんで、絶対に秘密にしてください。俺、来月いっぱいで会社を辞めます」

「え？　誘われた会社、行かないんでしょ？」

「地元の先輩がやってる会社があって、そこで働くことになります」

先輩という発音には、学校や運動部ではなく、学校外のグループを示唆する微妙な響きがあった。

「それ、どんな会社？」彼女は恐るおそるという調子でたずねた。

「うーん。主なのは土木・建築機器のリースですけど、中古車販売とか飲食店とか色々やってます」

彼女はゆっくり首を縦にふった。

「勤めてからは、その先輩と付き合いはなかったんです。先月、急に呼び出されて、いきなり、今の給料いくら？　って聞かれて。答えたら大笑いされました。今の一・五倍出すからうちに来てくれっていう積もりだったけど、それなら二倍でもいいやって」

「……今はそんなに安いの？」

「ええ。忠実堂の本社だって高くはないみたいですけど、それに較べても、安いです。子供を持つことを考えたら、このままじゃ無理かなって、前から思ってました」

「そうなんだ」

横田は、気にしないでください、と言うようにうなずいた。

「先輩の会社、いい社員が集まらないんです。地元で素性の悪い会社と思われてるからなんですけど、先輩はこれじゃいかんと思ってて。俺が真面目に働いてると聞きつけて、誘うことにしたんだそうです。これからいい会社にしたい、お前と一緒ならできるって」

横田は間を置いてから、言葉を続けた。

「迷ったんすけど、ほら、笹島さん、経営コンサルタントだったのに、わざわざ柿谷忠実堂という地方企業のそのまた子会社に入ったじゃないですか。俺も、自分から苦労を背負ってみようかな、って。笹島さんと違って、給料は良くなるんだし」

横田は笑顔になった。

「子供ができて、大きくなる頃に、子供に自慢できるような会社にできればいいかなと思って。俺、笹島さんに刺激を受けたんすよ。今日、笹島さんに会えたのはラッキーでした」

「柿谷忠実堂の関係者としては、横田君という有能な人物に去られるのは残念だけど、話を聞いたら、止めるわけにいかないね。横田君をちゃんと処遇できない会社が駄目なんだ」

「そんなことないすよ。俺がいなくても、他の人が替わりをするだけです」

彼女は首を横にふった。

「ちょっと聞きましたけど、〈セルアシ〉の仕事、東京で結構大変なんですってね。笹島さんも、頑張ってください」

「だれがそんなこと言ったの？　私バリバリやってるから、全然大丈夫よ」

二人で笑った。それから立ち上がって、短く握手をした。互いにもう二度と会うことはない、と了解しながら。


横田と別れた後、彼女は、自分は何ておかしな立場にいるんだろう、と感慨にとらわれた。新幹線の車中で柿谷グループのトップとさしで話をし、そのすぐ後には同じグループの最底辺に位置する子会社社員から秘密を打ち明けられる。若社長と横田君は、その次に、またその前に、誰と話をしたのか知ったら驚いただろう。それは少し裏切りに似ていた。それぞれと、全く別の話を、違う態度でしたのだから。一方には聞かせられない情報を入手し、当然それを他方には伝えない。でも、裏切りとは違う――自分は、二人に対してそれぞれ誠実に向き合っていた。

彼女は、さらに考える――こんなおかしな経験をしているのは、私にコンサルタントの尻尾がついているからだ。そのことは間違いない。でも、コンサルタントのままではできない経験をしているのも、明らかなことだ。単に経験を積んでいるのではなく、他にない経験をしている。そう考えたら、胸の奥に静かな喜びの感情が湧いて来た。

明日から、カキヤの新規事業室とインパス社東京事務所での冴えない日常が再開される。でも、そこは、自力で未知の何ものかに向かって進むための特別の場所なのだ。

20

営業二課の安藤課長と約束した午後六時を、十五分過ぎた。手が空けば、向こうから内線電話がかかるはずだった。営業部は一課と二課が三階、三課から五課が二階に配置されている。彼は五課で用談をしながら、安藤の電話を待っていた。

営業部の二階フロアでは空席が増えつつあった。あちこちで、お先に、お疲れ様、と別れの挨拶が交わされる。フロアには暖かいリラックスした空気が漂っていた。一日の仕事を終えた営業部員たちの安堵と解放感が、この穏やかな雰囲気の源だろう。彼は、忠実堂本社の終業時がどうだったか思い出そうとするが、うまくいかない。自分一人だけイライラしている気がした。

彼と間宮課長、本庄の三人による〈セルプロ〉をめぐる打ち合わせは、ひとまずけりがつき雑談混じりになっている。

「安藤さんは、気難しいわけじゃないんだ」と間宮が言った。「ずっと現場の一線にいて、その自負があるから、これまでのやり方を変えるような変革は拒否したい。古株なのに、重役どころか部長にもしてもらえなかったので、意固地になってる面もある」

「日報の一枚も渡さないっていうのは、やっぱり気難しいですよ。上から言ってもらえないんですか?」本庄は、彼と課長の両方に向かってたずねた。

「佐久間部長に頼んだけど、自分でやれって。営業部の上の方は様子を見てるだけ」と彼は答えた。

「ふんふん」間宮が鼻を鳴らした。

電話が鳴り出した。間宮が取り、彼に三階に上がるよう促した。六時二十分になっていた。

彼は安藤課長に近づいて挨拶した。安藤は挨拶を返さず、約束に遅れた詫びもせずに、ただ立ち上がった。

三階のフロアは、すでに閑散としている。今日は二階より早じまいのようだ。

「応接室に行こう」

部屋の奥に向かって歩きながら、彼は、二階でのような終業時間のリラックスした気配を感じることができなかった。五課にたびたび足を運ぶので、二階の空気にはだいぶ馴染んでいた。これに対し、三階に上がるのは、安藤や佐久間部長と会うためであることが多く、たいてい気の重い用件だった。彼にとって三階はアウェーの場所なのだ。

安藤は、応接室を使うよ、と言い置いて、佐久間のそばを通り過ぎた。佐久間が顔を上げると、彼と視線がぶつかった。佐久間はニヤリとしたようだった。彼は会釈をした。

応接室の壁には板材が使われ、古めかしい布張りのソファーが置かれている。テーブルをはさんで正面から向き合う形ですわった。緊張が募る態勢だ。彼は、今回こそ肝を据えて説得をしようと決めていた。しかし、機先を制せられた。

「お時間を取っていただき、ありがとうございます」と、彼が礼を言うと、安藤は、「〈セルプロ〉の日報の話は、もうすんだと思っている」と切り返したのだ。

二の句が継げない。その間に、安藤が言葉を続けた。

「二階でも、まだ五課しか使っていないいんだろ？」

「はい。三課と四課とは、詰めの折衝中です」

安藤の真っ黒い二つの瞳が彼の顔を見据えるように固定された。

「使うことに決まったのか？」

「正式にではありませんが、その方向で進んでいます」

KNS《カキヤ・ニッポウ・システム》のおかげで日報記入が捗るという話は、五課からフロアの他の課にも広まりつつあった。ただ、三課と四課の課長は、上層部の消極的な姿勢を知悉しており、自分で決断して先に進むことを躊躇していた。

「二階でそれだからね。三階は別世界だよ。そもそもうちが何をする会社なのか、君は知っているか？」

「生産者と生産者、生産者と販売者といった業者どうしを結びつけるのが、カキヤの主な業務だと考えます」

「業者を結びつける、ね。じゃあ、カキヤは商社なのか？　問屋なのか？」

「どちらでもあると思います」

「ふん。で、カキヤの元である九州の柿谷忠実堂は、どっちだ？」

「忠実堂は問屋に近いです。大きな倉庫がいくつもあり、運送子会社を直轄で持っています」

「カキヤも問屋だよ」安藤は断言した。「商社なんて、格好のいいものじゃない。本社ビルの一つを今も商品倉庫に使っているのは、うちが商社だなんて勘違いする人間の目を覚ますためだ。二課の人間は、ボッとしてるようだったら、今でも倉庫を手伝わせる。君も、気合いが入らない日は、行って力仕事をするといい」

「機会があれば、そうさせていただきます」

「新人を採用する時には、商社の方が有利だから、そう言ってるようだがね。君も、忠実堂に入る時は、地方の商社だと思ったろう？」安藤の口調に九州訛りが混ざるようになった。

「いいえ」と彼は正直に答えた。「食品関連を中心とした問屋だと知っていました」

「君は変わった人間じゃね。問屋だと知って入ったのか」

彼は、やがて妻となる人の親戚に紹介され、会社についてかなり詳しく聞かされていた。ネットで調べる今の時代なら、かえって商社だと思い込んだかもしれない。

「カキヤも同じだ。加工食品、加工食品の材料と原料を取り扱うのが主力の問屋だ」そうした品目は、営業一課と二課の担当だった。「柿谷忠実堂もそうだろ？　うちじゃ、三課が、たまに大きな契約を取って偉そうな顔をするが、それも食品問屋の信用があればこそだ。食品関連の商売は堅実なんでな。三課は年によると赤字だ。五課は言わずもがな」

「イワズモガナ」という声に重なるように、ドアがノックされた。安藤が、どうぞと言い、佐久間が顔を出した。

「おや、まだ続きそうだね」と佐久間が声をかけると、安藤は否定しない。

それだけで、佐久間は去った。佐久間と安藤の間には親しげな空気が漂っていた。そんなに仲が良かったっけ、と不思議だった。佐久間は安藤を敬遠しているのだとばかり思っていた。安藤はまだ彼をやりこめたいらしい。佐久間が消えると、すぐに話が再開された。

「商売を知らない連中は、昔は問屋風情が……と見下し、今はネット時代だから問屋不要などとくさす。だが、どんな時代でも、現物の大事さを知らない人間に、本物の商売はできやせん」

食品関連は堅調、ネットより現物が大事、いかにもお説の通りだが、いかんせん九〇年代末から、食品関係の売上は右肩下がりが続いている。新しい稼ぎ手を探して、〈セルアシ〉のプロジェクトは始まったのだ——しかし、彼は頭でそう考えただけで、反論はしなかった。

「忠実堂は田舎会社だが、伝統のある問屋だ。江戸時代の終わり、ちっぽけな乾物商だった柿屋が、明治時代にどうやって九州の有力な食品問屋、柿谷忠実堂になったか知ってるか?」

知っていた。若社長肝いりで作成された『挑戦! 柿谷グループの一二〇年』という大判の社史が新入社員研修で配られ、これをテキストとして会社の歴史を教えられたのだ。

「きっかけは、日清戦争だ。開戦が近いという情報をつかんで、寒天や片栗粉、こんにゃく粉など軍艦用の糧食になる乾物を大量に仕入れておき、それを軍に売りさばいた。柿屋は、御用を勤めていた武家から台所方だった士族を招き、商人の才覚と、武士の時代を読む大局観の両方を活かす経営をしていた。それが奏功したわけだ。柿谷忠実堂の名前は、その武家筋から頂戴した。知ってるな？」

彼はうなずいた。

「まあ、同じ武士の能力を商売に活かした会社でも、三菱と違って、田舎で大手の問屋という小成に安んじたのは残念といえば残念だが、それでも今日まで続いているのは立派なもんだ。しかし、こっち側、カキヤという会社は違うぞ。必死の努力でやっと問屋になったんだ。やっと問屋になったとはどういうことか、わかるか？」

子会社であるカキヤの歴史については、通り一遍しか教えられていない。わかりません、と答えるしかなかった。

「俺が九州から着任した時、柿谷忠実堂関東支店は水の中に浮かんでいた」

安藤は突然昔話を始めた。そうしながら、彼の顔を大きな二つの目玉でにらんだ。ちゃんと聞いているか確かめたらしい。

「元々沼地だったここいらは水はけが悪く、前夜の大雨のせいで、コンクリート二階建てが一階の床上まで水没してたんだ。夜行列車が豪雨で遅れ、ようやくたどり着いたら、辺り一面池のようだったのだ。驚き、かつ失望した。元々関東なんぞ来たくなかったのに、命令で泣く泣く赴任したところだった。窓の向こうに人影が見えたので、池の端から呼びかけたら、正面のドアが開いた。海パンにランニングシャツの男が、腿の辺まで水に漬かりながら現れて、こっちに来いとどなる。躊躇していると、男は、早く、と急かした。仕方ないから、両方の肩に荷物をかつぎ上げて水の中に入った。六月末だから水がそんなに冷たくなかったのは幸いだった。男は両手で水をかきながら近づいて来て、途中で荷物を私から一つ受け取ると、支店長の岩佐だ、よろしくなと言った。その頃は頭に黒い髪の毛がたっぷり生えていた。まだ三十代の半ばだったんだ」

安藤は何が嬉しいのか、一瞬ニヤッとした。

「建物の中も浸水していた。停電で薄暗い部屋に入ったら、目の高さに白い二本の脚があったので、心臓が止まるかと思うほど驚いた。頭の上から、いらっしゃい、と女の声が落ちて来た。女はスカートをたくし上げ、机の上に置いた木箱に腰かけていた。素足を机に、上半身は机横の棚に向けて、伝票を繰り、電卓を打ちつつ書類に書き込みをしている。当時の支店長夫人、現カキヤ社長夫人だ。ちなみに夫人は社員ではなかったが、その頃は夫人がいないと支店の事務仕事は回らなかった」

彼は、水没した社屋と聞いて、終戦後の話だろうと何となく思っていたのだが、電卓という言葉で一九七〇年代の話だと気づいた。

「支店長に続いて、二階に続く階段に向かっていると、腰まである釣り用の長靴の上に、背広にネクタイの若い男が降りて来た。肩の上に段ボール箱を載っけている。納品行って来ます、と支店長に声をかけて、こちらには一瞥をくれただけでジャブジャブ水に入って行った。後で見たら、池の端に脱皮した大蛇の殻のように長靴が脱ぎ置かれていた」

安藤は、再度彼の顔をにらむように見た。そんな怖い顔をしなくても聞いてますから、と言いたかった。

「階上から、赤ん坊の泣き声が聞こえてきた。支店長夫人が、あやしてあげてと声をかけ、支店長は、あいよと答えた。階段を上がって足が水から出ると、支店長にズボンを脱げと命令された。二階は、当時取扱っていた食品の在庫が置かれている。濡れたまま上がるなというのだ。ズボンを脱いで壁の鉤にかけ、備え付けの乾いた雑巾で濡れた脚を拭いた。二階の各部屋には、段ボール箱詰めの乾物や、一斗缶に入った食用油などが大量に置かれていた。本当は一階が倉庫なのだが、時々水没するので不便な二階を置き場にしていた。乾物は軽いからいいが、食用油の取り扱いには難儀した。支店では、男は力仕事をするのが当たり前だった。それどころか、営業や倉庫以外に不動産の仕事もやった。関東支店は、所有する土地と建物のことで大変な苦労をしていたのだ。そんな話、聞いたことあるまい？」

初めて聞きました、と彼は答えた。

「廊下をさらに進むと、倉庫部屋が途切れて住居用の部屋になる。赤ん坊は、支店長夫妻が居間兼寝室として使っていた部屋で泣いていた。ベビーベッドと畳んだ布団、タンス、TVや卓袱台で中はぎっしりだった。支店長は俺に荷物を戻し、自分は泣きわめいている一歳くらいの赤ん坊を抱え上げた。泣きやまないが、支店長はそれには構わずに廊下に出て、来たのとは反対側のドアを開けた。外付けの階段を降りて、隣の二階建ての木造アパートに向かう。もちろん水の中をジャブジャブと。支店長は二階の一室の鍵を開けて、当分ここに住めと宣告した。だが、中には畳まれた布団と枕、ポットと湯飲みが置かれていて、人が暮らしている気配があった。指摘すると、アパートの住人の誰かが時々勝手に使っているようだ、だが、今日からお前が住むので、そんなことはできなくなると言った。何に使ってたんですか？　と聞いたら、それは知らん方がいい、という答えだった。窓を開けて、空気の入れ換えをした。逃げ出したかった。だが、できなかった。なぜだか、わかるか？」

安藤は、彼の答えを期待していないようだった。間を置かずに、自分から口を開いた。

「ズボンを穿いていなかったからだ」

笑うところらしかったが、笑えなかった。安藤は不満そうに少し間をあけて話を再開した。

「一九七〇年代半ば、石油ショックの後、狂乱物価だの戦後最大の経済危機だのと騒がれていたが、現物を持つ忠実堂は、世間には内緒だったが、実はかなり儲かっていた。それを原資に、かねて念願の関東進出をはかった。まずは出物と思われた物件を支店と配送所用に購入した。ところが、これがとんでもない代物だった。水が出る、アパートやビルの賃貸の契約はでたらめ。貸借人は怪しい企業や食わせ者ばかり。岩佐さんは、そこに送り込まれたんだ。仕事はできるが生意気で、当時の社長にうとまれて飛ばされた。関東支店は忠実堂の流刑地だったんだ。岩佐さんの前の支店長は、椅子に座って鼻くそをほじりながら、電話番をしていただけだ。当時、転職は好ましいこととみなされなかったが、社長ほどの人物ならいい働き口が見つかっただろう。だが、そうはしなかった。理由は聞いたことがない。なぜだと思う？」

また、聞かれた。わかるわけがない。なぜでしょう？　と聞き返した。

「知らんね」と安藤はつぶやいた。知らないなら聞かないでくれ、と彼は思った。

「ともかく岩佐さんは、ここにとどまった。そして、あらゆることをした。まずは問屋の仕事。小売店に九州の物産を細々と置いてもらうことから始めて、徐々に取引先を拡大していった。言っておくが、当時、九州の田舎問屋が関東の市場に入り込む余地なんて無かったんだ。それを、ほんの小さな隙間を見つけ、熱意とサービスと根性で商品をねじ込んで行く。当初は小さな商店相手が多かったから、配送や納品も自力でやった。その後も、取引先の開拓は悪戦苦闘の連続だったが、岩佐さんがつけた筋道がなければ、悪戦すらできなかっただろう。柿谷忠実堂本社は、関東支店の苦境に対し、我関せずで何も援助してくれなかった。岩佐さんは敏腕支店長なんぞじゃなく、関東での創業者だった。後に、会社をカキヤという名前に変えたについて、源はそこにある」

柿谷忠実堂という長く田舎くさい名前は、業界では名の通った九州ならともかく、こちらでは商売の邪魔になってもメリットは何もなかっただろう、と彼は納得した。

「営業や配送以外の時間は、不動産の仕事だ。夜だろうが日曜だろうが。岩佐さんは結ばれていた賃貸契約を切って、敷地を支店ビルと配送センターに作りかえる計画を立てていた。あのでたらめな状況下で、カキヤの将来像をすでに頭に描いていたわけだ。社員を敷地の物件に住まわせ、部屋を一戸一戸取り戻していくことも重要な作戦だった。そんなことを続けていると、自分の家と会社、私生活と仕事の区別がつかなくなる。当然、耐えきれずに去る者がいた。一方で、私のように残った人間もいる。過酷な日々だったが、思い出すと懐かしい。こう言うと、家内に、軍隊生活を懐かしむ爺さんみたいだと馬鹿にされるが。結局のところ、岩佐というものすごい引力を持った人物の周りを、惑星のように飛んでいたのだ」

安藤が、言葉を切って彼の方を見た。何か言え、という表情に見えた。カリスマですね、と彼は言った。安藤は、しかし、彼の言葉を聞かなかったかのように話を進めた。

「岩佐さんは、ビジョンという問屋らしからぬ言葉をよく口にした。先を見通す力を持て、ということだ。それを、きちんとした調査や行動で裏打ちする。岩佐さんは、治水工事が進んで、二年以内にこの土地が浸水しなくなることを見通していた。それまでも治水工事は何度も行われたが、ことごとく失敗していたんだ。で、誰も治水計画を信用しなくなったが、岩佐さんは今度は成功すると確信していた。納得いくまで調査した上でのことだ。二年後、交通の便の良いこの辺りの土地の価値は急上昇する。それを担保にすれば、銀行からの借り入れで関東支店に独自の財源を確保し、独立独歩で商売を拡大できる。そのためにも、時が来る前に怪しい間借り人や企業を追い出さなくてはならなかった。つまり、自分の土地を地上げしていたのだ。これが、いかに大変か分かるか？」

彼は、とりあえずうなずいた。地上げというと、暴力団がからむ怖いイメージがあった。

「話を戻す。辺りは水浸しで、まだ赤ん坊は泣き続けている。支店長は、あと一時間半で水が引くから、そうしたら来いと言い置いて、支店の建物に戻っていった。驚いたことに、本当に一時間半で水は引いた。部屋から廊下に出ると、厚化粧の女と初老の男が二人立っているのが目に入った。夫婦にも恋人同士にも見えない。女は私が鍵を閉めるのを確かめると、近くの部屋に男を連れこんだ。後で戻ったら、廊下に出しておいた布団やポットが消えていた。で、その日、支店で何をしたかというと、洪水の後始末だ。デッキブラシでたまった水を掃き出し、モップや雑巾で汚れた床や調度をきれいにする。支店長が率先してやる。岩佐さんの手にかかれば、他のだれより早く、きれいになる。それがすむと、予め退避させていた機器類や書類を元の位置に戻す。外回りの掃除も、支店長は先頭だった。岩佐さんは、どんな仕事でも一番勤勉だった」

安藤は何度目か、彼をにらんだ。自分は、どう考えても勤勉でも丁寧でもない。恐れ入るしかなかった。

「水が引くと、辺りは空き地が多く、いい加減な造作の畑もあった。今からは想像もつかない景色だ。忠実堂以外にも人が住み、働く場所はある。そんな人たちも、洪水の後始末に出て来た。一番多かったのは、カーラーを巻いたままだったり、下着のような姿だったり、寝間着にアップした髪だったりという、いかにも出勤前の水商売関係という風情の女たちだ。チンピラにしか見えない若者や職人風の男性もいた。驚いたのは、そんな人たちがみな支店長と仲良しだったことだ。近づけば気やすく挨拶し、遠くからでも目が合えば手をふりあう。パンチパーマの中年男が寄って来て支店長にタバコを勧め、しばらく二人してふかしながら雑談をする。気づくと、支店長の赤ん坊は、いかにも居酒屋のおかみ風の割烹着の女性に抱っこされ、ケタケタ笑っていた。支店長の奥さんは一人脇目もふらずに書類仕事だが、赤ん坊を任せて何も心配していない風情。実は、これこそ支店長の地上げの仕事だったんだ。みんなに、円満に、しかしきっちり期限内に出て行ってもらう。そのため、地域のだれとも良好な関係を結んだ。二年後に水が治まる話だって、支店長は内緒にしていなかった。地域の人たちは計画を信用せず、この人何も分かってないな、と支店長を哀れみの目で見ていたのだ」

突然、彼のお腹がググーッと鳴った。空腹の自覚がなかったので彼は驚いたが、安藤は音を聞かなかったかのように、調子を乱さず話を続けた。

「だが、だれもが支店長と柿谷忠実堂関東支店に好意的に接してくれたわけではない。支店の所有する建物は、元からヤクザに侵食されていた。そういう土地柄だったのだ。そんな連中にも、期限内に出て行ってもらう必要がある。当然、危険な目にもあったんだ。支店長は、何度か拉致された。結局、ご近所さんに助けられたよ、と笑っていたがな。そして、治水工事が終わる前に、そうした連中も見事に一掃した。最後には、みなで別れを惜しみあったくらいだ。どうやったと思う？」

見当がつきません、と彼は答えるしかなかった。まさか、別のヤクザを頼んだのだろうか？

「ただ、誠心誠意交渉をしただけだ。そんなことでうまく行くわけがない、と誰もが言う。しかし、支店長は実際にそうしたんだ。金にも力にも頼らず、声を荒らげることも卑屈になることもなく、ひたすら丁寧に、粘り強く交渉を続けた。ただし、交渉の下準備を徹底的にやった上でだ。だれも真似できないほどに完璧な用意をした。関係する契約書類を全部点検して分類・整理し、関係がありそうな法律や判例、地域の土地行政に関する資料を可能な限り集めた上で、特に重要な部分はしっかり頭に入れておいた。契約関係がどんなにこじれ、複雑に見えたとしても、最終的にこちらに理があることは、みな承知しているのだ。それを、一分の隙もない形で証明できるようにする。ただし、相手をやりこめるのではなく、あくまで納得してもらうために集めた資料を使う。そこを間違えると、膨大な証明の材料が却って相手の怒りを誘う起爆剤になってしまう。支店長は肝を据えて、困難な仕事に立ち向かった。こうした交渉の際、支店長がとても大事にしていたことがある。何だと思う？」

彼は、これまた、わかりません、と答えるしかなかった。

「記録を取ることだ。交渉が終わった後、記憶が鮮明な内に書面化しておく。どんなに遅くなっても、徹夜してでも。時間が経ってからつけたあやふやな記録は、シビアな交渉では役立たない。逆に、きちんとした記録は鋭い武器になる。まずは出席者や場所、日時など基本的な事項を正確に記す。複数の相手と同時並行で交渉するのが常だったから、混同などのミスを防ぐのに、基礎は疎かにできない。その上で、発言やその時の雰囲気などを細大漏らさず書きつける。細大漏らさずというのが大事だ。要点だけを書くと、些事と思われていたことが、後で重要だと判明した時に役に立たん。記録を手で書きつけることで、しっかりした脳内の記憶が形成される効果もある。支店長は自らそれを行い、部下たちにも徹底させた。長く難しい交渉であればあるほど記録は厚く蓄積され、資料としての価値が増す。交渉相手は脅ししか能がない連中だから、場当たり的なことしか言えない。こちらが暴力的な脅迫に屈しなければ、そんな連中は最終的には理のある方に太刀打ちできないんだ。たまに弁護士を連れて来る奴がいたが、弁護士連中はこちらの資料の量と正確さを認識した途端、依頼人に勝ち目がないことを理解する。弁護士が参加すると交渉が捗るので、むしろありがたいくらいだった」

安藤の鼻が嬉しそうに、また自慢げにピクピクと動いた。安藤はこれが話したかったのだ、と彼は納得した。

「その上で、支店長からは日記をつけるように命じられていた。会社の仕事と自分の生活が区別できない毎日だから、仕事をうまく回すには私生活の記録も必要だったんだ。俺の日記はメモ程度だったが……みんな昔話だ。時代は変わった。今の世の中、部下に日記をつけろなんぞとは言えん。代わりに、営業日報に、細大漏らさず、正確に書き込めと指導している。営業日報は、毎日会社に生み出される宝物だ。これは、どんな時代が来ても変わらない。だから、私が課長でいる限り、営業二課で〈セルプロ〉が使われることはない。君に、二課の営業日報を見せることもない。〈セルプロ〉を使わないのだから、必要ないだろう？」

安藤の話は、結局、彼の要請への全否定で終わった。彼は言うべき言葉を見つけられない。間の悪いことに、またも彼のお腹が鳴った。安藤はニヤリとした。

「これで終わりだ。君は、新規事業室なり、自分の家なりに帰れば良い」

彼は座ったまま一礼をし、ゆっくり立ち上がった。そして、また、お話を聞かせて下さいと言った。

おや、というように、安藤の眉が動いた。

自分でも知らない内に、そんな言葉が出て来たのだ。諦めない営業マンを、無意識の内に演じていた。彼は再度頭を下げると、応接室を後にした。

21

営業部三階フロアは無人で、明かりはほとんどが消されていた。規則正しく並べられたたくさんの机の中で、安藤の席の一角だけが明るい。彼は、二つの課を貫く通路を移動する自分の影を見ながら歩いた。説得するために面会の約束をしたのに、話を聞かされただけで終わった。丸で三人目の安藤課長に会ったような気分だ。

〈セルアシ〉プレゼン時に要領を得ない長広舌をふるった一人目、取りつく島のない沈黙で彼を拒絶した二人目、そして、今日は嘴《くちばし》をはさめないほど饒舌な三人目が出現した。古狸にかつがれている。ただ狸の目的は一貫していた。〈セルアシ〉〈セルプロ〉を排除すること。最初は退屈な話でプレゼンの場を白けさせ、次には沈黙でこちらの戦意をくじき、今日は昔話で駄目押しの一撃。完敗だった。たかが営業日報一枚、と誰もが思うだろう。しかし、彼にはそれが高い壁になってしまった。

営業部の外の廊下も暗かった。午後八時を過ぎると、東日本大震災後に三分の一が間引かれた天井の照明から、さらに半分が消される。彼は尿意を感じ、三階のトイレに行こうと歩いていると、頭の内に笹島の顔が浮かんだ。明日、安藤との面談の不首尾について、何と釈明したら良いのか……。

彼は三階廊下の奥には行ったことがなかった。三階のトイレは、二階とは位置が違うのかもと疑いが生じそうになった時、トイレの入り口を見つけた。二階ならここで行き止まりだが、三階はカキヤの東ビルと空中回廊でつながっている。彼は東ビルに一度も行ったことがなかった。いくつか子会社が入っているという話だったが、彼には用がなかった。本社ビルの廊下がそのまま空中回廊につながり、東ビルの金属製の扉で行き止まりになっている。明かりのない回廊は廊下よりもさらに暗く、扉の下から細い線になって光が漏れ出ていた。

彼はトイレに入ったが、照明のスイッチを見つけられなかった。二階のトイレでは、照明のスイッチに触れたことがなかった。内開きのドアを全開で固定し、廊下の薄明かりを頼りにスイッチを捜そうとした。

営業部の出入り口のドアが開く音がした。安藤がこちらに向かって来るようだ。トイレで並びたくはないが、明かりをつけてもらえたらありがたい。しかし、安藤は足早にトイレの前を通り過ぎてしまった。あれ、東ビルに行くのか……。金属の扉が開く重たい音がして、たくさんの人の話し声が一時に耳に届いた。扉はゆっくり閉まっていくようで、声は段々と小さくなっていく。そんな中、一人の男性が大きな声を出すのが聞こえた。

「それ、違うから」

笑っているような調子だった。声に聞き覚えがあった。やや眉が下がり、二重顎の中年男性の顔が瞼の裏に浮かんで来た。〈セルアシ〉プレゼンテーションの時に、営業日報について鋭く、答えにくい質問をした男——営業一課の山本だ。懸命に思い出して損した気がした。

彼は廊下に戻った。東ビルになら、明かりの点いているトイレがありそうだと考え、ブリッジの方に歩を進めた。扉の近くに行くと、たくさんの人が話し、笑う声が聞こえて来た。しかし、ドアノブに手を伸ばそうとして、ためらった。しばらく迷った後で、踵を返した。

反対方向からトイレの前まで来ると、照明のスイッチはドアの外にあることが分かった。

招待されていないパーティーに乗り込む勇気はないな、と排尿しながら考えた。東ビルに、パーティーのできるスペースがあって、今日は一課と二課の連中が集まっているようだ。安藤課長もそこに行ったのだろう。さっきまで顔をつきあわせていた同僚と、終業後、会社の中で再度集まって何が楽しいのか？

彼は、安藤の語った忠実堂関東支店の話を思い出した。社員が会社の敷地内に住み、仕事と私生活の境目がなくなった。公私の区別を付けないのが、支店時代から続くカキヤの伝統なのか。となると、新規事業室に侵入して来たオクダ親子は、社屋で子育てをしていた岩佐社長夫妻の直系ということになる。家族を会社に巻き込むなど、我慢できそうにない。

手を洗い、足早に三階フロアを後にした。気分が悪かった。会社は会社、自分は自分。そんな当たり前のことが守られないなんて。カキヤに来て、ずっと微妙な違和感につきまとわれていたのは、このせいだったのか。二階の連中も、たぶん終業後の集まりをやっている。なのに、五課の一員である彼は招かれない。全員ではなく、任意参加の集まりだから……「全員」の中に自分が入っていない、という可能性に思い至った。

彼は、親会社でありながら、カキヤでは敵のようにみなされる柿谷忠実堂本社から来た人間だった。頭の内部に、排除という言葉が浮かんだ。無視《ネグレクト》という言葉がそれに続いた。考える内、さっきこみ上げて来た嫌悪の感情は薄らいでいった。代わりに寂しさとも悔しさとも嫉妬ともつかない、またそれらのどれでもあるような苦しさが彼の心を占めた。

社員で集まって盛り上がる「パーティー」に参加したいと思わない。転籍したとはいえ、所詮出向者なのだから、「仲間はずれ」にされるのも、まあやむを得ない。来た当初から、ひどい扱いだったのだ。しかし、明確に仲間はずれにされたと分かった途端、心のどこかに欠落が生じた。

新規事業室に戻ると、インパス社の男二人が黙々と仕事を続けていた。その光景は、彼に少しの慰めをもたらした。

22

彼女が新規事業室に入ると、乾が近づいて来て、二人で話す時間を取れないか、とたずねた。すぐにインパス社東京事務所に行く必要があった。そう伝えると、乾は困った顔になった。彼女は、二課の営業日報の件について、乾から報告を受けることになっていたのを思い出した。その表情で、安藤課長との折衝が不調に終わったことを察した。

乾は、日報を取得できなかったことを報告するか迷っているように見えた。黒田をはじめ室内の他のメンバーに聞かれるのをイヤがっているのだ。彼女は苛立ちを覚えた。

「時間がなくて、すみません。ところで、営業二課の日報の件は、どうでしたか？」

乾は、わずかに逡巡の気配を見せた後で返事した。

「安藤課長にはね返されました。自分が二課の課長でいる限り、日報は渡さない、って」

「前と同じですね」

「困りました」彼は小さな声で言った。

彼女は、乾が苦手なだけで、嫌っているのではないと思っていた。しかし、いま彼女は乾が嫌いになった気がした。そういう感情の持ち方が望ましくないのは重々承知していたが。

「夕方までに戻ります。日報の件は、その時にまた」

彼女は乾に伝えて、インパス社の島に行った。小淵は東京事務所に先乗りしているので、倉本と校正係の二人から留守の間の報告を聞き、新しい指示を出して、自分のデスクでいくつか必要な作業をすませると、すぐに新規事業室を離れた。

日射しの明るい春の街を歩き、駅について電車に乗る。気分が晴れなかった。原因は分かっている——これ以上乾を嫌いになってはいけない。他のことに考えを向けようとした。それでも、何かが彼女を落ち着かせない。乾だけが問題ではないのかもしれないと疑いながら、インパス社東京事務所の入っているビルのエレベーターホールに立った。


インパス社東京事務所長の河野は、技術部の次長でもあった。事業部次長の彼女と同格だが、所長を兼任しているので職制上は彼女の上役という立場になる。とはいえ、それまで河野が上役風を吹かせることはなかった。だが、その日は様子が違った。

彼女はまず河野に帰京の挨拶をした後、東京事務所の自分用のデスクにいる小淵に連絡事項を伝えた。それから、いくつかのデスクをまわって何人かと短い打ち合わせをしていると、河野が背後に来て、小淵君と一緒に会議室にと有無を言わせない口調で命令した。

インパス社東京事務所は〈セルアシ〉〈セルプロ〉の仕事が本格化して以来、人員が増加して、今やオフィスは満杯だ。会議室も半分は物置に使われていた。

河野は先に上席にあたる位置にすわり、小淵の来室が遅れると、イライラした表情を隠さなかった。河野は南国の出身らしく穏やかな人柄だと感じていたので、彼女は驚いた。

小淵が席に着くと、河野は挨拶なしにいきなりたずねた。

「お二人は、いま東京事務所がどういう状況か、わかってますか?」

曖昧な質問だった。何を聞きたいのかが確でない。小淵は、こういう時、我関せずとばかりに無視する。彼女が答えた。

「非常に忙しいです。自分自身も含めて、もう少し余裕がほしいですが、当分は難しいと思います」

「余裕、ないですよね。人員も、デスクのスペースも、仕事量も、労働時間も、全部パンパン。死の行進《デスマーチ》、ブラック企業なんて評判が立っても不思議じゃない状況です」

「河野所長が難しい局面で調整して下さるおかげで、何とか運んでいます。感謝しています」

「感謝なんていらないけど、わかってるんだったら、昨日のメール、あれ、何のつもり?」

河野は持参していたタブレットを操作した。

「もしお時間をいただけるようでしたら、明日〈セルアシ〉の東日本での展開について、意見の交換ができたら……って、そんなことに使うお時間なんて、あるわけないでしょ？」

そこだったのか。河野が怒っている原因は、予想もしないことだった。

「で、今日は小淵君が戻って来るなり、〈セルアシ〉の仕様書とプログラム、全部見られる権限を下さい、と。こちらは〈セルプロ〉でてんてこ舞いしているのに、君らは、自分たちだけ次の仕事に取りかかるみたいですね」

彼女は、小淵にも河野とほぼ同じ内容のメールを出していた。

「小淵君は、そんなものを見ていて、〈セルプロ〉の仕事に支障は出ないんですか？　目いっぱい仕事をしてくれていると思っていましたが」

小淵はちょっと間を置き、微笑みを浮かべながら返事した。

「私は大丈夫ですよ。元は〈セルプロ〉と同じなので、一時間もあればレビューできます。〈セルプロ〉の仕事の合間に見ればいいだけのことで。河野さんのお宅と違って、私の奥さんは、遅く帰ったって文句言いませんし」

河野の顔が歪み、痛々しいほどの嫌悪感がその表を走った。小淵の人形妻のことを、河野も聞かされているのだ。

「九州に出張した途端、〈セルアシ〉の話が出て来るっていうのは、あちらで〈セルアシ〉の仕事を進めるように指令があったんですか？」

若社長の依頼だと明かすわけにいかなかった。コンサル時代には、上司やチームの仲間から進行中のジョブに関連して新しい命題を提示されれば、どれだけ忙しかろうと、考え始めたり調査を開始したりすることは義務に近かった。若社長の一言は、彼女にプロフェッショナルとしての取り組み方を呼び覚ましてしまったのだ。しかし、ここは会社であり、彼女はその一員だった。すぐにメールをしたのは明らかなミスだった。

「いえ、独断です。〈セルアシ〉の進行がとても順調なのを目の当たりにして、そう遠くなく東日本への展開があると思ったんです。今のお仕事を邪魔するつもりはなくて、そうしたことを、お考えの内に入れておいてもらえればと考えました。今はそれどころでないことは承知しています。軽率でした。すみません」

河野は、彼女が頭を下げるのを黙って見ていた。彼女が頭を上げ、二人の視線が再度ぶつかると、口を開いた。

「あれですか、笹島さんのような方は先々を読んで、自分で新しい仕事を見つけていくんですか？　それとも、もっと先、新しい転職先まで考えておられるとか？　うちは田舎の中小企業のさらに小さな下請けで、お二人みたいな方が長くいる所じゃありませんものね」

彼女は首を横にふってから、口を開いた。

「申し訳ありません」

そこへ、小淵が口をはさんだ。

「でも、〈セルアシ〉について、少しくらい考えておくのは悪いことじゃないでしょう？」

余計なことを……彼女は小淵に怒りを感じた。そして、これって、会社員らしい感情の動き？　とも思った。今の小渕くらいの物言いは、コンサルタント時代なら当たり前だったのだから。

河野は小渕をにらむように見た。

「お二方とも、インパス東京事務所の状況について、本当は分かっていないんですよ。それを話そうと思って、来ていただいたわけですが」

河野は表情を変えないまま、わざとらしい穏やかな口調で話した。

「先日、インパスの本社から通達が来ました。〈セルアシ〉の西日本展開に備えて、来月、インパス社関西出張所を神戸に開所するので、東京事務所から二名、神戸に異動してもらいます、と。相談じゃなくて、通達。それは無理です、と伝えましたが、忙しいのはどこも同じ、と取り合ってもらえない。どうしたものでしょう？」

河野は、二人の顔を交互に見た。

「後釜に、新しい即戦力を入れられればいいのですが、今ＩＴ系は、どこも人手不足です。うちのような地方の小企業が東京で人集めをするのは、なおさら。むしろ、異動を提示して辞められないよう注意が必要です。ただ、関西出身者や、勤務地にこだわらない者もいるので、人選は何とかできると思っています。問題は、二人抜けた後、こちらで仕事をどう回すか。どうしましょう？」

さらなるハードワーク？　まさか……彼女が返事する前に、小渕が河野に答えた。

「〈セルプロ〉ＧＰＳ版は、実地テストができていないし、すぐに打開できる状況でもないらしいので、そっちの人員を穴埋めに使うのがいいんじゃないすか？」

河野はうなずいた。

「異動する人の後釜に、ＧＰＳ版の担当者をあてることは、私も考えていました。あと、ＫＮＳ《カキヤ・ニッポウ・システム》も停滞しているので、営業日報が全部そろわない今の状況が続くなら、ＫＮＳの担当者を活用してもいいかもしれません。笹島さん、営業二課の日報は、まだ入手できないんですか？　たかが日報一枚、と思うんですけどねえ。どうなってるんです？」

河野だけでなく、小淵まで咎める視線を送って来た。彼女はまたも謝らざるを得ない。

「申し訳ありません。日報が遅れているのはカキヤの社内事情です。〈セルプロ〉のような新しい技術の導入には、やはり抵抗があります。もうしばらく待って下さい。それと、異動していなくなった人の仕事の穴埋めに、ＧＰＳ版とＫＮＳの担当者を使う件についても、応急措置としてはいいと思いますが、それらが再び動き始めた時に支障を出したくありません。どちらも、〈セルプロ〉の根幹ですから。人の手当てをどうするか、本社と改めて協議しませんか？　今回九州を回ってみて、東京事務所が一番厳しい状況にあるのは明白でした」

河野は冷淡な口調で答えた。

「本社の連中、こちらから話を持ちかけても、都合が悪いと聞かなかったふりをしますから。笹島次長の話なら聞くかな？　……この後、全体会議を行いますので、笹島さんは九州出張の報告だけでなく、ＧＰＳ版とＫＮＳの遅れについても説明して下さい」

彼女はうなずいた。今度は事務所全員の前で、謝罪しなくてはならないようだ。他人のせいにはしたくないけど、乾さん、もう少し何とかできないものか？　まったく――。

23

小淵がいないので、インパス社から響いて来るパソコンの打鍵音は、いつもより静かだと彼は感じていた。しかし、人の感覚はそれぞれらしい。

データ校正に派遣で来ている男性の飯干は、前から、インパス社の二人に、もう少し静かにキーボードを打ってもらいたい、と注文していた。それが諍いになって、笹島が仲裁したこともあった。飯干は、彼にも、乾さんから注意してくれないかと申し込んだことがあった。彼の立場では、ちょっと気をつけて下さい、と頼むのがやっとだ。むしろ、飯干のクレーマーめいた態度が気にかかった。

笹島と小淵のいないインパス社の島では、午前中から飯干と倉本との間で何度かやりとりがあり、雰囲気が悪化していた。おまけに倉本は仕事に集中すると、離れていても聞こえるほど鼻息が荒くなることがあった。他の人がいないせいで、倉本の打鍵音と鼻息のミックスが飯干にはますます耳障りに響くらしい。

彼には何かきっかけがあったようには思えなかった。午後四時過ぎのことだ。

「いい加減にしろよ」

飯干が突然椅子から立ち上がった。次に、彼の方を振り向いた。

「もう、我慢ならない」

飯干は、デスクの私物をリュックサックにしまい始めた。

「落ち着いて下さい」彼は飯干のそばに行って、声をかけた。しかし、飯干は返事もしない。新規事業室に新たな難題が降りかかって来たようだった。しかし、彼は飯干を止めるのを諦めた。それは自分の権限でも義務でもないように思った。

飯干は、もう一人のデータ校正者神谷に、これ以上無理、と言い置いて、足音高く新規事業室を後にした。

彼は自分の席に戻った。倉本は前と同じ勢いでキーボードを叩き始めた。確かに耳についた。

「うーむ、あれは相当な変人ですなあ」黒田が笑いながら、彼に話しかけた。

そうですね、とも言えないでいると、ドアがガタガタと大きな音を立てた。

部屋が一瞬で静寂に包まれた。飯干が戻って来るのかと思ったのだ。

しかし、現れたのは飯干ではなく営業五課の本庄だった。本庄は、部屋の中のただならない気配に驚いて足を止めた。

「どうかしましたか？　さっき、すごい顔で出て行く人を見ましたけど」

だれも質問には答えなかった。

「笹島さんは、まだ戻っていないよ」と黒田が言った。

「いいえ、今日は笹島さんではなく、乾さんに用事です」と本庄は答えた。

「なに？」と彼はたずねた。

本庄は黙ったまま彼のデスクの横まで移動し、持っていた紙製のフォルダーをさし出した。

「どうぞ」

彼は受け取ろうとしたが、持ちどころが悪く、中の用紙が床に舞い落ちた。

机の下に入った分を拾い上げながら、彼は思わず、あ、と声をあげた。

「これ、二課の営業日報」

椅子に腰かけ直すと、本庄と中丸がそれぞれ拾った用紙を渡してくれた。

本庄はうなずいた。

「コピーですが。原寸です。今時、B４の用紙を使ってます」

「うん」彼の返事は上の空だった。目と頭は営業日報に吸い寄せられていた。

「秘密でお願いします。安藤課長の許可をもらっているわけではないので」

名前や会社名は消されていたが、筆跡から複数の課員のものと判る。営業日報のスタイル自体は、紙の大きさを除けば目立った特徴があるわけではなかった。ただ、手書きの文字が丁寧で、内容量は他の課より確実に多かった。

「毎日書くのは大変そうだ」彼は独り言のように言った。

「これだけ書く欄があると、後でまとめてっていうのは無理なんです。そこを狙ってます。毎日必ず書け、と。二課の連中はしょっちゅうぼやいてます」

ふーん。彼はまだ日報から目を離せない。本庄が口を開いた。

「情報を毎日新鮮なまま取り込んでいくという狙いでは、安藤課長と〈セルプロ〉と、方向は同じなんですけどね」

ちょっとうまい言い方だな、と彼は思った。

「で、これ、どうしたの？」顔を上げてたずねた。

「二課の知り合いがコピーしてくれました。まあ、日報を見せてよと個人的に頼んで、イヤという人間はまずいませんけど」

「本庄君が頼んでくれた？」

「いや、そこらは阿吽の呼吸で」本庄は声を低くした。「ぶっちゃけ、〈セルプロ〉の導入を、社内で一番望んでいるのは二課の連中ですよ」

彼はうなずいた。実物を見た後では、その通りだと納得できる。

「二課のみなが安藤さんを説得してくれればいいんだけど」

「でも、それが一番できないのが二課の連中です。安藤さんには太刀打ちできない。乾さん、何度も話をしたから分かるでしょ？」

これも納得せざるを得なかった。

「既成事実を作ってくれと、誰とは言いませんけど、二課の人間から頼まれました」

彼はもう一度、日報のコピーに目をやった。

「これで、ＫＮＳに二課の日報を組み込むことができそうだ」

突然、黒田が口をはさんだ。

「さっきから聞こえているんで、口を挟ませてもらいますよ。二課の日報をここで見るくらいはいいと思うけど、内緒で事を進めるのは、まずくありませんか？」

彼と本庄は黒田の方に顔を向けた。

「安藤課長の許可がないんでしょ？　しかも、一応社外のインパス社に見せることになるわけで。場合によっては責任問題です。そうなると、誰が持ち出したのか犯人捜しが始まる」

黒田の言うことはもっともだと彼は思った。しかし、本庄はそうは考えないようだった。

「自分が矢面に立ちますよ。インパス社だって、中に入って仕事をしてる以上、守秘義務があるんですから。そんな細かいこと気にしてたら、仕事はできません」

黒田は本庄の反論を聞いて、かえって表情をやわらげた。

「まあ、本庄君は若くて元気だからいいけど、安藤課長や佐久間部長は、そう簡単に割り切れるもんじゃない」

本庄は笑いながら答えた。

「そもそも問題になりそうな中身だったら、二課の奴だって、こちらに渡しません」

いや、いやと黒田が何か言おうとした時、中丸が急に椅子から立ち上がり、インパス社の島の向こう側に行った。黒田は、中丸を目で追いながら続けた。

「問題かどうか、現場の人間には分からない時がある。最後は乾さんが決めることだけど、私は安藤課長に仁義を通すべきだと思うな」

中丸が、部屋の隅に積んであった柿谷忠実堂の段ボール箱を一つ持って戻って来た。それを自分の机の上に置き、ガムテープ止めされていない蓋の部分を開いた。

「あの」中丸は彼に向かって声を出したようだった。

「なに？」彼はいぶかしげな調子でたずねた。

中丸は返事をせず、段ボール箱から薄茶色に変色した書類を一枚取り出した。中丸は、その大判の書類を黒田に渡した。

「あれ」黒田が声を出した。黒田は、彼に書類を手渡す。

古い営業日報だった。六年前の日付。記入者の所属は営業二課。書式は、本庄が持って来た日報と寸分違わなかった。

「他にもあるの？」と彼は中丸にたずねた。

中丸はうなずいて、箱の中から何枚かの書類を取りだし、それを黒田に渡した。古い日報は、彼の島にいる四人の間を手渡しでめぐった。

「ずっと捜していたものは、目の前にありました、って」彼は思わずつぶやいた。

「中丸さん、二課の日報がそこにあること、前から知ってた？」と本庄がたずねた。

中丸は首を横にふった。

「じゃあ、いつ知ったの？」

「さっき、です」

「え？　どういうこと？」

中丸の要領を得ない話をまとめると——数年前、古い未整理の書類を段ボール箱にしまって、この部屋に運び入れる手伝いをさせられたのだが、さっき床に落ちた書類を拾った時、それが前の書類と同じだと気づいた、というのだ。

「まさに青い鳥だ」と本庄が言った。

「灯台もと暗しということか」と黒田が応じた。

彼も掛け合いに参加したかったが、先に青い鳥と言われてしまったので、できなかった。

「これでKNSを進められる」と彼は言った。「もしバレても、古い日報を使ったと言えば、犯人捜しにならない」

「それでも、安藤課長に一言あった方がいい。実は新規事業室にあったのでと言えば、さすがに認めるでしょう」と黒田が言った。

そうかもしれない、と彼は思った。しかし、安藤と話すこと自体が気鬱だった。

「私はそろそろ戻ります」と本庄が言った。

「今日は、ありがとう。助かったなんてものじゃない」と彼は答えた。「安藤課長に通すかどうかは、これから考えます」

「中丸さんの手柄も大きいですね」と本庄が付け加えた。

「本当に」と彼は応じた。「中丸さん、ありがとう」

三人の視線が中丸に集まった。中丸は恥ずかしそうに、あるいは迷惑そうに顔をうつむけた。

ドアに向かって歩き出した本庄に向かって、彼が突然思いついて声をかけた。

「本庄君、別件で相談したいことがあるんだ。仕事が終わった後に話ができないかな？　今日じゃなくてもいいけど」

本庄は立ち止まって振り返った。

「今日でいいですよ。何時くらいに？」

「何時でも」

「終わったら、こちらに来ます」

「助かる。もし他の用事ができたら、電話してくれればいい」

本庄は、了解です、と答えて再び歩き出した。

24

笹島は、午後五時半過ぎに新規事業室に戻って来た。部屋の中が妙に寂しかった。黒田と中丸だけでなく、自分の島の飯干の姿もなかった。

「遅くなりました」と乾に声をかける。乾の顔は見ないまま自分の席に戻った。

「小渕さんは、まだ戻りませんか？」と倉本がたずねた。

「たぶん、六時過ぎくらいに」

笹島は、倉本と校正係の女性神谷が自分の方を見る視線に、いつもと違う気配を感じた。

「どうかしました？」

一拍分間を置いて、倉本が返事した。

「いいニュースと悪いニュースがあります」

笹島は、その答え方が気に入らなかった。

「どちらが先でもいいから、聞かせてください」

「じゃあ、悪いニュースの方から。飯干さんがばっくれました。ここで働くのがイヤになったみたいです」

「どういうこと？」

「よく分かりませんが、四時頃、突然、もう我慢ならないと叫んで、私物をリュックに入れて帰りました」

笹島は神谷の方を見た。神谷はうなずいた。

「もしかして、キーボードの音の問題？」

「どうですかね。朝から突っかかって来てたので、そうかもしれません。何しろ、これ以上無理という以外、何も言わなかったので。ここに戻る気はないみたいです」

飯干の問題は、できるだけ早く対応する必要がある。しかし、その前に、もう一つニュースを聞かなくてはならない。

「良い方は？」

倉本は黙って腕を伸ばし、乾の方を指し示した。

笹島が乾の方を見ると、乾はパソコンとにらめっこをしていた。聞いているくせに、と笹島は思った。

「乾さん、いいニュースがあるんですか？」

乾は、ゆっくり笹島の方を向いた。そして、天気を話題にしているような平板な口調で答えた。

「二課の営業日報が手に入りました。ただし、安藤課長の許可はもらっていません」

倉本が乾の方を指し示した時、笹島は答えを半ば予期していた。

乾は、笹島の顔に微笑が浮かぶのを見た。しかし、それは作りものの笑顔のように見えた。

「どうやったんですか？」と笹島がたずねた。

「何もしてません。本庄君がコピーを持って来てくれて、それを見た中丸さんが、古いけど同じ中身の日報が、そこにあると教えてくれたんです」

乾が指で示したのは、新規事業室に最初から置かれていた段ボール箱の集積だった。

「青い鳥は、この部屋にいたのかあ」

本庄と同じことを言った、と乾は思ったが、口には出さなかった。

本庄君と中丸さんのおかげだったのか、と笹島は考えた。こういう時、率直に本当のことを言うのは乾さんの良いところだ。何でも自分の手柄にしたい人間を、笹島はいくらも知っていた。

「これで、仕事を何歩か前に進められますね。ただ、今日はこれからインパス社の中で話をするので、二課の日報とKNSのことは、明日にできると助かります。いいですか？」

「了解」と乾は答えた。

笹島は、今度は倉本に向かって声をかけた。

「小淵さんが戻って来たら会議をします。三階の会議室で。神谷さんも、お願いします」

「遅くなります？」と神谷はたずねた。

「七時にならないようにします」

笹島はそう答えた後、飯干に連絡を取ろうとアプローチを始めた。飯干は携帯に出ない。メールの返信も来ない。しかし、諦めるわけには行かなかった。

飯干は、人格に問題があるけれど、データ校正者として有能だった。仕事が早く、しかも正確なのだ。今、飯干を失うことはできない。といって、倉本に機嫌を損ねられても困る。倉本も十分に優秀だった。蛇とマングースのような二人を同じ部屋に入れ、戦うのではなく、それぞれの役割を果たしてもらう――それが上司としての彼女の仕事だった。

笹島は、飯干と神谷を派遣して来たデータベース管理会社の担当者に電話をかけた。苦情ではありません、と笹島は言った。ただ、飯干さんに戻ってもらえるように説得したいのだ、と。話を続ける内に、小淵が帰って来た。

笹島は、小淵と一瞬視線を合わせて、電話に戻った。担当者の言葉をうまく聞き取れず、思わずオウム返しにした。

「え？　セイオン……キーボード？」

小淵と倉本が同時に、笹島に視線を向けた。

「あ、静かな音で静音ってことですね」

笹島は、倉本の視線に敵意がこもっているのを感じた。

25

本庄は新規事業室のドアをすんなり開けて入って来た。彼は仕事のメールを書くのに集中していたので、遅くなりました、と本庄が声をかけるまで気づかなかった。

新規事業室のドアは、たまに無音で開くことがある。なぜドアが音を立てたり立てなかったりするのか、彼には見当もつかなかった。

六時半を過ぎていた。本庄は彼の右前の空きデスクの椅子に腰かけた。そこが、社内から用事で来る人の定席だった。

「インパス社の人たち、早じまいですね」と本庄は言った。

「会議中。派遣の人が機嫌を損ねてエスケープして、大変らしい」

本庄は笹島の席の辺りをチラリと見た。

「さっきは、それで空気が変だったんですね」

彼はうなずいた。

「仕事が終わった後に申し訳ない」

「今日は課長が会議をしたい様子だったんで、むしろ好都合です」と本庄は答えた。

「こっちも仕事の話だからね。しかも、頼み事」

本庄はさも驚いたように目を見開いたが、本気ではなさそうだった。唇の端がわずかに持ち上がっていた。

「なんでしょう?」

本庄の口調は、どんな時でも底意がなさそうに聞こえる。彼は、本庄と会う度、こんな爽やかな応対は自分にはできないと思う。

「〈セルプロ〉GPS版のことなんだ」

「その件ですか」本庄はすぐに納得した表情になった。GPS版の試験運用が滞っていることは、五課にいれば誰にでも分かる。

「日報で助けてもらって、そのすぐ後に今度は別件でお願いなんて、実にみっともないんだけど、そろそろ手を打たないといけない時期なんだ」

本庄は無言でうなずいた。

「GPS版を使ってくれてる二人も、たまにしか触らないから、実地試験がちっとも進まない。この先、四課とか、上の階とか、GPS版の細かい位置情報が必要な連中が使い始める前に、信頼度を上げておきたいのに」

本庄は、再度うなずいてから口を開いた。

「二人ともガラケーだから、GPS版を選んだみたいですけど、ガラケーは電池が持つので、GPS版は予備バッテリーの分無駄に重たいことになります」

「本当はスマホを使ってる人にもGPS版を試してもらいたかったんだ。予備バッテリーが役に立つ」

「私はノートパソコンを持って出るんで、アタッチメントを使えばUSBから充電できます」

「ノートを鞄に入れてたら重いでしょ?」

「重たいけど有用なので。でも、予備バッテリーの分重くなるのは、小さくてもイヤです」

何となく感じていたGPS版の欠点だが、本庄に言われて腑に落ちた。そして、もう一つ、本庄は、GPS版を持ちたくないと彼の機先を制してしまった。

「GPS版に対する五課の反応が薄いのには、理由があるんだな。そこをどうにかしたい」

心づもりでは、GPS版を使ってもらえないか、と本庄に個人的に頼むはずだった。

本庄は、意外な返事をした。

「GPS版の試用に加わってもいいですよ。大事な新商品ですからね。その開発に役立つなら、多少のウェイトは我慢します」

本庄は微笑んで見せた。その後、ただ——と言って、しばらく言葉を探しあぐねる表情になった。

彼も黙っていると、意を決したという表情でようやく言葉を発した。

「あの、変なことを聞きますが、乾さん、このカキヤという会社、どう思いますか?」

「え?」唐突な質問に、彼は答えられなかった。

本庄が言葉を続けた。

「何を言ってるんだと思うでしょうけど……私は、この会社が気に入ってるんです。そういう社員は、結構多いと思います。意外じゃありませんか？　世間的には丸で無名だし、そもそも羨まれるような業種じゃないし、給料がいいわけでもない。乾さんは、失礼ですけど、多分そんなにカキヤが気に入ってないでしょ？」

気に入らないのは確かだ。しかし、それを改めて指摘されるのはおかしな感じだ。

「勤めてる会社について、気に入るとか入らないとか考えないけど、今は居心地は良くないな。理由は言わなくても、わかるだろ？」

本庄はうなずいた。

「けどさ、そんな居心地の悪さなんて、勤めていれば多かれ少なかれ、どこにでもあることで。我慢するのも給料の内」そう言った後、口の中に苦いものが染み出して来る気がした。「我慢するのも給料の内」は、父親がかつてよく口にしていた科白だったからだ。

「乾さんの立場、きついですよね。あの、私は中途採用です。ご存じでしたか？」

「黒田さんから聞いた」

「証券会社で鬼営業をやらされて、結局向いてないと思って二年で転職しました。会社はそれぞれだから、どれが普通ってことはないんでしょうけど、カキヤはちょっと変わってると思います。そこが、私は気に入ってます。カキヤ以外知らない人には当たり前なんでしょうけど」

「証券会社のハードな営業で二年続いたんだ。そんな会社と較べたら、カキヤは普通っぽいと思わない？」

「今の証券営業は、新卒採用の半分が一年以内に辞めてた時代からしたら天国みたいなもんだ、って先輩が言ってました。でも、証券会社って、普通に会社ですよ。外からは、社員どうしで金儲け競争をしてるイメージでしょうけど、仲間意識もあります。しごきのきつい運動部で、それに耐え抜いた者どうしの連帯感みたいな」

「そりゃ、俺には無理」

「私も結局は無理でした」

「カキヤの営業なんて、楽なもの？」

「仕事が楽ってことはありません。ただ、気持ちは楽です。だから、気に入ってます。それとも、気に入ってるから、楽なのかな？」

彼は少々苛立った。こんなしょぼい会社の、何が気に入ってるって言うんだ……彼の気持ちを察するように、本庄は言葉を継いだ。

「乾さんもご存じの通り、カキヤの営業は結構厳しく実績の数値管理をされます。忠実堂は、そこら辺はぬるいって言ってましたよね？」

彼はうなずいた。

「でも、営業部内にギスギスした空気は感じられないでしょ？　むしろ、和やか。カキヤの営業は文化部系の運動部なんだ、って間宮課長は言ってます。営業に限らず、社員どうしたいてい仲がいい。カキヤでは、運動部みたいな仕事の緊張感と、文化部の部室みたいな緩い感じが両立するんですよね」

部室という言葉を聞いた途端、彼の脳裏に、本社ビルから東ビルへと向かう安藤営業部第二課長の映像が浮かんだ。あのブリッジの先、東ビルの中に「部室」があるのだろうか？

「カキヤは、でもぬるま湯じゃありません。佐久間部長や間宮課長は、うまく行かなかったら非難されるのを承知で、営業部に五課を新設したんです。営業五課はカキヤの厳しさと穏やかさの両方の空気を呼吸しながら生まれたので、苦しい状況でも見守ってもらえます。それに対して、〈セルプロ〉は外からの侵入者という感じです」

「忠実堂の企画だから、カキヤじゃ侵入者と見られても納得してる。で、俺も同じく侵入者扱いだ」

「いや、違います。乾さんを敵視している人はいません。安藤さんだって、〈セルプロ〉が気に入らないだけなんです」

「そうは思えない。残念ながら。俺は仕事の緊張感はたっぷり味わわせてもらってるけど、文化部の部室みたいな雰囲気とやらは、香りすら嗅いだことがない。どっかに、社員がたむろしてる部室でもあるの？」

本庄が彼の方を見た。

「知ってますよね？」本庄の質問は、二人の視線がぶつかりあって発した摩擦音のように、彼には感じられた。

「いや、知らない。終業後に何かやってるんだろうけど、それ以上は何も。正直、知りたいとも思わない。会社に入ってまで、部活やりたくないもの」

本庄は、彼の言葉を聞いて、それまで口もとに浮かんでいた微笑を消した。

「部活はたとえです。仕事や家族のことを、気楽に話しているだけで。普通の会社だったら、気の合う仲間や同じ部署で連れだって飲み屋に行くのを、社内でしてる感じ。もちろん任意参加です」

「そういうのって、気味悪くない？　残業代は出ないんだろ？」

彼は、大学の経営学の講義で聞いたQCサークルの話を思い出していた。終業後の「業務改善活動」なのに残業代が出なかったと聞いて驚いた。しかし、それは昔話だと思っていた。

「残業代が出たら、仕事そのものです。最初は変だと思いましたよ。でも、今ではカキヤが好きな理由の一つです」

気楽に話せる数少ない同僚だと思っていた本庄が、急に遠く離れて行く気がした。

「俺はそういうのは駄目だ」

「私は、前の会社で飛び込み営業一日百軒とかやらされてプライドを叩き潰されたので、変だと思っても拒否感はありませんでした。ま、こういう会社なんだから従っとくか、って感じで。その内、慣れて、悪くないと思うようになりました」

「本庄は、部活に来るように言われたんだ。俺は一度も誘われてない。そんな会があるのを聞いたのも初めてだから」

本庄は深くうなずいた。彼が誘われないのを承知しているということだ。

「本籍忠実堂だから、誘いにくかったんだろ？　気にしなくていい。誘われても、断ったはず」

本庄は、少し間を置いてから言葉を発した。

「受けてくれるかは別にして、誘わないのは、乾さんをハブってるみたいで、私はイヤだったんです。ただ間宮さんと部長は、もっと上の意向を汲んでるみたいで。忠実堂との関係性なんでしょうけど」

「ハブられるとかはどうでもいいよ。部活に興味ないんだから」

「それだけではなくて」本庄は、言葉つきをより真面目な調子に改めた。「正直に言うと、〈セルプロ〉のことを考えてました。〈セルプロ〉の立ち上げに参加できるの、私は本当に嬉しいんです。カキヤの業務は刺激に欠けるかなと思い始めてたので、面白そうな仕事が来たぞってワクワクしました。だから、GPS版の分、鞄の中身が重くなったって平気なんです。一方で、〈セルプロ〉で面倒が一つ増えたと思っている人もいて、彼らには予備バッテリーが堪え切れないくらい重たいでしょう。本体の重量を削るのはインパス社の仕事ですけど、心理的な負担を軽くできるのは、乾さんです。乾さんに一歩踏み込んでもらえたら、その重さが楽になりそうに思います。一つの方策として、部活への参加もあり得るかな、と私は考えました。差し出がましくて、すみません」

彼と本庄の視線が再度ぶつかった。今度はさっきのような摩擦音は立たなかった。

「この話、間宮さんに通してるの?」と彼はたずねた。

本庄はうなずいた。

彼は自分が不機嫌になっているのに気づいた。一方、本庄は普段の穏やかな表情を取り戻している。年齢は自分が上なのに、鍛えられ方が違うようだ。いつの間にか、自分の方がお願いされていた。

「言いたいことは、だいたい分かった」と彼は言った。「部活については、また考えるよ。君にとって〈セルプロ〉が大事というのも了解。笹島さんも絡んだプロジェクトだから、さらにいいんだよな？　笹島さんは部活に誘った？」

「笹島さんは社員ではないので、誘うことはありません」本庄は至極真面目に答えた。

「そりゃ、残念じゃないか」

「残念……て？　え、違いますよ」本庄は微笑した。「その話、乾さんのところまで伝わってるんですか。いやだな。笹島さんに惚れてるっていうのは、私が〈セルプロ〉に熱心なので、間宮さんがからかって言い出しただけです」

「笹島さんが気に入ったからという方が、話題として楽しい」

「私はいいけど、笹島さんに失礼です」

そこで、話は終わりになった。本庄が部屋を出ると、彼は溜息まじりのあくびをしてから、帰り支度を始めた。部活？　冗談じゃないよ、と改めて考えながら。

26

データ校正者の神谷は、エスケープした飯干を「あの方」と呼んだ。神谷は、彼女が驚いたことに、あの方には戻って来てほしくない、と倉本よりも強硬に主張した。

神谷と飯干はなぜだか一緒に派遣されるケースが多く、神谷はトラブルメーカーの飯干の尻ぬぐいを、これまで何度もして来たのだと言う。

「あの方は確かに仕事は優秀ですけど、問題が多すぎます。しかも、傍に迷惑をかけておきながら、感謝したり、謝ったりすることは絶対にありません。いつも自分が正しいんです。そんな方は、政治運動をやってればいいんです。実際、やってるそうですけど。そのために遠くまでお出かけされて、私はその分のしわ寄せも被りました」

一方、倉本のキーボードの騒音は、気にならないわけではないが、派遣元の会社が提案した静音キーボードを使って多少なりとも改善してもらえれば、と言うのだった。

これは倉本が拒否した。倉本は二十年近く基本的に同じ会社のノートパソコンを使い続けており、そのキーボードでなければ仕事にならないと言うのだ。

そのノートPCは、元は彼女がかつて所属していた会社の製品だった。会社がPC部門を中国メーカーに売却した時、ネットに嘆く声が多数書き込まれるのを見て、ノートPCにそこまで思い入れを持てるものかと驚いたことがあった。その思い入れの強い人間の実例が、目の前にいたのだった。

話はいつまでも行きつ戻りつして、飯干への今後の対応も、倉本の騒音問題も結論が出ない。一因は、小渕が「静音キーボードは気休めにもならないよ」などと茶々を入れて、話をこじらせたことだった。

神谷が、飯干は周囲を散々引っかき回した翌日、しれっとした顔で出て来て、黙って仕事をしていることもあると言い、それなら明日の様子を見た上で派遣元の会社と再度協議をしようという、誰もが不満な問題先送り策がひねり出された。

神谷は会議室を去り、会議第二部が始まった。


小渕は、このまま進むと、インパス社の能力では〈セルプロ〉関係の仕事は必ず破綻する。一部を切り捨てるか、外注に回すべきだと提言した。

倉本は、GPS版のセキュリティーの検証が進まないことに苦情を述べた。今や、滅多に使われておらず、実際に使用した際の問題点の洗い出しがちっとも進まない、と。

二人の意見は、GPS版取りやめをカキヤに提案すべき、で一致した。GPS版が使われないのは、そもそも需要がないからでは、と倉本は疑問を呈した。

彼女は、二人の主張を認めるわけにいかなかった。

「この先、複数の得意先が隣接している場合や、地図データにない小さな店舗が対象に含まれるケースが出て来ます。GPS版はそうしたケースに必要です」

「それなら、乾さんが動いて、社内の人にもっと使ってくれるようにしてもらわないと。そうじゃなきゃ、外に向かって売るなんて無理」

色んな人に、色んな場所で聞かされたのと同じ意見が、小淵の口からも発せられた。彼女も、同意見なのだ。しかし――

「乾さんと、その件について話をしています。外で売る際にもGPS版の詳細なデータは有用なので、今使われていないからという理由で、やめることはできません」

小淵は、彼女の意見を聞いてニヤリと笑った。それを見て、彼女は無意識のうちに身構えた。議論の相手として、相手の感情を斟酌しない小淵は強敵だった。

小淵が話し始めた。

「乾さんが頑張って、GPS版をもっと使うようになったとしても、今度はうちの仕事量がパンクします。アプリ版の扱いだけでアップアップしてるのに。GPS版はソフトをいじるだけではすまなくて、ハードやファームウェアとの合わせが必要になるけど、そのために割ける人員はインパスにはいません。でも、そういう事態は必ず起こるわけで。それをさらに人員を減らせっていうのが、本社の意向なんでしょ？」

「人の問題は、確かにあります。だけど――」

「河野所長は、お前が全部何とかしろって顔をしてるんだよね。一人でできるなら、そりゃ簡単。あ、俺があと一人いればできるかも。それぞれのペイを三倍にしてくれて」

小淵の冗談に、倉本だけが笑った。小淵が続ける。

「〈セルアシ〉の仕様書とプログラムをザッと見てきました。あれって、元はシンプルによくできたシステムでね。自分も噛んでるから自画自賛ですが。でも、俺がいなくなって、今や見る影もなし。どこもかしこも修正とパッチだらけ、デコボコのズタボロ。仕様書まで自分たちの都合のいいように書き直してる。現場との突き合わせをその場その場でやると、劣化は必然だけど。それでもちゃんと動くのは、元の幹がしっかりしてたのと、〈セルアシ〉は九州という比較的シンプルな環境に適合してれば良かったからで。関西版が、どうなるか見もの。インパス東京事務所の今の態勢では、ハッキリ言って無理ですから。その頃に〈セルプロ〉は片づいていると思ってるかもしれないけど、それは希望的観測」

「片づいていないとまずいでしょうね」と彼女は冷静に答えた。

「GPS版にかかずらってる限り、不可能」小淵は再度断定した。

小淵の断定は正鵠を射ていた。しかし、〈セルプロ〉の成否はGPS版にかかっている。岩佐社長は、機械という実体があるからこそ、〈セルプロ〉をカキヤの扱う商品として認めたのだ。GPS版が駄目なら、〈セルプロ〉のプロジェクト自体が崩壊する。

無理でも何とかしないと、とは言えなかった。「根性論」は、彼女にすれば敗北宣言に等しかった。人の手当が必要なのだ。しかし、自分にも東京事務所長にも人事権はない。インパス本社の社長は、忠実堂本社の部長職からの天下りで、経費節減以外の経営術を知らない無能だから、提案を握りつぶすのは目に見えていた。彼女の脳裏に、若社長の姿が思い浮かんだ。頭の中で首を横にふった。

頼めば何とかしてくれるかもしれない。しかし、それは水戸黄門に印籠を出してくださいと言うのと同じことだ（TVドラマは一度も見たことがなかったけれど）。簡単すぎる。そして、何かが間違っている……いや、本当に間違っているのか？　会社は利潤を追求する組織だ。利益確保のために、トップである親会社の社長を頼って何が悪い？

……やっぱり駄目。彼女は考え直す。落下傘で降下するみたいにインパス社に来た人間が、他の社員の頭越しに、個人のコネクションで社長を動かし問題を解決する——インパスの社員は白けるだろう。所詮下請けの一員に過ぎない、という悲しい自己確認を強いることになる。それはいけない。会社の有限の資源を最大限に使って新しい局面を切り開くことこそ、会社で働く人間のあるべき姿なのだ。

彼女は、一瞬の内にこうしたことを考えたつもりだった。しかし、意識を現実に戻すと、小淵が、〈セルアシ〉のプログラムがいかに「魔改造」され劣化していたか、彼女には意味不明の専門用語を駆使して倉本に語っているところだった。数十秒は過ぎたらしい。しばらく語るのに任せておいた。小淵の口調はなぜだか喜々としている。

その間、彼女はさらに思いをめぐらした——私はこれまでにない経験を求めて会社に入った。その意味でも、経営者の力を使って問題を解くことは正しい選択と言えない。自分の「これまでにない経験」とは、会社員なら恐らく誰もが知る二律背反なのだ。会社員はこうした苦しさと共に生きている。私は今そんな場所で存分に悩んでいる。

小淵の話が途切れたところで、彼女は口を挟んだ。

「GPS版については、開発の努力を続けます。ただし、小淵さんの意見は正論です。現状を打破する手段がないとなった場合には、GPS版の見直しをカキヤと忠実堂に提起します。でも、まだ諦めません」

二人は彼女の発言を受け入れた。だが、またしても問題先送りか——二人は、そんな表情をしている。彼女も同意見なのだ。

三階の会議室から新規事業室に行くまで、だれも言葉を発しなかった。薄暗い廊下に、三人の足音がバラバラのリズムで響いた。

新規事業室は無人だった。小淵と倉本がいつものように二人そろって退出した後、彼女は三階の会議室にスケジュール帳を忘れて来たことに気づいた。


後悔しないつもりだった、と言うのは正しくない。後悔するのは分かっていた。しかし、その先に未知の何かが見えて来るだろう、と彼女は考えたのだ。

こんな会社に入るなんて、やめておくべきだったと悔いたのは、二度や三度ではない。その度に、言い換えればイヤなことに出会う都度、新しい発見があった——少なくとも、自分にそう言い聞かせて前に進むことができた。ならば、今のうんざりした気分の向こう側にも、新しい何かが待っているだろうか？

エレベーターのない西ビルの階段を、一階ごとに明かりを点けながら昇って行く。自分の靴音が耳について……気分が沈む。階段も廊下も、視界に入るものがみな煤けて見えた。

高校生の頃、仲の良かった同級生から、彩夏、そんなに何でも順調に行ったら、先でこわい報いがあるかもよ、と言われたことがあった。高校二年生の時に一緒に英検二級を受け、彼女は特別な勉強はしないのにあっさり合格した。同級生は元々英語が得意科目だったが、必死に勉強して受かった。

同級生は学年一、二を争う美少女で、男子生徒からモテモテだったから、ええ？　私ごときに罰が当たるんだったら、あなたは真っ先に地獄行き、と答えたものだ。その後、高校三年で無理と言われた準一級にパスした。

ガリ勉でも帰国子女でもないのに、なぜそんなにできるのか、とみな不思議がる。自分でも不思議だ。幼稚園生の時、外国人神父の園長先生と英語で会話をしていたらしい。自分の記憶には残っていない。その後、中学になるまで英語を特別に勉強する機会はなかった。

就職活動が始まり、英検が得意というだけの理由で、当時人気だった外資系企業を受けると、いきなり内定をもらった。就活を続けるつもりだったが、うちに来てもらわないと困ると強烈な囲い込みをされた。入社後にはミスターMに目をかけられ、誘われるままコンサルタントの道に入った。その後、初めて自ら意思表示をして、普通の日本の会社に入りたいと相談したところ、柿谷忠実堂―インパス社を紹介された。地方の中小企業だが、〈セルアシ〉の開発は面白そうに見えた。大企業に入れば、コンサル的な、あるいはコンサルとの仕事になる可能性が高そうだった。自分の意思で入社を決めた。

……意地悪を言った同級生が、今の自分を見たら、罰が当たったと言いそうな気がする。あの子、どうしているかな？

明かりを点けて会議室に入る。机に置かれたままのスケジュール帳を手にし、頭を上げると、自分の顔が廊下側のガラス窓に映るのが見えた。取り柄のない目鼻立ち。ちょっと驚いたような、でも、基本、普段通りの顔つき。さっきまで鬱々としていたのに、そんな気配は微塵もない。笹島さんはいつも表情が明るいから、場の雰囲気が良くなる、とよく言われる。気分が落ち込んでいる時には、理不尽に思えた。でも、自分の目にすらそのように見えるとは……。彼女は、自分の顔にピンどめされていた視線を別の方角に向けようとした。視線を動かす寸前、彼女はガラスに映る自分の顔の向こうに、別の顔が重なったのに気づいた。それは男の顔で、今まさに自分の方に向き直ろうとしていた。

彼女は慌てて表情を繕おうと試みた。それはうまく行ったようだった。男は彼女を認識し、笑みを浮かべつつ会釈した。

彼女も会釈を返した。

男が振り返ると、間もなくもう一人、ガラス窓の向こうに現れた。少年だ。経理のオクダとその息子だった。少年は半分鏡面化したガラス越しでも分かる仏頂面で、会議室の方を見ずに通り過ぎようとした。しかし、父親に頭を押さえられ、渋い顔のまま頭を下げた。

すぐに会議室を出るつもりだったが、オクダ親子の姿を見たら気を削がれ、椅子に座りこんだ。

彼女はコンサルタントを続ける内、自分が助言を与える仕事をしていることに疑問を感じるようになった。助力がほしいのは自分自身なのだ。もし頼れる人物がいるとしたらミスターM以外になかったが、彼こそが自分をコンサルタントの世界に引っぱり込んだ張本人だった。古代ギリシア、デルポイの巫女のように、経営者に気の利いた預言を提示するお仕事。虚ろな人間だからこそ、コンサルに向いていた。空っぽな人間にこそ、神のお告げは降りて来るのだ。

とはいえ、コンサルの仕事自体は面白かった。間違いは、流されるままに進路を決めてきたことだ。最初の勤め先からやり直せればいいのに……無理。できるとしたら、今から普通の会社に入り直すことくらいか――それは、最初はただの思いつきだった。しかし、検討してみると意外にグッドアイデアのようだった。やがて、このアイデアはミスターMに向かって現実の言葉として発せられることになった……。

正面のガラスに、機嫌の悪そうな自分がいた。彼女は自分の顔から視線を外し、天井の方に向けた。お母さん、と口にしそうになり、その言葉を唇の奥に止めた。

27

彼は午前五時半に目を覚ました。部屋は暗かったが、外は既に明るいはずだ。二度寝しようと試みる内、昨晩の妻との電話を思い出した。会社から帰宅したら、母親に、長女の七海が体育の時間にひどい転び方をして腕の骨を折ったと聞かされた。帰宅するまで内緒にしておくよう妻に頼まれたのだと言う。カッとなって妻に電話した。そんな大事なこと、なんで一言連絡しない、と。

妻は冷静だった。骨折といっても多分軽いから、それがハッキリするまで伏せておくことにした。結局、亀裂骨折で、手術もしないですむと言う。それなら、なおさら早く知らせるべきだ、と声がきつくなった。理不尽な主張だったと冷静になれば分かる。いつもほったらかしのくせに、こんな時だけ、と妻は内心怒っていたはずだ。

彼はからだの右側を下にして、眠りが訪れるのを待った。右を下にすると寝やすいと感じるのは胃腸の具合が悪いせいか。七海は骨が強いんだな。九州女の血かもしれない。偏見と言われそうだ……父親の声で名前を呼ばれた。

七時を回っていた。朝食もそこそこに家を出た。

飯干は定刻五分前にやって来た。笹島は昨日のエスケープを咎めなかった。飯干は席に着くと、リュックからヘッドフォンを取り出した。

「ノイズ・キャンセラーを使わせてもらいます」と飯干は笹島に向かって言った。「音楽を聴きたいわけじゃありませんから」

笹島は、そうですか、としか言わなかった。飯干は倉本を一睨みした後、ヘッドフォンを付けて仕事を開始した。オフィスにそんな人物がいるのは見苦しかったが、我慢することにした。契約期間はあと一ヵ月弱のはずだ。

彼はまず、昨日半分しかできなかった営業二課用の〈セルプロ〉版営業日報の作成依頼書を完成させた。それを新規事業室用サーバーに上げ、笹島に声をかけた。すると、小淵が、いま私も見ますよ、と声をかけて来た。

彼はしばらく時間を置いて笹島の席に行き、打ち合わせを始めた。まず小淵から、いくつか細かい疑問点を聞かれた。笹島は、安藤課長の許可を取るのかどうかたずねた。彼は依頼書を書きながら、安藤課長に話をする決心を固めていた。そう答えたところ、笹島は、わかりました、とだけ言った。

「納期が二週間後ですけど」と笹島は言葉を継いだ。「二課ですぐに〈セルプロ〉を使い始めることはないので、目安程度と考えていいですね？」

「二課の日報を入れた上で、ＫＮＳ《カキヤ・ニッポウ・システム》全体を使えるパッケージにする仕事が控えているので、これで妥当なんじゃ？　インパス社の都合もあるでしょうけど」

笹島はうなずいた。インパス社の都合の方でうなずいたようだった。

「インパス東京事務所は手一杯の状況で、二課の日報をＫＮＳに入れる作業も苦しい感じです。もちろん、やりますけど。ただ納期は、ある程度猶予を見てもらえたらと思います」

彼がうなずくと、笹島は自分の仕事に専念したいという表情になった（と彼には見えた）。どうも外に用事があるようだ。しかし、まだ話すべきことがあった。

「ＧＰＳ版のことですけど」そう言うと、笹島が彼の方に向き直った。「これまでより強くプッシュする方向で動きます。すでに、実験要員を一人確保しました。本庄君ですけどね」

笹島は今日初めて彼の前で笑顔を見せた。しかし、苦笑いのようでもあった。

「二課だけでなく、営業部全体で〈セルプロ〉を使いたいという雰囲気づくりが必要です。結局、全体的な動きにならないから、五課の人たちの反応が今ひとつだったんです」

笹島は、いつものような好感の持てる笑みを浮かべた。

「私たち、頑張らないといけませんね」

「頑張る」という言葉は使わない人だと思っていたので、彼は少し驚いた。

笹島は、この後インパス東京事務所に行く、と言った。明日か明後日からまた九州出張の予定なので、迷惑をかけることになりそうで申し訳ない、とも。謝罪しつつ、打ち合わせは終わりという宣言でもあった。


安藤課長が終日、営業管理職持ち回りの留守居役で会社に留まることは分かっていた。彼は電話などせず、直接会いに行くことにした。手許にものがあるのだから、弱気になる必要はない。直接行けば、面会は一日中駄目だと拒否はできまい。

安藤課長は、営業部員の大半が外回りに出て閑散とした三階の部屋で、淡々と書類仕事をこなしていた。彼に気づいたのは、デスクまで数歩の距離に近づいた後だった。虚を突かれたようだったが、すぐにいつもの取りつく島のない営業二課長に戻った。

「お時間、よろしいですか?」とたずねると、いいよ、とぶっきらぼうに答えた。

彼は二課の古い営業日報を見つけたことを告げ、実物を見せた。安藤は意外という顔をしなかった。やっと見つけたのか、と言わんばかりの表情だ。

「これを、〈セルプロ〉に入れることを了解していただきたいのですが」

答えは、関知しない、だった。

「私が課長でいる限り、二課が〈セルプロ〉を使うことはない。前に言った通り」

「ＫＮＳに組み入れても関知しないということですね？」と彼は確かめた。

「新規事業室にあったものについては、関知しない。だが、二課で〈セルプロ〉を使うことはない」

彼はそこで引き下がることにした。〈セルプロ〉に二課の日報を組み込んでしまえば、二課の課員たちもそれを切望している以上、外堀を埋めたも同然だ。

午後には、間宮課長が新規事業室にやって来た。

「乾がメッセに参加することになったって、本庄が言ってたけど」

「メッセ？……本庄君の言ってた部活のことですか？」

「部活って何だよ。メッセはメッセだ。ふん」

「参加するかどうか、あるいは私が参加していいのか、課長に聞いてから決めようと思っていました」

「乾はカキヤの社員なんだから、出たければ出られるさ。今日のメッセは営業関係が多く来る。出るかい？」

突然のことで躊躇いはあった。が、受けるべきだと思った。

「参加します。手続きとか、あるんですか？」

間宮は、ないない、というように顔の前で掌を左右に動かした。

「メッセでは、どんな風にしてればいいでしょう?」

「大抵は雑談してるだけだから、適当に過ごしてれば。気になるようなら、俺か本庄が誘う。ただし、紹介はしない。ふん。そういう形式張ったことはしないのが、暗黙のルール。昔は組合がない代わりの社員会だったりもしたそうだけど、今は本当に何でもない。集まって話すのが楽しいし、たまに仕事に役立つこともあるから、続いてるだけだ」

間宮は、来た時と同じく、大きな音を立ててドアを開け閉めして出て行った。

28

六時十五分過ぎ、本庄が誘いに来た。彼はすぐに帰り支度を始めた。部屋に二人だけ残っているインパス社組に鍵の始末を頼んで、新規事業室を出た。

新規事業室のある西ビルと北ビルがつながっていることは聞いていた。人の出入りから、北ビルと、メッセが開かれる東ビルとがつながっていることも推測できた。しかし、彼はそちらに行ったことがなかった。

本庄は、メッセの帰り、特に家族同伴の場合は、本社ビルの玄関を使わないように指示されている、と言った。家族の出入りは普通は北ビル経由だが、そちらは午後七時で閉まる。東ビルは二階まで他社が占有していて、カキヤの社員は原則的に出入りできない。そこで、メッセの後、西ビルからの出入りが多くなる。複雑なようだけど、慣れれば何でもない——本庄は、間宮と同じく、気楽な集まりであることを強調した。

出入り口のドアの前に来ると、心臓の鼓動が速くなった。ついに突入だ——頭の中でアクションの映画のような言葉が勝手に鳴り響いた。

本庄が先に立ってドアを開けたので、内部の光景は最初は彼の目に入らなかった。代わりに、沢山の話し声が一時に耳に飛び込んで来た。こんがらがった糸玉のように声が届くので、一つひとつの言葉は聞き取れなかった。

本庄が立ち止まって、彼に語りかけた。耳を澄まさないと聞き取りにくい。

「私は子供たちの勉強をみる約束なので、そっちに行きます。乾さんは、入りやすそうなグループを見つけてください。メッセでは、仲間内でメンバーを固定するのは善しとされないので、同席をいやがられることはありません。管理職が固まって来てると、ちょっとあれですけど、今日は大丈夫です」

本庄はそう言うと、彼を残してさっさと歩き出した。

東ビルの三階は、仕切りのない一つの空間になっていた。

左手はカフェ風に、木のテーブルと椅子、コーヒーや水のサーバーが置かれ、カップやソーサーを並べた棚もあった。目立たない位置にキッチンがあり、その横に清涼飲料とビールの自動販売機も設置されている。テーブル席には女性社員のグループと、仕事の打ち合わせをしているとしか思えない男性社員が三人いた。

右手には、想像もしていなかったので彼はひどく驚いたのだが、畳の敷かれた大きなスペースがあった。ビルの中の和風居酒屋のように、畳の間は床面より一段高い位置にあり、掘り炬燵式の細長いテーブルが五つ平行に並んでいた。一番手前のテーブルに十人以上の男女の社員が集い、彼らが最も騒がしかった。他のテーブルには、それぞれ五、六人の社員が集まっていた。缶ビールを飲む人もいたが、テーブル上の飲み物は、缶コーヒーや清涼飲料のペットボトルが主だった。サンドイッチや菓子類も置かれている。オフィスと最も違うのは、たいていの人が笑みを浮かべていることだった。

彼が入って来たドアから最も遠い場所には、大きな長方形の木製テーブルがあり、そこに小学生から中学生くらいまでの数人の男女と幼児がいて、勉強の道具を広げたり、ゲーム機で遊んだりしていた。テーブルには大人が混ざっていたが、中の一人の女性は社員には見えなかった。幼児の母親なのだろう。場に馴染んでいて、何度も来ている雰囲気だった。

本庄は大股で奥のテーブルに向かった。一々挨拶をしないルールらしく無言だが、目が合うと会釈くらいはする。

何人かが、初お目見えの彼に気づいて視線を向けて来た。しかし、視線とぶつかりそうになる寸前で逸らされた。いぶかしげな目で見る者もいる。やはりアウェーの場所のようだ。

どのグループに入ろうか考え、知った顔を探した。

手前のうるさいグループに五課の二人がいるのは分かったが、盛り上がっている中にいきなり入り込むのはハードルが高そうだった。その隣りのグループは男だけ、三階の営業のグループのようだ。雑談ではなく、何か用件を話している雰囲気だ。

なお迷っていると、真ん中のテーブルの何人かが振り返って、彼の方を見た。目が合うと、笑顔で会釈をする。会釈を返した。どうやら、彼のことが話題になっていた様子だ。しかも、表情からして好意的な方向で。よく知った顔はいなかったが、二階の営業の連中が主だから、比較的入りやすそうだった。

「こちら、いいですか？」彼はグループの誰にともなくたずねた。

「どうぞ」と手前側の二人がほとんど同時に答えた。

彼はグループに背を向けて靴を脱ぎながら、急に不安が募るのを感じた。彼は長く息を吐き出してから、テーブルの方に向き直った。

集団の真ん中辺りの席を勧められた。歓迎されているようでもあり、逃げ出せない場所をあてがわれたようでもあった。

席に落ち着くと、正面の男性が話しかけて来た。営業四課の人間で、五課の隣の島だったので顔は覚えていたが名前を思い出せない。

「ようやく、メッセにお目見えですな。上の人が呼ばないようにしてたからでしょ？　はるばる九州からお出でくださったのに」

彼は応答に迷って、どうでしょうか、と小声で応答した。

「菊池さんは、いつも単刀直入すぎ。乾さんが困ってる」

四課の男は菊池という名だったと思い出した。一方、助け船を出した男性は三十代前に見える。名前は不明。

「こうやってぶっちゃけられるのも、メッセのいいところ」菊池は乾に向かって言った。

「いやいや。菊池さんみたいな人は、誰かが手綱を取らなかったら大変なことになる」氏名不詳の男が反論する。

「俺がぶっちゃけ過ぎなんだったら、安藤課長はどうよ」

「菊池さんは安藤さんじゃないから。何というか……安藤課長は安藤課長なわけで」そう答えると、彼以外が一斉に笑った。安藤課長は皆から難物だと思われているのか、と納得した。

笑いが収まったところで、端の女性の一人が言葉を発した。

「カキヤ一筋で勤めていても、絶対メッセに来ない人もいるんですよ。公私混同だって。私は、乾さんもそういうタイプなのかと思ってました」

三課の江口だ。〈セルアシ〉のプレゼンの時に質問をしたことを、彼は覚えていた。

「ワークライフバランスなんて言われる時代ですから。ワークがライフを侵食してるって、批判される」

端のもう一人の女性がそう言った。社内で見かけたことのない女性だった。年齢は四十歳前後。服も化粧も地味にしているが、くっきりした目鼻立ちの人目を引く美人だ。

視線が彼に集まった。発言を期待されているようだった。

「まだ入れてもらったばかりで、メッセがどういうものなのか、よく分かりません。他社で、こういった集まりは聞いたことがないのは確かです」

皆が、もっとも、というようにうなずいた。

「本庄から色々聞かされたよね？　あいつは人に教えるのが好きなんだ」

菊池は、子供たちのテーブルにいる本庄の方に視線を送った。小学生らしい三人の子供が、本庄に寄り添うように集まっていた。

「菊池と違って、本庄は余計なことを言わず、親切に教えるのがいい。見習った方がいいな。あっちの方が年下だけどさ」

このテーブルで一番年上に見える業務部の長峰が言った。カキヤで取扱う商品の在庫や流通を管理している部署のベテランで、彼は何度か長峰に話を聞きに行ったことがあった。

「いやいや」菊池が顔をしかめてみせた。「本庄に人徳があるのは認めますよ。マザコンじゃなけりゃ、女子社員にモテモテなんだろうけど」

「え？　マザコンなんですか？」思わず、彼が口を開いた。

「休日はママとデートですって」と江口。「本庄君は、マザコンて、からかわれても全然動じない」

「マザコンの人の方が心根がやさしいし親切。本庄君も、そう」と氏名不詳の美人が応じた。

「恋人や旦那だったら、いやかもしれないけど」

それまで発言しなかった営業二課の男性が、彼に話しかけた。名前を思い出せない。

「カキヤって、柿谷忠実堂からは、どんな風に見えてるんですか？　正直、カキヤでは、忠実堂は関係ないっていうとアレだけど、意識することはまずありません。忠実堂でも、そんなものですか？」

「意識ということでは、同じです。特に私のような平のレベルでは。ただ、物の行き来は想像しているより多いみたいです」彼は長峰の方を見た。

「そうなんだ」長峰が話を引き継いだ。「九州とは電話でやりとりしてるよ。営業の皆さんが、客先の急な発注を、在庫も確かめずにホイホイ受けるだろ。でも、実は物がないなんて時、忠実堂の倉庫や流通の部署に問い合わせるわけさ。もちろん向こうから頼まれる時もあるから、お互い様、電話口では仲良くしてる。本音はどうか知らないけど。ところで、乾さんは、あちらの社長の直々の命令でカキヤに来たって言う人がいるけど？」

「普通の人事ですよ」と彼は答えた。「カキヤへの異動は長く途絶えていて、しかも社長のプロジェクトでしたから、一度だけ呼び出されましたが。忠実堂に連絡を取る時は、〈セルアシ〉責任者の営業部次長あてです。むしろ、こちらの営業部の方たちともっと密に話をしたいです。カキヤはなかなか〈セルプロ〉を正式には認めてくれません」

「乾さんと笹島さんには、本当に頑張ってほしいんですから」

二課の男が小さな、しかしテーブルの皆に聞こえる声で言った。静かな笑いが広がった。彼の緊張は薄らいだ。〈セルプロ〉を応援してくれる人は確かにいるのだ。

「柿谷忠実堂では、現社長のこと、若社長って呼ぶんでしょ？」江口が口を挟んだ。

「江口さん、よくご存じですね。こちらで若社長という呼び方を知っているのは、社長や最古参の人たちだけだと思ってました。先代が急死して就任したので、大して若くないのに、そう呼ばれてます」

彼は、質問をした江口が驚きの表情で彼を見ているのに気づいた。どうしたのかと思っていると、江口が口を開いた。

「乾さん、私の名前、覚えてるんですか？　これまで話をしたこと、ありませんよね？」

「〈セルアシ〉のプレゼンの時に質問をしてくれましたから」

「余計なことを聞いたので、根に持ってるとか？」

江口が少し意地悪そうな笑顔でたずねると、彼は首を横にふった。

「質問をしてくれて、ありがたかったんです。プレゼンで反応がないのはつらいですから」

自分を見る江口の目が、それまでと違ったのに気づいた。冷静に客観視していたのが、好意的な視線へと変化したようだった。

「江口さんは、若社長っていう呼び方、誰に聞きました？」

「笹島さんから。プレゼンで、SPIN《スピン》営業システムの話をしたでしょ？　こういうのって、貴重な意見をいただきましたで終わるのが普通だけど、笹島さんは私の話を聞きに来たの。すぐに実現は難しいけど、参考意見として聞かせてくださいって。できる女は気配りも一流、とか、そんな感じ」

笹島がそんなことをしていたことを、彼は知らなかった。

その時、盛り上がっていた端のテーブルが解散になり、何人かが乾たちのテーブルに移って来た。五課の二人も含まれている。女性の橋本は氏名不詳の美人の横に、男性の望月は二課の男性の横に座った。

橋本がいきなり口を開いた。

「乾さん、〈セルプロ〉のGPS版のことが気になってるんでしょ？　本庄さんが、お前らも使えってプッシュしてたけど、五課にいたらGPS版に問題があるのは分かります」

「出たな。菊池さんも敵わないミス・ダイレクト。いきなり、それかよ」氏名不詳の男が突っ込んだ。

「だって、せっかくメッセに来てくれたのに、内輪の噂話だけじゃ、もったいないでしょ？　初めて言いますけど、〈セルプロ〉を新規事業室に任せっきりというのはいかがなものか、と私は思ってました。正式にカキヤで取り扱うこと、さっさと決めてほしい」

「さっきえらく盛り上がってたのは、社内のゴシップだっただろ？」と菊池がたずねた。

「それがね」望月が話に割って入った。「一課の佐々木が、去年会社を辞めた日高さんと婚約したんだそうです」

「え？」と江口が声をあげた。「日高さん、よその会社の人と婚約してたんじゃなかった？」

望月が話を続けようとするのを、橋本が止めた。

「佐々木と日高さんの話は面白すぎるから、また明日。明日、メッセで真相を追及する予定」

ええ、今教えろよ、俺、明日は来れないんだ、などという不満の声を橋本は封殺した。

「乾さんが来てくれたんだから、〈セルプロ〉の話を優先で」

「いや、皆さんがしたい話をしてください。色々と話が聞けて楽しいです」乾は遠慮した。

「乾さんは紳士ですね」氏名不詳の美女が言った。

「どうせ私は粗忽です」と橋本。「で、続けます。間宮課長は、本庄さんが〈セルプロ〉で積極的に動いてくれてること、本当は喜んでるんです」

「そうかもね」と江口が同意した。「間宮課長、上をかなり気にしてる雰囲気」

「間宮課長の立場は、私も理解してるつもり」と橋本。「でも、せっかくオリジナルの商品を持てるチャンスなんだから、活かしてほしい」

本庄以外の社員から、これほど積極的な姿勢を示されたことはなかった。嬉しい驚きだった。

「オリジナルというけど、〈セルプロ〉は元は柿谷忠実堂のものじゃないか」菊池が疑義を申し立てた。

橋本と望月が、彼の方を見た。

「確かに〈セルプロ〉は〈セルアシ〉から生まれました。でも、モノとしてはほとんどオリジナルです。カキヤ側で全部開発してますし、設計、試作から販売まで一任されています」

「それでも、忠実堂のものだから気に食わんという人が、上の方にいるんだな」と二課の男性。

多くの人がうなずいた。「上の方」とは、恐らく専務の石岡だろうと彼は推察した。これまで何度か石岡に接触しようとしたが、会うことすらできていなかった。

「そういう意味でも、GPS版が大事なんですよ。プレゼンの時、社長が推したのはGPSの方でした」と橋本が言った。そこまで理解してくれているのか、と彼はさらに驚いた。

「なのに、橋本はＧＰＳ版を使おうとしない」望月が茶々を入れた。

「私は外回りの荷物はなるべく軽くしたい派で、バッグは今でも容量いっぱいなの。力の強い男の人が、ＧＰＳ版の実験に積極的に参加すべき」

「それって男性差別だな」氏名不詳の男性が口を挟んだ。

「違います。男女の体力差は厳然としてあるわけで――」橋本のちょっと生意気なところも、周囲に好意的に受け入れられているらしい。しかし、五課にいる時の橋本は、彼の話に乗って来ないので苦手意識を持っていた。


七時に近づき、奥のテーブルの人たちが動き出した。北ビルの出入り口が閉まる前に帰ろうとしているのだ。畳の間からも多くの人が去った。子供と一緒に出て行く人もいた。奥のテーブル席には、十代半ばの少年と本庄だけが残った。

彼の周囲からも幾人かが消えたが、他のテーブルから来る人がいて、十人ほどになった。しかし、もはやテーブル全体で話題が共有されることはなくなった。

直言家の菊池が彼に話しかけて来た。

「どうです？　初めてのメッセは」

「いい雰囲気ですね。もっと硬い感じだと想像してました」

「今日は管理職がいなくて、気が楽。管理職が多いと空気が重たくなる」

「でも、管理職の人たちもメッセに来たいのよ」江口が話に加わった。「カキヤが、忠実堂の支店だった時代から続く伝統行事なわけで。部長クラスは、昔は議論して殴り合いになったもんだ、なんて懐かしんでる」

「自慢みたいに昔話をするから、いやがられる」と長峰が言った。「喧嘩でメッセが禁止になったこともあるそうだから、本当に凄かったのは事実らしいけど」

「喧嘩って、仕事のことですか？」と彼がたずねた。

「仕事が主だけど、恋愛がらみもあったそうだ」

「カキヤって、変な会社です」新たにテーブルに加わった一課の磯田が、乾を意識する感じで発言した。「入社した頃、仕事場に子供が入り込んで、しかも誰も気にしないから、ビックリしました」

「磯田君は、何年入社だっけ？」と江口がたずねた。

「二〇〇六年です」

「じゃあ、そんな風だっただろうね」

「それが当たり前だったんですか？」彼がたずねた。

彼が驚いている様子が面白かったらしく、皆が笑った。それをきっかけに、またそれぞれ近隣で話し始めた。

菊池が、ヒソヒソ声で彼に話しかけて来た。

「前の会場は、こんなにオープンじゃなくて、予備室とか別室のキッチンとかあって、メッセの最中や終わった後、そこでゴニョゴニョしてるのがいた」

「ゴニョゴニョ……？」

　菊池はさらに声をひそめた。

「普通はキスとかせいぜい乳繰りあいだけど、本当にしたケースもあったとか。若き日の某部長もやったという噂」

「ええっ？」

「まあ、昔も今も、色々あってね。お節介を承知で言っとくけど、メッセで出て来る仕事の話って、半分ですからな。話半分」

「飲み屋での話みたいなものですか？」彼は、ＧＰＳ版の進展を期待していたので、少々気落ちした。

「飲み屋だと話十分の一だから、それよりはいい」と菊池は答えた。

「メッセみたいな集り、柿谷忠実堂ではないんですか？」二人の会話を聞いていたらしい磯田がたずねた。

「忠実堂では、終業後いつまでも会社にいたら怒られます。社長の方針で。家より会社にいたい場合もありますけど」

「一般的には、そちらがいい会社なんでしょうね。でも、カキヤみたいなのもありだと思ってます。うちは大企業じゃないんだから、特に。僕の場合、入社して少ししてリーマンショックで、あの時期、同業には潰れたところもあって、カキヤも結構やばかったんです。でも、メッセで皆が熱心に情報交換をしたり、アイデアを出し合ったりする様子を見て、カキヤは大丈夫だと僕は思いました。いい会社に入ったなって感動したくらい。他社より早く立ち直れたのは、メッセのおかげだと思ってます。でも、メッセは仕事の延長じゃないから、いわゆるサービス残業とも違うんですよね。ワークライフバランスなんて言う人がいるけど、ワークがなかったらライフはありません。そうでしょう?」

磯田が問いかけた先は彼だったが、江口が話に入って来た。

「ワークライフバランスという考え方に、変なところがあるのよ。ワークとライフを全然別のものとして二つに切り分けられる、あるいは、二つに分けるのが正しいと決めつけてるところね。メッセは、そういう考え方からしたら、言語道断でしょう。でも、仕事はライフの重要な一部分だし、ワークの中にもそれぞれの生き方や人格がどうしたって入って来る。二つはきれいに切り分けられない。だからこそ、仕事は難しい。逆に楽しい時もある」

テーブルの皆の注意が、自然に江口の方に集まった。

「まあ、難しくても、楽しくても、給料もらえなかったら、やりませんけどね。ワークライフバランスが、会社と私生活ということなら、二つをゴッチャにしたくはない。私は、社宅なんて耐えられない。でも、仕事と人生ということなら、二つのものであっても別々に切り離すことはできないでしょ? 一体、どんだけの時間を職場で過ごすのかっていう話」

江口は一旦話を切って、飲み物に口をつけた。この間、自分たちの話に戻る者はいなかった。江口が続けた。

「ライフの大事さは誰でも分かっているけど、会社で働くことだって人生の一大事なんだと思うな。もう帰っちゃったけど、秘書室の小林さん」

あの「アラフォー」の美人のことを言っている、と彼は直感した。秘書室勤め、なるほどな、と思った。

「一度結婚して会社を辞めてるのね。知ってる人の方が多いから、当人いないのに言っちゃうけど。でも、三年持たずに離婚。それを聞きつけたら、会社は速攻で彼女を再雇用して、秘書室に呼び戻したの。それは彼女が仕事ができて美人だから、っていうのはあるだろうけど、それだけじゃないと私はにらんでる。何でだと思う？」

このクイズに答えられる者はいなかった。

「彼女が信頼できるからよ。秘書室の性質上、絶対必要な資質だけど、彼女はそれ以上。だって、普通、秘書室の人間はメッセに来ない。上司が許さないから。でも、小林さんは、私はメッセが好きだからって、平気なの。長居はしないけど。上司も参加を認めてるのね。それは、彼女がメッセで絶対に余計なことを言わないと確信できるから。私たちの方から見たって、同じでしょ？　秘書室の人間がいたら、警戒して話がしにくくなりそうだけど、みな彼女がいても、いつもと変わらない。まあ、男の人たちは、美人の小林さんが来てくれると嬉しいんでしょうけど」

テーブルの男性陣の何人かが、うつむき加減になった。

「私たちも、小林さんを信頼してる。ここで聞いたことを、重役連に告げ口しないと信じられるから。信頼がライフでなら得られて、ワークでは得られない、なんてことはない。どっちにしても、本当に信頼できる人に出会えたら、それはすごいことよ。ライフであれ、ワークであれね。会社は利益を求める場所だけど、同時に人が生きる場所でもあって、だから面倒がありストレスがあり、一方で人間どうしの貴重な関係も生まれる。私、小林さんと会社の外で会うのは、たまのコンサートの時しかないけど、大事な友人だと思ってる」

「あの、江口さんと小林さんが一緒に行くコンサートって」と橋本がたずねた。「ジャニーズ系だって噂を聞きましたが、本当ですか?」

「え」江口が言葉に詰まった。「……だれに聞いたの?」

橋本は笑いを噛み殺しつつ、うつむいた。

「何のコンサートに行ってるかは、小林さんとの信頼関係があるから言えません。もう。せっかく、いい話をしたつもりだったのに」

「いや、行くのがジャニーズのコンサートだとしても、いい話なのは同じでしょ」と菊池が笑いながら言った。

江口は、ふん、と小さく鼻をならした。

そのまま雑談のような話が続いたものの、メッセは終幕に向かいつつあった。テーブル席の本庄と十代半ばの少年が立ち上がり、帰り支度を始めた。彼も退席することにした。

東ビルの廊下で、本庄に、メッセはどうでした? と聞かれた。

「予想したのと違った」

「いい方にでしょ?」

「まあ、そうかな」と彼は答えた。

新規事業室にはまだ明かりが灯っていた。彼は中をのぞかずに、そのまま会社を出た。

29

彼女が九州出張から新規事業室に戻ると、小渕と倉本は帰り支度を終えたところだった。二人は、彼女の顔を見て席にもどった。他には誰もいない。

「東京事務所の増員も、GPS版の外注も駄目だった、と」小渕が結論を先に言ってしまい、彼女はうなずくしかなかった。

「そういうこと。河野所長に、増員も外注も駄目な場合、GPS版凍結を決めて来るようにって、条件を出されたのは確かだけど、杓子定規に決定したわけじゃない。色々と検討した上で、納得したから決めた。元々忠実堂のプロジェクトだから、そちらの了承も必要で」

「若社長とは会いました?」

「結局一度会った。というか、若社長から了承をもらったの」

「若社長に、インパス東京事務所の増員を直接お願いするという裏技魔法は使わなかったんですか?」

そう言った後、小渕が両腕を変な具合に動かした。魔法少女系のアニメだかゲームだかのキャラクターの動きをマネしたらしい。彼女はそれを無視した。

「会ったのは結論が出た後だったから、直接頼んでどうにかできる状況じゃなかった」

沈黙の間が生じた。GPS版の処置について、三人の間に意見の対立はない。問題はカキヤであり、乾だった。GPS版の進行が苦しい状況を殆ど伝えていないのは落ち度だった。彼女が乾を納得させるしかない。その先には、カキヤ社長というさらなる難関が控えている。あの社長が、GPS版のない〈セルプロ〉を認めるとは考え難い。だが、是非ともそうする必要があった。

「ところで、残念なお知らせがあります」

彼女は、倉本の口調に苛々しながら顔を向けた。

「何ですか？　もしかして、また飯干さん？」

「いえ。あの人は一応来てます。目障りなヘッドフォンは外さないし、勤務中ほとんど口をきませんが。良くないお知らせは――一昨日、営業五課の二人がGPS版を新しく使い始めました。昨日からは、コンスタントに四人が使うようになってます。乾さんが社内営業で頑張ったみたいです」

三人は前よりも深い沈黙に陥った。彼女はGPS版凍結について口止めをした上で、二人に帰ってもらった。パソコンには、返事の必要なメールが十通近く溜まっている。彼女は腕を組み、瞼を閉じた。ものを考える気にもならなかった。

ガタン、と出入り口のドアが音を立てた。眠っていたつもりはないのだが、ひどく驚いた。ドアを開けたのは、少女だった。

「……オクダさん、ええと、オクダ・ユウカちゃんね？」

ドアの隙間で緊張していた顔に、微笑みが浮かんだ。草むらの陰で、小さな白い花が咲いたみたいだった。

「こんばんは」と彼女が挨拶すると、オクダ・ユウカは頭をぺこりと下げた。立ち上がって、入っていいよ、と声をかけたが、ユウカは動こうとしない。

彼女がドアに近づくと、初めて言葉を発した。

「お姉さんは、メッセに来ないんですか？」

「メッセ……？　それ、なに？」

ユウカは、彼女の反応が意外だったようで、首を傾げた。

「メッセって、パパたちは集まってお話をして、わたしは、お兄さんやお姉さんたちに遊んでもらったり、お菓子もあるし、ゲームもするの」

「そうなんだ。楽しい？」

ユウカは嬉しそうに笑った。カキヤの社内で行われる謎のパーティーを「メッセ」と呼ぶらしい、と彼女は推察した。

廊下の奥から、ユウカ、と呼びかける声がした。少女の顔に、それまでとは違う種類の笑みが浮かんだ。

「すみません」オクダがユウカの後ろから顔を出した。「また、邪魔しちゃって」

「いえ、お気になさらず」

オクダは、彼女に向かって頭を下げた。

「失礼します」

「バイバイ」ユウカは彼女に向かって手をふった。

彼女はオクダに会釈し、ユウカには胸の前で小さく手をふり返した。

ドアは静かに、ゆっくり閉まっていく。オクダに続いて「メッセ」から戻って来るらしい集団の話し声が近づいて来た。彼女は、その中に乾の声を聞き分けることができた。

……明日、笹島さんが九州出張から帰った後に……

新規事業室では聞いたことがないような活き活きとした口調だった。彼女は、乾が入って来るのかと身構えたが、ドアは開かなかった。集団は外へ出て行った。

GPS版の進行上の問題について乾に知らせなかったのは大きなミスだった、と改めて思った。乾は嫌がっていた「社内パーティー」に入り込んでまで、GPS版の実験参加者を増やしたのだろう。明日、乾に誠意をもって説明する必要がある。それなのに、彼女は、社員の集団の中に乾の声を聞いた時、嫌悪感が湧き上がって来るのを抑えられなかった。コントロールできない情動だった。

乾は家庭を持ち、小淵や倉本、飯干に較べて、はるかに常識を弁えている。なのに彼女は、変人トリオではなく、乾が苦手なのだ。GPS版の情報を伝えなかったのは、この苦手意識が作用したのかもしれない。自分が情けなかった。

「お早うございます」

翌朝午前八時半過ぎ、彼女が新規事業室に出勤した時、乾と中丸と小淵の三人が席についていた。乾はいつになく挨拶を返さず、彼女の顔を見ようとしなかった。彼女は、乾がＧＰＳ版凍結の情報を得ていることを直感した。

彼女が自分のデスクの椅子を引こうとする寸前、乾が声をかけた。

「話があります」

彼女は振り返って、乾の顔を見た。表情は落ち着いていたものの、目の奥に怒りが籠もっていた。

「今すぐですか?」

「三階の会議室で待ってます。五分で来て下さい」

乾はそう言って席を立ち、出入り口に向かって歩き出した。ノブに手をかけようとする寸前、ドアが音を立てずに開いた。黒田が入って来た。

「おっと、お早うございます」黒田は、乾にぶつからないよう体を傾げながら挨拶した。

「お早うございます」乾はいつもと変わらない声で返した。

黒田は出て行く乾を振り返った後、中丸にたずねた。

「乾さん、どうしたの?」

中丸はそれまでよりさらに深くうつむいただけだった。

「ＧＰＳ版のこと、知ってますね。かなり怒ってるみたい」小淵が声をひそめて言った。

「仕方ないかな」と彼女は答えた。

三階に向かう彼女の足取りは重かった。

ガラス張りの会議室で、乾は廊下の側を向いて立っていた。彼女が、失礼しますと言って入って行くと、乾は黙って椅子に腰かけた。彼女は廊下に背を向ける席の方に向かった。

「昨晩、若社長が私の携帯に直接電話して来ました」

彼女は言葉を失った。ここで社長が登場するとは、予想していなかった。

「若社長からかかった私あての初めての電話が、GPS版凍結のお知らせとはね」乾は、そう言って溜息をついた。

「申し訳ありません。インパス社でのGPS版の進行状況を乾さんに伝えなかったのは、私の落ち度です」

彼女は深いお辞儀をした。

「え？　そこを謝るの？　笹島さんは、GPS版を凍結にもって行くために九州に出張したんでしょ？　見事にミッションを達成した。抜かりなく若社長まで納得させてしまう辺りは、さすが元コンサルタント。昨日の夜、若社長は仰いましたよ。笹島さんはインパス社のプロジェクト責任者として苦渋の決断をしたんだから、責めないでほしい。これからも協力して、〈セルプロ〉を成功に導いてくれ、ですと。やっぱり、笹島さんは特別な存在なんだね。社長に、関東の子会社に放り出した一介の平社員に電話をかけようという気を起こさせるんだから」

「違います。九州に行ったのは、GPS版を凍結させるためではありません。GPS版を続けるには厳しい状況だったので、東京事務所の増員か、外注を検討してもらおうと——」

「うまいこと言うなあ。じゃあ、なんで出張に出る前に、私に説明しておかなかった？　私など相談するほどの価値もないと思ってたんでしょうけどね」

「本当に、本当に申し訳ありません。でも、GPS版が続けられるよう、精一杯の努力をしました。私の力が足りませんでした。お詫びします」

嘘ではなかった。彼女は九州の関係各所をめぐり、懸命の説得をしたのだ。精一杯——ただ、若社長に直接お願いするという、彼女ならできそうな「魔法」を使うことを除いて。

「そう言えば、私たち、頑張らないといけませんね、なんて言ってたっけ」

乾の意地の悪い言葉を聞くと、嫌悪感がまたも沸き出して来た。同時に、自己嫌悪も。乾には、自分に悪罵を投げる権利がある。彼女は、今度は何も言わずに、深く頭を下げた。

「もう、謝らなくていいよ」乾は静かな声で言った。「笹島さんは、GPS版の凍結を決めて来たんだから、この後、GPS版なしで、みんなにどう納得してもらうか、当然考えてますよね。特に問題なのは社長だけど。私は知ったこっちゃない。あと、この数日、何人かがGPS版を使い始めてます。その人たちにも、凍結の件を説明してください。謝罪も」

「承知しています」と彼女は答えた。どう説得するのか、本当に考えていた。それが簡単でないことは分かっていたが、同時に、GPS版凍結という決定が、需要やコストを考慮すれば完全に合理的だという確信もあった。

「わかったなら、早くいなくなってくれない。私も頭が落ち着いたら、下に行きます」

しかし、彼女は動かなかった。今の自分の立場、乾への理不尽だと分かっていても消えない嫌悪感からすれば、すぐにでも立ち去りたかった。しかし、そうしてはならない。今いなくなれば、〈セルプロ〉は終わる。現時点で、乾は、〈セルプロ〉にとって若社長やカキヤの社長よりも重要だった。いや、今ではなく前からそうだったのだ。なぜ、それを忘れていたのか……。

「まだ、いるの?」乾は吐き捨てるように言った。「本当は、とっとと失せろ、と言いたいんだけど、パワハラと怒られそうなんでね。顔も見たくない、って、これも駄目か」

「話を聞いてほしいんです」彼女は訴えるように言葉を発した。

「聞いたって、意味ない。信頼のおけない相手と一緒に仕事はできない」

「お願いします」彼女は何度目か頭を下げた。

30

昨晩、彼の携帯に若社長から電話がかかって来たのは、家に帰り着く直前だった。若社長の声を聞きながら、彼は家の周囲の横町を歩いた。その夜は、明け方に鳥のさえずりが聞こえるまで眠れなかった。

ＧＰＳ版の凍結が〈セルプロ〉の死を意味することを、笹島は若社長に伝えていないようだった。彼も言えなかった。電話の声に気圧されてしまったのだ。自らの会社員生活にとって破局的な事態だった。プロジェクトは必ず頓挫する。そうなれば、彼はカキヤにはいられない。柿谷忠実堂に戻ったとしても居場所がない。社長直々のプロジェクトを失敗させた「戦犯」になるのだから。

真っ暗な部屋で眠れないまま、彼は些細な希望を見つけた。俺はもう〈セルプロ〉に悩まされる必要はなくなった。給料をもらえる間、適当にやればいいんだ。会社を辞めれば、全てが終わる。笹島というクソ生意気な裏切り女ともお別れできるじゃないか。兄に続いて弟まで会社を辞めたのでは、父と母の失望ははなはだしいだろうが。俺も「家出」することになるのか……もっとも俺が「出る」のは両親の家ではない。俺はそんなことするだろうか……。

そして——笹島はなおも会議室に留まっていた。

「笹島さん、出て行かないんですか？　なら私が出ましょう」彼は立ち上がった。

彼が動き出そうとした時、黒田が廊下を通りかかるのが目に入った。視線がぶつかり、黒田は会釈した。用事ありげに廊下を歩み去ったが、明らかに彼と笹島の様子をうかがおうとしていた。

気勢を削がれて、足を踏み出すのを躊躇した一瞬の間に、笹島が言葉を発した。

「〈セルプロ〉はまだ終わっていません。乾さんはそう決めつけているようですが、早すぎます」

彼は笹島の方に向き直った。最初は笹島の言葉を無視しようとしたのだが、元コンサルをやり込めたら楽しいぞ、と思い直した。何しろ、自分は〈セルプロ〉にも会社にも見切りをつけてしまった。知能も知識も弁論術も負けているだろうが、立場は圧倒的に強い。

「終わってないとおっしゃるなら、それでいいですよ」と彼は言った。「〈セルプロ〉を終わらせないように、笹島さん、精々頑張ってください。笹島さんの仕事です」

「もちろん、私の仕事です。でも、私一人でできる仕事ではありません」

「一人でできると思うから、GPS版凍結を勝手に決めて来たわけでしょ？　少なくとも、笹島さんと協力する相手は私ではない。笹島さんは、仕事の相手として信頼できません」

笹島の顔から、人を惹きつける笑みが消えている。そのことが彼には心地よかった。尻をまくった人間の特権だ。一方で、いずれこの時を思い出し、後悔することになるのだろう、とも考えていた。笹島をいたぶる心地よさが、劣情と呼ぶべき下等な快楽であることは自覚していた。

「乾さんの信頼を失ったのは自業自得です。でも、このまま終わらせたくないんです」

「〈セルプロ〉を終わらせたくない、と？」

「そうです。でも、それだけではなくて……今の私は信頼について話ができる立場にないので、〈セルプロ〉を生き延びさせる方策について話をさせてください」

「いや、結構。それは私にとって無意味です」

「無意味でなくなる可能性が――」

「笹島さん」彼は笹島の言葉を遮った。「GPS版が凍結されたら、社長は〈セルプロ〉を即座に廃止しますよ。そもそも、カキヤは〈セルプロ〉をやりたくないんだもの。私は凍結の決定に関与してないのに、あなたと共同で責任を負う立場です。五課の連中を裏切った一人ということ。カキヤにはいられません。私は〈セルプロ〉のために派遣されて来たんです。といって、社長特命のプロジェクトを失敗させて、おめおめ忠実堂本社に戻るわけにもいかない。言ってる意味、わかりますよね？」

とうとう口に出してしまった。笹島の表情が強ばった。てきめんの効果だ。しかし、口にしてみると、想像していたほどには心地よくなかった。

「そんな決断、早すぎます」笹島はそれだけ言って、黙り込んだ。

こいつ、俺が会社の中でどんな立場なのかすら分かっていなかったんだ、と彼は思った。

「決断なんて立派なことをするわけじゃありません。出て行くしかない。それだけ」

笹島は何か言いたげだったが、言葉が出て来ない。ついに笹島を黙りこませた——小さな満足感を覚えた。しかし、歩き出そうとしたところで、二度目の邪魔が入った。

ドアがゆるくノックされた。彼は足を止めた。

どうぞ、と彼が言うと、中丸がうつむきながら入って来た。

「どうしたの？　だれか事業室に来た？」

中丸は返事をしない。彼が返事を促そうとした時、中丸は顔を上げ、言葉を発した。

「乾さん、お願いです。笹島さんと喧嘩しないでください」

「え？」

「会社の中では、笹島さんと仲良くしてください」

「……中丸さん、立ち聞きしてた？」

彼がたずねると、中丸は再びうつむいた。

「ふざけた真似をするな」彼は一歩踏み出した。

すると中丸は体の位置をずらし、ドアノブの前に立った。体を張って、彼の退室を阻止するつもりらしい。

「お願いします」中丸は必死の形相だったが、声は変わらず小さい。「仲直りしてください」

中丸の思いがけない振る舞いに、彼は思わず足を止めた。中丸が次に発した言葉は、しかし行動よりも激しく彼を驚かせた。

「でないと、私、困ります。私、笹島さんが恐いんです。乾さんがいてくれなかったら、私は新規事業室にいられません」

彼は思わず笹島の方を振り返った。彼同様、笹島も呆然としていた。その表情は前よりもさらに強ばっていた。

31

会議室は沈黙に閉ざされた。三人の中で、乾が一番先に気持ちを落ち着かせることができた。

「中丸さん、聞いてたなら分かると思うけど、これは仲良くするとか喧嘩するとか、そんな話じゃないんだ。純粋に仕事の問題。笹島さんが嫌いだから言い争ってるわけじゃない」

中丸の呼吸がせわしくなった。大丈夫だろうか、と乾は中丸が心配になった。中丸が、先ほどよりさらに小さな声を出した。

「笹島さん、恐いと言って、ごめんなさい。恐い理由は分かりません。でも、本当に笹島さんが恐くて……乾さんがいないと、冷や汗が出ます」

笹島は、カキヤ社内での中丸の様子を思い出した。廊下やトイレで思いがけず出会うと、中丸はビクッと立ち止まるのだ。新規事業室で声をかければ、弾丸でも避けるように両肩をすくめる。警戒心が強く、神経過敏なのだと思っていた。まさか恐がられていたとは——。

「私、こんな人間なので、他では雇ってもらえなかったのに、カキヤは、入れてくれました。それでも働きが悪いので、新規事業室に配属されて……ごめんなさい。でも、本当です。私、新規事業室にいられなかったら、クビになります。陰気でトロいので両親にも嫌われていて、給料を入れないと、家を追い出されます。だから、二人に仲良くしてほしいんです。乾さん、新規事業室に私たちと一緒にいてください」

中丸は、顔を赤らめながらそれだけ一気に口にすると、普段からは考えられない素早い動作で身を翻し、ドアを開け、外に出て、しっかりとドアを閉めた。

残された二人は、中丸のいなくなったドアの方を黙って見ていた。乾は、中丸に続いて会議室を出て行くのが格好悪いことのように思えて身動きが取れない。

一方、笹島は、まだ動揺は残っていたものの、この場の空気を変化させようと、頭を働かすことはできた。

「あの、座りませんか」と笹島は言った。

笹島の声は、乾の耳に押しつけがましくなく、自然に入って来た。乾は、ええ、と答え、近くの椅子に腰かけた。笹島も同様にした。

「中丸さんが、あんなことを考えていたなんてね」

乾は、笹島の方に視線を向けないまま言葉を発した。

「恐いと言われるとは、思いませんでした」

乾は中丸の気持ちが分かる気がした。笹島が新規事業室に入って来ると、急に内部の空気の密度が増し、圧迫されるように感じることがあった。

「中丸さんが、あんなに必死で訴えることになったのも、私が軽率だったせいです。申し訳ありません」

乾は笹島の方に視線を向けないようにしていたが、時と共に笹島のいる側の静けさが深まって行くようで気になった。顔を向けると、笹島は机に向かって深く頭を下げていた。

「笹島さん、頭を上げてください」

しかし、笹島は頭を下げたままだった。

「上げてください。何だか変なことになったので、一回リセットしましょう。笹島さんは、さっきＧＰＳ版抜きでも〈セルプロ〉を生き延びさせる方策があると言いましたよね」

口を開いたら、昨晩からついさっきまで続いていた笹島への怒りが、半分以上溶けてなくなっていることに気づいた。同時に、怒りの中では生じることのなかった別の思考と感情が生まれた。

「笹島さんにアイデアがあるというなら、それは聞いてみるべきですね。私だって、進んで会社を辞めたいわけじゃない。失業者になり、再就職先を求めてハローワークなんて考えたくもありません。方策を、聞かせてください」

口にしながら、乾は自分が安心しかかっていることに気づいた。笹島は、自分が会社を辞めずにすむ希望をもたらすかもしれない。もし本当に〈セルプロ〉を救ううまい手を考えているのなら。

笹島は、乾が言葉を発している間に、ゆっくり顔を上げた。

ありがとうございます、と笹島は言った。その後、しばらく時間をおいて口を開いた。

「GPS版なしで〈セルプロ〉を生かす方策ではなく、まずGPS版を凍結させることが合理的だという確認をしたいのですが、よろしいですか?」

乾はうなずいた。笹島はホッとした。凍結の方針には確信があったものの、方策には確信を持てないでいたのだ。

笹島は、岩佐社長の経営手法から語り始めた。強引なワンマン社長に見られ勝ちだが、経営分析をすると、実際には数値的な経済合理性を重視していることが分かる。だから、社長は、GPS版に需要やコストの面で大きな問題があると知れば、凍結自体には反対しないだろう。問題は、言うまでもなく、GPS版凍結が社長による〈セルプロ〉廃止という決断に直結する可能性が高いことだ。

GPS版を続けるべきでない理由が三つある、と笹島は続けた。

一つはインパス社の仕事のキャパシティーの問題。増員や外注は既に却下されたが、仮にできたとしても、GPS版を同時進行させれば開発期間は大幅に長くなる。

第二にコストの問題。開発は〈セルアシ〉を土台とする計画で、忠実堂の資金で進められて来たが、結局新規開発と殆ど変わらない状態になり費用がかさんでいる。経費がこれ以上膨らめば、アプリ版も含めた商品の価格に大きな影響が出る。

第三に、そもそもGPS版にはさほど需要が望めないのではないか、ということ。GPSの精度はスマホ搭載のものよりはるかに上だが、そこまでの厳密さを求める企業が果たしてどのくらいあるか。また、値段がかさむ割に機能が限られている。五課での使用者は増えたようだけれど、必要に駆られてというより、乾さんに協力する気持ちの方が強いのではないか、云々。

乾は初めて参加したメッセを思い出した。五課の橋本は、GPS版が〈セルプロ〉にどれだけ重要か力説しながら、自分では使わないと言った。GPS版が不可欠だと感じている人間は、確かにいそうになかった。

「次に、GPS版を凍結しながら、〈セルプロ〉をカキヤの商品として成立させる方策です。成功させる前提として、GPS版凍結の決定を、カキヤでは当分秘密にしておく必要があります。凍結という情報が経営サイドに伝われば、お終いです」

「私と笹島さん以外に、凍結の決定を知っているのは？」

「若社長とインパス本社の部長級以上の幹部数人、東京事務所では所長と小淵さんと倉本さん。全員、口止めしてあります」

「あと、中丸さんね。大丈夫だと思うけど」

「岩佐社長に案件をあげるまでの段階をどうするか、どう固めて行くかが最も重要で、成否はここにかかっています。誰に話をすべきか、という人の問題でもあります」

「笹島さんは、誰に話をして社長のところに案件を持ち込む算段ですか？」

「まず、間宮課長と佐久間営業部長を説得します。彼らの助力を得て、私と乾さんとで、石岡専務に会って話をします。間宮さんと佐久間部長は、二人して営業五課を創設したと聞きました。意外にも、と言っては失礼ですが、チャレンジできる人たちのようです。社長に対しては、石岡専務から話をしてもらって……」

乾は笹島の話を最後まで聞いたものの、その提言に心底ガッカリしていた。

「それは駄目だ。すごい斬新な方法を考え出したか、社長に直接通せるうまいルートでも見つけたのかと思ったら、そんなことですか」

面と向かって全面否定され、笹島は面白くなかったが、今は怒れない。

「間宮さんはともかく」乾は言葉を続けた。「佐久間部長や石岡専務が〈セルプロ〉のために動いてくれるわけないでしょ？　何か問題があると分かれば、それを理由に、大喜びで〈セルプロ〉から撤退しますよ」

乾は深い溜息をついた。笹島は、反論を試みた。

「でも、〈セルプロ〉に対する社内の理解は、初期に較べて格段に深まりました。五課の多くの人にとって、〈セルプロ〉はもはや欠かせない道具になっています。競争力のある商品だと肌で感じれば、売るためのモチベーションが高まります。そういった雰囲気をうまく伝えれば、佐久間部長や石岡専務を説得できるのではないでしょうか？」

「評判がいいのは、五課とその周辺だけです。営業部の全体からすれば部分的、全社的に見たらほんの一部に過ぎません」

社内の動向を知っている乾の言葉には説得力があった。笹島は、すぐには言葉を返すことができなかった。

その間に、乾は思いついたことを言葉にした。

「笹島さんは営業コンサルタントが専門だったそうだけど、経営サイドに立って、こういう研修を受けてもらいます、みたいにやってたんでしょ？　なら、カキヤこそトップダウンの典型的な会社なんだから、笹島さんは、岩佐社長を直接動かす手を考えた方がいいんじゃない？」

乾の発言は一々癪に障ったが、今は聞き置くしかない。

「岩佐社長に直接あたって、ということは今回は考えませんでした」と笹島は答えた。

「なぜ？」

「経営コンサルタントではないからです。インパス社の社員として、忠実堂やカキヤの皆さんと共同して働いています。経営者にアドバイスをするのは、今の私の仕事ではありません」

「それは、そうでしょうが、カキヤの現実を考えれば、他に方法はありそうにない。〈セルプロ〉を生き延びさせるためなら、何をしたっていいじゃないですか」

「私も、岩佐社長とじかに交渉することはあっていいと思っていました。でも、一般の社員が、まして私のような関係会社の社員が、社長と直接会うのは困難です」

「実際に会おうとして、駄目だったんですか？」

笹島は質問を返した。

「乾さん、社長と直接話をしたことはあります？」

「一度だけ。けんもほろろというやつでした。笹島さんは？」

「私も一度だけ。何を話しても、尋ねても、木で鼻をくくったような返事が返って来ました」

「二度と会いたくなくなった？」

笹島は首を横にふった。

「私、社長転がしには自信があったので、悔しくて。コンサルのようなやり方はしまいと決めていましたが、社長や重役への直接ルートはあっていいので、新規事業室が発足した後、何回かトライしたんです。でも、ことごとく撥ね返されました。関係会社の部次長クラスへの対応は、部長クラスまでということで。余計、残念な思いをしただけでした。でも、それで、コンサルのように上からじゃなく、会社の一員として力を尽くそうという決意が強くなりました」

「こと〈セルプロ〉に関しては、社長転がしでも何でもしてもらいたい」

「社長転がしは冗談ですよ。たとえ、それが本当にできるとしても、岩佐社長には通じない気がします」

確かに、岩佐社長は難攻不落の城砦のような人だった。乾は、さらに尋ねた。

「社長だけでなく、重役も面会不可だったんですか？」

「そうでした」

「厳しいですね。やっぱり下からの積み上げでやるしかない……難し過ぎる」

「秘書室が、部長クラスと重役陣との間に強力なディフェンスラインを引いてるんです。特にゴールキーパーは、どんなシュートでも撥ね返してしまうワールドクラスの逸材でした」

笹島の「逸材」という言葉が、乾の脳内の神経を刺激した。もしかして――。

「ゴールキーパーって、もしかして秘書室の小林さん？」

「ご存じですか？」

「ええ。メッセで二度会って、話をほんの少し……あ、メッセというのは、終業後の社員談話会みたいなものです。前に社内で秘密のパーティーをやっているって話題にしたことがありましたよね。この間から、中に入れるようになりました。GPS版の参加者が急に増えた直接のきっかけです」

「メッセという言葉なら、この間、オクダ・ユウカちゃんに聞きました」

「へえ、ユウカちゃんから……以前、公私混同みたいで嫌いだと言ったけど、メッセに参加してみたら、そう悪くありませんでした。実利もあったわけで」

話している間に、乾の頭に、突然一つの可能性が閃いた。

「できるかもしれない」

笹島は、乾の脈絡のない言葉に驚いて、目を見開いた。

「小林さんを通してなら、社長と直接話ができるように持って行けるかもしれない。もしそうなったら、笹島さん、やってもらえます？」

笹島は、乾の唐突な提案の意図をはかりかねた。

「突然なので、何とも。乾さんが頼んだら、小林さんが便宜を図ってくれる、ということですか？」

「大体、そうです。ただ、私が直接にではありません。小林さんの社内の友人と親しくなったので、まずはその人に相談してみます」もちろん、江口を想定しているのだ。

「社長との折衝の機会ができれば参加します。ただ、小林さんは、たぶん私を嫌ってます」

「そんなことありませんよ。職務に忠実なだけだと思います。強力な敵ほど、味方にすると頼りになるっていうこともあります」

「小林さんとその友人にＧＰＳ版凍結を知らせることになりますが、秘密は保持できますか？」と笹島はたずねた。

「全然心配いりません」と乾は答えた。

32

会社から帰った後、翌日の社長との面談に備えて準備をしていると、父親から電話がかかった。彼女の父親は元は理系なのだが、このところ古代オリエントの歴史に興味を持つようになったとかで、国会図書館の本をコピーしてほしいと言うのだ。

メモを取っていると、妹の声が聞こえた。お姉ちゃん忙しいんだから、そんなこと頼んじゃ駄目でしょ、と父親が叱られている。

「休みの日にやるから大丈夫よ」と彼女は父親に言った。「ただし、すぐには無理だから」

「相変わらず忙しそうだな」

「忙しいし、給料安いし。まあ、会社員はこんなもんでしょ」

「コンサルタントだったのに、会社員なんかになるから」

「会社員なんかにって、お父さん、会社員生活はイヤだった?」

「うーん、どうだったのかな。覚えていない。退職すると、働いていた時の実感みたいなものは思い出せなくなるんだ」

そこで、妹が父親から電話を奪った。会社のことを愚痴ってたの、と聞くから、そうじゃないけど、と否定した後、中丸に、「笹島さんは恐い」と言われた話をした。理由不明で恐いんだって。ショックだった。

「もしかして、元コンサルタントの威力？」

「そんな威力、私にはないから。それで、その後――」

乾という、ずっと苦手だったプロジェクトの同僚メンバーに謝罪した話をした。完全に自分のミスで、その人が怒るのは当然なのだけれど、自分は会社を辞めるしかない、と切れられたのには困惑した。そうなれば、プロジェクトは間違いなく破綻する。

「それで、頭を下げたの。ただ下げたんじゃなく、ほら、TV番組の女性アナとかアシスタントで、番組終わりに気味悪いくらい長い間、深く頭下げる人がいるでしょ、それを、やってみたの。乾さんの気持ちを変える役に立つならって。こんな言い方をすると、バカにしてるみたいだけど、そうじゃなくて、本当に申し訳ない気持ちを伝えたかったわけ」

「その人、続けることになった？」

「うん。頭を下げたのが一番の理由じゃないけど、多少の効果はあったと思う」

「普通の会社に入ったら、いかにも会社員らしい行動が必要になったってことか」

「そうね。自分の考え方とか、嗜好とか、行動規範とかは脇に置いて、会社員としてやるべきことがあるみたい。それで、会社員は画一的だとか組織に従属してるとか批判されるけど、今は、それは少し違う気がしてる」

どう違うの？　と聞かれた。説明は難しいなあ、と断った上で、彼女はこんな話をした。

「進行中のプロジェクトの一部を、都合でキャンセルしたのね。しかも、このキャンセルは当分秘密にしておく必要がある。でも、乾さんはプロジェクトの実験参加者をリクルートした張本人だから、彼らに本当のことを伝えたいわけ。秘密を共有する人が多くなるほど漏洩する可能性は高まるから、そういう危険は避けたいところだけど、乾さんは譲らない。それで、彼が実験の参加者に一人ひとり会った上で、謝罪と説得をしたの。説得というのは、秘密を守るために、無駄になるのは承知で実験を続けるふりをしてもらわないといけないから。他の人に知られないよう場所や時間を考えて、緻密に、丁寧にやってた」

「ふうん。ちゃんとした人なんじゃない？」

「それが、そうでもないから困る。プロジェクト継続には、ワンマン社長と内密で会う必要があるんだけど、乾さんは、段取りは自分がするから、社長には私一人で会いに行ってくれって言い張るの。自分がいても邪魔にしかならない、とか、コンサルタント向けのミッションだとか理由をつけて。私たちは両方ともプロジェクトの現場責任者で、乾さんはカキヤの社員なんだから、もしどちらか一人選ぶとしたら、乾さんの方になる。それでも駄々をこねて、社長とは会わないと言い張るわけ。こんな風なら、私一人の方がとは思ったけど、そうも行かないから、説得したわよ」

「お姉ちゃんがその人、苦手だっていう意味、何となく分かった」

「話がずれちゃった――実を言うと、一連のゴタゴタを通じて、乾さんへの苦手意識が以前の半分くらいに減ったということを話したかったの」

「え？　それって変じゃない？」当然の疑問だった。

「変だと思うだろうけど……直接には、乾さんが同僚に謝罪と説得を繰り返しているのを見て、気持ちが変化したのね。彼の会社員としての行動は、彼の個人としての生き方と強く結びついていて、そうしないわけにいかないんだと納得できた。最初は、同僚に嫌われたくないんだろう、とか、内輪意識を優先して仕事自体を危うくしている、とか批判的だった。秘密を守る大事さからしたら、乾さんのやり方はまずいものね。でも、乾さんは、同僚との信頼関係を優先させた上で、秘密も守ろうと必死だった。その行動の背後に、乾さんなりのやむにやまれぬ何かがあることが見えて来たわけ。別に乾さんだけのことじゃない。人は、会社という組織の一員として働いていても、それぞれ自分が生きる上で大事な何かに動かされてるんじゃないかな。その何かっていうのが……言葉にするのが難しいんだけど、つまりは、人生とか生き方の根幹みたいなことだと思う。平凡とか灰色とか、そういうイメージで見られがちな会社員も、実はそれぞれの人生を背負った上で働いているということ。一人ひとりよく見れば、きっと『平凡なサラリーマン』なんて、どこにもいないのよ」

妹は少し笑ってから、質問をした。

「秘密は保たれてる?」

「まだ大丈夫かな。社長に明日会うから、それまで秘密が保たれればＯＫ。社長に駄目を出されたら、秘密も何も、プロジェクト自体が終わりだけど」

その後、妹は自分の愚痴や学校の悪口を姉に聞いてほしかったようだったが、明日はいよいよ決戦の日だから、と言って、彼女はつきあわなかった。

「お姉ちゃん、ずるいよ」妹は不満そうだったが、彼女は、おやすみ、と言って電話を切った。

33

外出先はインパス社東京事務所、帰社時間は未定。ホワイトボードにそう書いて、彼は新規事業室を後にした。実際に向かうのは岩佐社長の自宅だ。何か連絡があれば、東京事務所の方でうまく取りはからってくれることになっている。

彼は、これまで生きて来た中で最大の不安と緊張の中にいた。

秘書室の小林の手配によって、岩佐社長との「秘密のアポイントメント」を取ることができた。しかし、それには条件がついていた。彼は笹島より三十分早く、面会場所である社長宅に行く。時間差の意味は明かされなかった。不安と緊張は、約束の日時が近づくに連れて増大し、さっきから最大値を指し続けている。

若葉の青みを残した街路樹が、彼の前にも後ろにも緩やかなカーブを描いて並んでいた。広い歩道は、学校帰りの小学生や買い物袋を持った主婦、犬を散歩させる老人などで程よく賑わっている。夏のような真っ直ぐの日射しが、足下の舗道に鮮やかな影を作り出していた。湿り気のない風が耳をかすめた。

彼と同じ方向に歩く男女の声が、耳に届いた。三十度近くなるらしいよ。湿気がないと、暑さが気になりませんね。七、八月もこうだといいんだけど。彼は黒いスーツの下で汗をかいている。シャツの首もとも汗で湿っている。タクシーに乗れば良かったと後悔するが、もう遅い。社長宅まで、最寄り駅からすでに半分以上歩いてしまった。

社長とのコンタクトの第一歩として、江口と二人で話をした時、最初は好意的な表情だった。しかし、彼が小林への仲立ちを頼むと微笑みは消え、社長との面談という用件を話した後には見知らぬ人の顔になった。それでも、GPS版をめぐる窮地について説明すると、半分くらいメッセの時の顔に戻った。江口は小林への取り次ぎを応諾した。その上で、小林さんは甘くないからね、とつけ加えた。

小林とは、休日に社外で会った。小林は、彼の依頼に対して、冷淡な態度を取ったりはしなかった。しかし、面談中ずっと得体の知れない圧力を感じていた。小林は、彼の言葉ではなく、別の何かに注意を向けているようだった。

話を聞いた後、小林は、

「他の人に内緒で社長との面談の約束を取ったとなると、私は周囲からの信頼をなくします」

と言った。

彼は断られるのだと思い、腹の芯に重いパンチをくらったような衝撃を感じた。しかし、小林は、引きうけましょう、と続けた。一瞬、聞き間違えたのかと思った。

「誰に会うのか決めるのは社長ご自身で、私は提案するだけです。社長が私の提案を拒否することは、まずありませんが。社長からは、個人的な関係を作るために面会に来る人間を通すなと命じられています。私が判断をする基準は、会社のためになるかどうかだけです。私が仲介したことを口外しないで下さい。秘密を守ることは、乾さんのためにもなります。もっとも、乾さんはいずれ忠実堂に戻るでしょうし、笹島さんは、乾さんより早くカキヤの仕事から離れると考えるのが自然です。お二人とも、社内での評判は気にならないかもしれません。でも、私はずっとカキヤにいるつもりですから」

「肝に銘じます」と彼は答えた。「忠実堂が、私に帰ってほしいと思うか分かりませんけど」

「乾さんにとって、〈セルプロ〉の仕事はすごく大事でしょうね。私は応援しますよ」

小林の顔に微笑みが浮かび、彼にはそれが空恐ろしく感じられた。〈セルプロ〉で失敗すれば、彼はカキヤにも忠実堂にもいられなくなる——小林は、笹島の前で開陳した「最悪」の可能性に言及したのだ。秘密裏に社長との面談を仲介する以上、彼に失敗する自由はないのだ。小林は、彼ではなく、彼が不可欠のピースになっている仕事を応援していた。このことに気づいて以来、彼の心は安まったことがない。

明るい光の中、ゆったりした空気の流れる歩道を進みながら、彼は刃の上を裸足で歩いている気分だった。街路樹の陰で立ち止まり、スマホの地図で現在位置を確かめた。一つ先の角を曲がってもう少し歩けば、社長の自宅に到着する。彼は大きく息を吐き、呼吸を整えた。

社長宅の外見は飾り気のない質実な造りで、シャッターの降りた幅広い駐車場の横の奥まったスペースに、大きな鉄扉の玄関が設けられていた。ただし、建物を覆うタイルは、建築に疎い彼にもわかるほど上等なもののようだった。

腕時計で時間を確かめてから、鉄扉横のインターフォンのボタンを押した。若くない女性の声が応答する。

鉄扉が開く音を聞いて、彼は新規事業室のドアを思い浮かべた。ただし、社長宅の鉄扉は雑味のない上品な音を立てた。扉が開くと、暗い色調のゆったりしたパンツスーツの中年女性が彼を迎えた。社長夫人でないことは明らかだった。少しだけ緊張が和らいだ。

通されたのは、玄関から近い窓のない応接室だった。光は長方形のガラスの天窓から降って来る。内装も、建物前面と同じく質実な印象で、ソファーやテーブル、その他の調度はどれも高級だがシンプルな造りだった。花を生けたり、絵をかけたりもしていない。一隅に置かれた大きなゴムの木が唯一の彩りだった。

ここは会議に使われているのだろう、と彼は推測した。公私混同が社是のようなカキヤの社長宅にふさわしい。

中年女性が、緑茶を持って再度入って来た。飛行機の到着が遅れているので、今しばらくお待ち下さい、と告げた。どこからの飛行機なのか、どれくらい待つのかといったことは一切言わない。

彼は応接室に取り残された。鞄の中から〈セルプロ〉の資料を取り出したが、緊張で文字を追う気になれず、きれいに並べ直して鞄に戻した。自らの心臓の音を聞く以外何もできないまま、二十分が過ぎた。

突然、玄関の鉄扉が開く音がした。玄関の外で聞いた時より、大きな音に聞こえた。その後、声は聞こえないまま、重たい足音が廊下を過ぎて行った。彼は立ち上がり、ドアの方を向いて待つことにした。

岩佐社長が自らドアを開けたのは、さらに五分が過ぎた後だった。彼は頭を下げた。社長は何も言葉を発しないまま、応接セットの上手にあるソファーに腰かけた。

「小林とは、メッセで話をしたのか?」それが第一声だった。

「メッセで初めてお会いしました」戸惑いながら、彼は答えた。

「ふん」社長は鼻を鳴らした後、かけなさい、と言った。

「本日は、貴重なお時間を、ありがとうございます」彼は一礼してから腰かけた。

「私は、小林の言うことはたいてい何でも聞く。逆らっても無駄だからな。うちの重役連は小林に注文をつけたり、スケジュールを変更させたりする。美人を困らせるのが嬉しいらしい。無神経な連中だ。しかし、会社は鈍感な方が出世する。ただし、そんな人間ばかりだと会社は潰れる。君みたいな鈍感さに欠けた人間も、会社には少しは必要だ」

社長が、彼の社長に対するトラウマを甦らせそうな鋭い視線を向けた。しかし口調は、前より穏やかだった。

中年女性が社長用のお茶を持って来た。その直後、応接室の斜め上の方角から、玄関の鉄扉を開いた時と似た音が聞こえて来た。屈曲した洞窟の奥から届いたような響きだった。

「笹島だな」と社長は言った。

中年女性はお茶をテーブルに置き、会釈して部屋を出た。

「うちには、玄関が二つある」社長はそうつけ加えた後、メッセの話に戻した。「終業後、社員たちが自発的に集まって話し合う。仕事の話が主なのに、残業代はなし。昔からそうだ。本拠地の九州を遠く離れて、一から商売を始めた。社員は凡人、売れ筋の商品はなく、人脈も地縁もゼロに等しい。初っぱなからピンチだ。それで、ある限りの知恵を皆が出し合うことにした。就業時間など関係なかった。仕事が生活そのものだったからな。社員の集まりにメッセという名前をつけたのは、私だ。幕張メッセができる十年も前。昔習ったドイツ語の語感が気に入っていた。それを二十一世紀の今もやっている。私が参加しなくなってから三十年以上経つが、勝手に続いている。不思議なことだ。しかし、道理に適ってもいる。会社は利益を追求する共同体だという道理にな。メッセはカキヤの強みだ」

廊下を玄関方向に進む小走りの足音がした。間もなく鉄扉の開く音、続いて笹島の声。もう一つの玄関から、こちらに回されたらしい。

案内されて応接室に入って来た笹島は、カキヤの社内にいる時とは別人のようだった。化粧も髪型もいつもと変わらず、着ているスーツも見覚えがあったが、表情と身にまとった雰囲気が違う。経営者に会うためのモードに切り替えたのだろう、と彼は考えた。

社長は笹島の挨拶には応えず、腰かけるように促した。笹島が着席すると、社長が笹島の方を向いて尋ねた。

「駅からタクシーで来たな」

「はい。タクシーを使いました」と笹島は答えた。

「乾は歩いて来たんだな」

「はい」彼は社長の質問の意図と、なぜ分かるのかを訝しんだ。

「笹島が最初に来たのは、女房側の玄関だ。女房のやってる洋菓子やハーブ教室の生徒は、駅のタクシーを使う。車寄せがあり、植栽も整えられて、見場がいい。私は社用車でこちらの玄関に帰る。こちらに用事で来る連中は、たいてい社用車かハイヤーだ。女房は、会社の人間が家に来るのを嫌がる」

社長がお茶を飲んだ。笹島が、いただきます、と言ってお茶を飲んだ。彼も同様にした。

「いま、乾にメッセの話をしていた」社長は笹島に向かって言った。「メッセは分かるか？」

「カキヤ社員の会ですか？　インナー・パスポート社の私には縁がありません」

「縁があったら？」

「どのような会か、存じませんので――」

「大抵グダグダ喋っているだけだ。だが、自発的に集まることで、社員たちの共同体への意識が高まる。会社は利益社会《ゲゼルシャフト》だと言われるが、共同社会《ゲマインシャフト》としての性質も持っている。残業代が出ない、帰りの時間が遅くなる、それでも参加する者が多いのは、カキヤが共同の場でもあると知っているからだ。会社は、少なくともカキヤという会社は、単に利益を上げるための組織という以上のものだ。で、メッセはずっと続いている。笹島は、カキヤの社員だったら参加したいと思うかね？」

笹島は一瞬躊躇った後、それまでの取り澄ました表情を保ったまま答えた。

「真っ平ご免です」

笹島の言葉に、社長も彼も意表をつかれた。社長の口もとに、僅かながら笑みが浮かんだ。場の空気が少し軽くなった。

社長は、笹島が自分の発言に説明を加えようとするのを押しとどめた。

「真っ平ご免、結構なことだ。メッセに来ないからといって不利益はない。絶対に出ない人間は、昔も今もいる。実は、そういう社員は是非とも必要なのだ。出なくていい自由がないと、メッセから自発性が消える。おまけに、残業代が必要になる。全員参加では、任意の集まりだといっても監督官庁は認めない。真っ平ご免な人間のおかげで、会社は助かっている」

社長は視線を動かして、彼と笹島の顔を交互に見た。

「メッセはカキヤの心臓だ。メッセがあるから、組織に人間の血が流れる。だが世の趨勢で、社外の人間が会社に入り込むのは避けられない。カキヤでは、なるべくそうならないように計らって来た。メッセに参加しないのではなく、参加できない人間が社内に増えるのは良くない。しかし、そうとばかりは言ってられん。いま、私の目の前に、本籍忠実堂の人間と、忠実堂の子会社の人間がいる」

社長はもう一度二人の顔を見た。

「こんな面会は初めてだ。だが、小林が設定したなら、会わないわけにいかん。小林は、君ら二人が〈セルプロ〉の件で会いたがっている、という以上のことを言わない。しかし、小林に聞かなくても、〈セルプロ〉に問題があることは分かっている」

社長は、小林のことを話していた間、口もとに甦っていたかすかな笑みを消した。

「何のために来たのか話してもらおう。元コンサルの口で、きれいに整えられた説明を聞いたのでは、却って真相が隠れるから、小林に、二人の面会に時間差をつくるよう命じた。しかし、いくら小林でも、飛行機の都合まではコントロールできん」

社長は沈黙し、二人から視線を外した。笹島はチラリと彼の顔を見た。彼に発言を促したのではなく、まだ社長に説明していないことを確かめたようだった。彼は小さくうなずいた。

社長の発言を考慮すれば、先に口を開くのは彼でなくてはならなかった。しかし、彼は社長の目の前で言葉を発することに、震えだしそうなほどの恐怖を感じていた。

34

沈黙が続く間、社長は乾の顔を見ようともせず、外界に興味をなくしたかと思えるほどの無表情を保った。乾は、社長のこの態度にさらに脅かされた。

彼女はできる限り沈黙に耐え、乾の発言を待つつもりだった。乾の忙しない呼吸音が、耳のすぐそばで発せられているように響いた。

急に息の音が止まった。彼女は思わず乾の顔を見た。すると、次の息がゆっくりと吐き出された。乾は、ようやく声を出すことができた。

「〈セルプロ〉は、全体として、うまく行っていると、思います」

この出だしは悪くない、と彼女は思った。問題がある、という社長の誘い水に乗らなかったのが良かった。相手の設定した「問題」という土俵に乗ってはいけない。

「五課の人たちは、日々の業務に使っていて、もう手放したくないと、言っています。初期にはトラブルも多くあり、今も、なくなったわけではありませんが、それよりも利便性が優るそうです。五課の人たちの、実感です」

乾は息継ぎをするように一旦話を止め、社長の方をうかがった。しかし、社長の表情や姿勢には微塵も変化がなかった。乾の声は少し小さくなり、早口にもなった。

「問題があるとしたら、使われているのが、スマートフォンのアプリ版ばかりで、GPS版が、殆どテストされていない、ことでした。今回、面会を、お願いしたのは、GPS版に、別の問題が生じていたことが、理由です。こちらは、インパス社にかかわることなので、笹島さんから説明を、お願いしたいと、思います」

社長が一瞬だけ彼女の方を見た。許しが出たものと解釈して、彼女は話し始めた。

彼女は、GPS版の進捗状況について簡潔で明快な説明をした。そして、インパス社の人員や使える資金などの態勢からすると、滞っているGPS版のための新たな注力は困難であることを明かした。〈セルアシ〉の関西への展開から生じた人員不足については触れなかった。その上で、GPS版の五課での使用状況を説明し、GPS版については、さらなる投資をしてペイするほどの需要は予測できないことを話した。

社長は、彼女がGPS版の需要予測について語り始めると、渋い表情になって彼女の話を止めた。

「君らは、〈セルプロ〉のGPS版を中止したくて、ここに来たのか？」

「……そうです」乾は罪を咎められた人のようにうなだれた。彼女は何か発言しようとしたが、社長は再度彼女を止めた。

「インパス社は、もう中止と決定したのか？　忠実堂の若社長は認めたのか？」

「中止ではなく凍結です」と彼女は答えた。「ただ、アプリ版を先行させた後、GPS版をどうするかについては、未定です」

社長は視線を外した上で、言葉を発した。

「プレゼンでは、スマホのアプリとGPS版とは同格の扱いだった。アプリが主でGPSを従とした上で、GPSは凍結というのなら、プレゼンをした商品とは別ものではないか」

「〈セルプロ〉という商品の本質は、変わっておりません」彼女は社長の顔を見ながら反論した。視線は返って来なかった。「〈セルプロ〉の本質は、外回りをする社員の簡便なアシスタントであり、同時に、営業戦術や経営戦略を立てるための有力な情報収集ツールであること、この二つの機能が一つのシステムに統合されていることです。その点は何も変わっておりません。機能的に優れたGPS版を、スタートの商品から外さざるを得ないのは残念ですが、そのことで失われるものは少なく、アプリ版に集中するメリットは大きいと考えます」

「結局、GPS版には需要がないということか？　誰もほしがらないものを売り出そうとしたのか？」

社長は目を上げて乾の方を見、無言の内に発言を促した。

乾は、言葉を一つ一つ探しながら、五課でのGPS版の使用状況について説明した。実地にテストするまで、これほどGPS版が使われないとは予測できなかった、と吐露した。

彼女が話を継いだ。〈セルプロ〉の需要予測をした時点では、モバイル・ルータを持つ人も多く、スマホやタブレット、ノートパソコンとGPS版を併せて持つことへの抵抗は少ないと考えていた。しかし、予備バッテリー以外、付属の便利な機能を持たないGPS版をさらに携帯することへの抵抗感は、予想より大きかった。予測の誤りだが、実際に使用してもらわなければ分からなかったことなので、市販前に実地テストをした意味はあった、云々。

彼女の発言が途切れると、社長は、相変わらず二人を見ないまま、言葉を発した。

「休むに似たほどの考えなら、会社にとって大して害にならん。だが、小賢しい頭とよく動く口が一緒になると、時に会社は潰されてしまう」

社長は乾の方に視線を向けた。

「笹島、君はぺらぺら喋りながら、大事なことを飛ばしている」

社長は彼女の方に視線を移動させ、そのまま固定した。彼女は思わず視線を下げた。しかし、すぐに社長の目を見返して答えた。

「全てを申し上げてはいません。ですが、大事なことを飛ばすようなこともしておりません」

社長は彼女の目を見据えたままだ。彼女はそれを受け止めたが、掌に冷や汗が滲み出て来た。

「インパス社の東京事務所が人員も資金面も限界で、ＧＰＳ版の開発ができなくなった、と言った。しかし、笹島、君は忠実堂の若社長と直接話ができるだろう？　インパス社への人員増や資金面での支援を依頼することは、君なら可能なはずだ。なぜ、それをしない？」

社長の発言に驚いたのか、乾が彼女の顔を見た。

彼女も社長の言葉に動揺した。岩佐社長のごつごつした手が胸の奥深くに入って来て、心臓をつかまれたようだった。彼女は、心中の動揺を表情に出さないように努力した。

「忠実堂の社長に、そうしたお願いはしておりません。しなかったことについては、今日は申し上げていません。ＧＰＳ版に新たな人員や資金を投入すれば、〈セルプロ〉のコストが上昇します。一方、それに見合う売上、利益が得られる見込みは立ちません。ですので、柿谷社長にお願いをするつもりは、最初からございませんでした」

私はもうコンサルタントではないので、とは言わない。岩佐社長にとって、意味のない言葉だと分かっていた。

社長は、二人から視線を外して言った。

「君らのやったプレゼンで、私が何を言ったか覚えているか？　カキヤの社員はものは売れても、ソフトウェアやシステムといったものでない商品を扱うのは駄目だ。新設した五課は低迷している。売上の多くは、事務用ＩＴ機器の販売代理業による収入だ。狙いだったソフトやシステムの販売は、付録程度でしかない。こんな五課の連中が、ＧＰＳ版という実体をなくした〈セルプロ〉を商売にできるのか？　どうやって売るつもりだ？」

「よく覚えています」彼女はそう答えた後、乾の方を見た。もう一つの答えは、カキヤの社員である乾が発するべきだと思ったのだ。

「できる、と思います」と乾は言った。

彼女は社長の反応をうかがったが、社長は無表情のまま沈黙している。乾の方をもう一度見た。乾は何とか語り始めた。

「五課の人たちは、〈セルプロ〉に関して、間違いなく、以前とは違う、取り組みをしてくれると、考えています」

彼女と乾とは、昨晩深夜に、メールやチャットで社長との会見の予習をしていた。GPS版抜きの〈セルプロ〉の販売についても、入念に打ち合わせをしていた。

〈セルプロ〉は当初こそ受け入れられなかったが、馴染むに連れて五課での評価は高まり、外部に売る商品としての期待が集まるようになった。カキヤでは、いくつかのメーカーとの共同開発商品を除けば、独自の商材を扱うことはなかった。〈セルプロ〉は、カキヤにとって画期的なオリジナル商品になり得る——。

乾の発言は、時にたどたどしくなる上に、言葉が足りないことも多く、彼女はヒヤヒヤした。しかし、社長は表面的な流暢さを嫌がっているようなので、この方がいいのだと思った。

「最近は、五課の人たちから、早く〈セルプロ〉を売りたいと、催促されたりも、します。GPS版は話題にも、なりません。アプリ版で、まずは、十分と思われます。それも、まだ外部に売る態勢は整っていません。商品として仕上げるにも、なお時間を要します。発売後の実績を見て、ＧＰＳ版の詳細で正確な、情報をほしがる、会社があるかどうか見極めればいいと、考えます」

乾はそこで言葉を切った。社長は視線を上げようともせず、黙ったままだ。乾は、心細げな表情だった。彼女が引き続いて話し始めた。

「五課で取り扱っている業務用のソフトウェアやシステムは、すでに他社で販売していた商品でした。商品自体は悪くありませんが、新規参入の難しさがある一方で、売る側のモチベーションを高めるのは難しかったのです。それで、なかなか利益にはつながりませんでした。これに対し、〈セルプロ〉は、売り手のモチベーションを上げる商品です」

彼女は、さらに〈セルプロ〉の営業戦略についても話した。彼女と乾とは、〈セルプロ〉の販売プランをある程度立てていた。このアウトラインを、発売時にＧＰＳ版がないという前提で見直し、本庄や橋本らの意見も取り入れて練り上げた。〈セルプロ〉を、できる限り実体のあるものとして売り出す工夫をしたのだ。商品見本やカタログ、商品サイトは、その場にものがあり、実際に見たり触ったりしていると感じられる作り込みをする。セールス先では、相手が実際に使っているかのような経験ができる仕組みを、ハードとソフトの両方で用意する。彼女は、それらをいくつかのポイントに分けて説明した。

彼女が話している間、社長は反応を示さなかった。さすがに不安を感じたが、発言が止められることはなく、何も聞いていない風ではなかったので、気にせず話し続けた。

「〈セルプロ〉は、営業五課の人たちにとって、心から売りたいと思える商品です。彼らの意欲をサポートできる〈セルプロ〉という新商品は、カキヤの営業部全体にとっても、新しい地平を切り開くものになります」

彼女は、一旦話を中断した。この先は、カキヤの将来像を含んでの結語《クロージング》ということになる。しかし、その前に、これまでの乾と彼女が話した〈セルプロ〉の評価や営業戦略に関して、社長からの意見を聞いておきたかった。どういうクロージングにするか、社長の言葉によって変えていこうと考えていたからだ。

しかし、社長の反応はない。それでは、と彼女が発言を再開しようとした時、全く何の前触れもなく、社長が言葉を発した。

「利益は出るのか？　そこまでして〈セルプロ〉を売ることで、カキヤにメリットはあるのか？」

「売上と利益の予測については、いくつかのパターンでシミュレーションをしています」

彼女がそう言っている間に、乾は自分の鞄を開けた。さっききれいに整理したから、すぐに資料を取り出せた。

しかし、社長は資料を手に取ろうともしない。相変わらず二人の目を見ないまま、話し始めた。

「私は自ら望んで、柿谷忠実堂の関東支店に異動した」

彼女も乾も驚いた。なぜ突然こんな話が始まったのか、脈絡がつかめない。社長はお構いなしだ。

「生意気で、上と喧嘩ばかりして、それで左遷されたのだと多くの者が思っている。生意気だったのも喧嘩していたのも事実だから、特に否定しない。しかし、違う。私は、自分自身の利益を極大化するため、望んでこちらに来たのだ」

彼女が横を向くと、乾と目が合った。乾も当惑している。彼女は、経営者の独善的な話しぶりにはある程度慣れていた。それでも、岩佐社長の突然の言葉は意想外のものだった。

35

「私は元から忠実堂の社員だったわけではない。大企業の支店で無茶をやって追い出されたのを、先代の社長に拾われた。覇気に欠けた社員へのカンフル剤として期待されたらしい。忠実堂では大人しくしていた積もりなのに、毒気が強過ぎると敬遠され、一方私には忠実堂は刺激が足りなかった。明らかに私が社内で一番能力の高い人間だったが、同族企業だから社長にはなれないし、重役になったところで大した役得はない。転職しようにも前職の傷が障りになる。そもそも転職即転落とみなされた時代だ。田舎にいることもハンディだった。そこで気になり始めたのが関東の支店だった。たまの出張や休暇を利用して調べると、業務は事実上の休眠状態だった。一方で、自前の土地を持っていることが分かった。騙されて買った挙げ句、売るに売れない曰く付きの土地だったが、だからこそ宝の山に化ける可能性がある。曰くをクリーンにできれば、土地の価値が何倍にもなるからだ。私はこの土地を原資に、忠実堂の力を利用して、自分の会社を作ることにした。それが、私自身の利益を極大化する道だと確信して。なぜだか分かるか?」

社長は一旦言葉を切ったが、二人の答えを期待している様子ではなく、すぐにまた語り始めた。

「私の言う自己の利益の極大化とは、一生の間に稼げる金の高を可能な限り大きくすることだ。私には一から事業を始める資金がなかった。借金ではリスクが大き過ぎる。仮に給料のいい大企業に転職できたとしても、私の経歴では部長にもなれん。ならば関東支店を営業拠点に改編し、そこから忠実堂の子会社に育てていこうと考えたのだ。子会社の社長となり、社長に相応しい報酬を自分に与える。関東は九州と経済規模が段違いだから、いずれ売上も利益も本社を逆転するつもりで始め、大方そうなった。こうして、私は他のどの道に進むよりも大きな利益を得たのだ。そのために、君らには想像もつかないほど働いた。必要なあらゆる努力をし、どんな苦難も乗り越えてきた」

社長の話を聞きながら、乾は、安藤の昔話に出て来た、水の中に浮かぶ忠実堂関東支店のビルや、たまった水を掻き分けながら進むランニングシャツ姿の若い岩佐社長の姿を、自分が本当に見た光景であるかのように想起した。

「だが、努力だの工夫だのは、成功したい人間なら誰でもやる。それだけでうまく行くなら、世の中成功者だらけだ。現実は違う。最も重要なのは、利益を極大化する正しい道を見つけることだ。次に、それを誤りなく進み続けること。私は関東に子会社を作るという正しい道を見つけ出し、実行した」

社長はここで言葉を止め、目を上げた。しかし一瞬のことで、再び前と同じ調子で話を続けた。

「今、君らは、GPS版抜きで〈セルプロ〉という新商品を売り出そうとしている。それを、長々聞かされた営業戦略とやらで売って行くことが、カキヤに最大の利益をもたらす真に正しい方法なのか？　もし商品が売れる見込みがないのなら、今すぐ撤退して損切りすることが、利益最大化なのかもしれんぞ。一番犠牲が大きいのは忠実堂だが、他人の褌を借りようとしたのだから自業自得だ。五課の連中は、実体を失った〈セルプロ〉を、本当に売ることができるのか？」

社長の言葉は、そこまでだった。

笹島と乾は顔を見合わせた。笹島は、イエスと答えようとしていた。乾も賛成するものと思っていたが、意外にも、乾は別の答えを持っているようだった。

乾は、GPS版が凍結になった時から、一つのアイデアを温めていた。それを表に出すことはないだろうと考えていたが、ふいにその機会が訪れた。

乾は、うつむき加減で、言葉を発した。

「GPS版が凍結されると聞いた時、私は、これで〈セルプロ〉は終わりだと、思いました。GPS版があったからこそ、カキヤでの〈セルプロ〉の開発を、社長が認めて下さったことを、弁えておりましたので。〈セルプロ〉の、カキヤでのプロジェクトは、終わりだとしても、〈セルプロ〉という商品は生かし、かつ会社として、利益を上げる方法を、自分なりに考えました。それは、つまり――」

乾は、社長の無反応というプレッシャーに負けて、息が苦しくなり、声を出せなくなった。

しかし、社長は中断したことにも反応しない。乾はゆっくり息を吐き出し、再び語り始めた。

「個々の〈セルプロ〉を、売るのではなく、〈セルプロ〉全体を、よその会社に売ってしまう、ことです。〈セルプロ〉は、かなり優れた、また大きな可能性を持った、商品だと思います。ただ、柿谷忠実堂、カキヤ、インパスの三社は、そのポテンシャルを、活かすには、力が足りないようです。ならば、可能性を存分に引き出せる資本力を持ち、かつ、こういう事業に適した企業に、売ればいいと考えました。人件費、取得した特許や開発費用などを合わせた上で、カキヤの利益も十分確保できる価格で。といっても、私は、どうやって、売るのか分かりません。これまでの、カキヤの仕事とは違います。こういう場合、経営コンサルタントの力を、借りるのだと、思います。幸い、私たちのプロジェクトには、笹島さんがいます。コンサルとどう仕事を進めるのか、笹島さんの力があれば、見通しが立つと思います」

乾は、笹島の方に視線を向けた。笹島の顔に、笑みは浮かんでいなかった。

「このアイデアは、つい先日考えたもので、笹島さんに話していません。もしプロジェクトを中止するだけなら、損失しか残りませんが、パッケージとして売ることができれば、〈セルプロ〉を失っても、利益を確保できます」

返答はなかった。乾は、社長が無反応であることを確かめるために、目を上げた。驚いたことに、社長と目が合った。社長は、発言を促すように、笹島の方に顔を向けた。

笹島は、苦々しい思いで乾の言葉を聞いていた。〈セルプロ〉自体を売ることは、以前に頭を過ぎり、否定したアイデアだった。社長が乗って来たら、〈セルプロ〉は自らとカキヤの手を離れてしまう。乾の発言を否定するしかなかった。

「乾さんのアイデアについて、問題点を二つあげさせていただきます。一つは、〈セルプロ〉は販売実績がなく、価格設定が難しいことです。価格をコスト＋《プラス》利益にするというのは、こちらの思惑でしかありません。第二に、商談を持ちかけた相手に、アイデアだけを持ち逃げされる可能性です。こういうケースは現実にあります。秘匿契約を交わしても、相手に悪意があり、かつ、こちらを弱者とみなすほど力量の差があれば、逃げ道は作られてしまいます。GPSと企業情報入力のマッチング方法、三つのボタンによる操作といった根幹の特許は押さえることができましたが、周辺では逃しました。似たようなことを考えている企業が多数あるということです。〈セルプロ〉には、残念ながら、特許で完全に守れるほどの圧倒的な独創性はございません」

思っていたより強い調子の否定になった。笹島は乾の方を見たが、どう感じたのか、横顔から読み取ることはできなかった。

社長が口を開いた。

「笹島は、〈セルプロ〉売却案が気に入らんようだが、悪い提案ではないぞ。笹島の示した問題点は、聞いた限りでは克服不可能なほどではない。要は、やりようだ」

「そのやりようが難しい、と申し上げました」

社長がさらに発言する。

「不可能に近い、と。一方で、GPS版抜きの〈セルプロ〉を売ることはできると主張する。私には可能性はどちらも同じに見えるな。ならば、〈セルプロ〉を売り払う方が、リスクは少ない。〈セルプロ〉をやると、赤字を長期的に垂れ流し続ける危険がある。中止なら、若社長に断らなくてはならんし、あの男に〈セルプロ〉全体を売却する決断ができるか怪しいが。それにしても、乾は、忠実堂出身にしては思い切った提案をしてくれた」

自分の提案が若社長を怒らせるかもしれない、と彼は岩佐社長の言葉で気づいた。思いついたアイデアを深く考えずに口に出したことを後悔した。

社長が乾を見た。意見表明を求めているのだ。売却案を推せば、忠実堂に戻りづらい。代わりに、岩佐社長の意に染むなら、カキヤでより快適に過ごせる。このまま居ついてもいい……乾は、室長代理という情けない肩書きを思い出す。自分の席から見た新規事業室全体の光景が、影絵のように瞼の裏に浮かんだ。

「私からよろしいでしょうか」乾の沈黙に焦れたように、笹島が声を出した。社長が拒否の反応を示さなかったので、笹島は話し始めた。

「〈セルプロ〉売却のプランは、社長が仰った利益極大化に反するのではないでしょうか？短期的に見れば、利益を確保できる、あるいは損失を最小限に止めるということになるかもしれません。が、長期的な視点では、より大きな利益を逃すことになります。〈セルプロ〉は、単なる商材以上のものです。先ほど申し上げた売る側のモチベーションを上げることも、一つです。また、〈セルプロ〉を販売することで、カキヤという会社が、これまでとは違った方向に進出する足がかりになります。これも大きな利益です。〈セルプロ〉単体での利益や売上しか視野に入れないのでは、会社にとってのより大きなメリットを見失います。カキヤにとっての利益極大化への正しい道は、〈セルプロ〉を何としても成功させることです」

社長は笹島の発言に対して反応を示さなかった。代わりに乾の方を見た。乾は、意を決して話し始めた。

「〈セルプロ〉について、五課でモチベーションが高いのは、商品の良さを実感しているから、オリジナルの商品だから、というだけでは、ないと思います」

乾の発言は、一旦止まった。笹島は乾の顔を見た。苦しそうな横顔だった。乾はそれでも何とか言葉を継いだ。

「五課は、従来のカキヤとは違う商品を売ろうとして、間宮課長や佐久間部長の発意で、創設されたと聞いています。しかし、これまで、その意図に沿う商品がありませんでした。〈セルプロ〉は五課に相応しい、最初の商品です。しかし、五課の皆が、売上が向上するかもしれない、から喜んでいると言うのでは、足りません。〈セルプロ〉がカキヤの将来を変える、あるいは未来を担っていく、そうした可能性を感じています。逆から見ると、食品問屋という業態、また、その中のカキヤという企業に対して、将来への不安を持っているということです。そうした状況で、〈セルプロ〉が、カキヤと、自分たちの明るい未来を、示したわけです。これは、カキヤにとって、最大の利益と言えるのではないでしょうか。私は、笹島さんと、同じ意見です。売却案は、私自身の提案ですが、次善の策と考えます」

しばらく沈黙の時間が続いた。いつの間にか天窓から落ちていた光は消え、部屋は薄暗がりの中にあった。夕暮れが深まる時刻だった。

社長が顔を上げて、言葉を発した。

「一つ、確認しておく。〈セルプロ〉をGPS版抜きで販売した挙げ句、いつまでも赤字が続くようなことになったら、どう責任を取るつもりだ?」

社長は笹島と乾の目を、それぞれのぞき込んだ。乾は思わず笹島の顔を見たが、笹島は社長の方を向いたままだった。

笹島は、慎重に言葉を選びながら返答した。

「私も乾さんも、この件に関して責任を取る立場にないと思います。最終的に責任を負うのは、会社として決断する権限を持つ人です。〈セルプロ〉の件で最終的な責任を負うのは、岩佐社長ご自身です」

社長が、ふん、と鼻を鳴らした。

「社長の責任だとぬかしたのは、笹島が初めてだ」そう口にした後、社長の顔に満面に笑みが浮かんだ。「議案を上げて来る人間には、お前は責任を取れるのか、と必ず聞く。すると、みな、責任は負わせていただきます、と平身低頭する。下っ端だろうが役員だろうが、役職を降りようが会社を辞めようが、それで会社が被った損害を取り戻すことなどできやせん。笹島は怖いもの知らずだ。こういう脅しに刃向かうには、怖いもの知らずが一番だ」

「刃向かうつもりなどございません」笹島は、社長の笑顔にホッとしながら答えた。

社長はもう一度、ふん、と鼻を鳴らした。その直後、遠くから、ギイッと金属のきしむ音が聞こえて来た。

「女房の御帰館だ」社長がつぶやくように言った。

乾は、遠方の玄関に、誰か来たのだと思った。固いもの同士がぶつかり合うガキンという金属音がした。ドアがロックされたようだった。

社長はうっすら浮かんでいた笑みを消し、無表情に戻った。もう二人の顔を見ようとしない。社長は、唐突に語り始めた。

「この家には二つの玄関がある。女房用のと私用のとだ。この家ができて以来、私たちは分割されたそれぞれのスペースで暮らし、間を使用人が行き来している。お互い、会う必要がある時にだけ会う。子供はアメリカ住まいだ」

社長は目を上げ、二人の顔を見た。二人とも、なぜ、こんな話を聞かせられるのか戸惑いながら、社長が口を開くのを待った。社長は話を再開した。

「家の設計をしたのは、女房が見つけてきた建築家だ。この場所も女房が決めた。前の家はカキヤ本社から近く、社の人間が頻繁に来るのに辟易して、遠い住宅地になった。女房は自分の理想を実現しようとしていた。家で教室が開ける十分なスペース、スタジオのようなオープンキッチン、華やかなロココ調のインテリア。だが、金主は私だ。私は、アンティークじみた西洋風の家では落ち着かない。和風建築が好ましい。家も仕事場というのは、私には当たり前なのだから、以前のようにしょっちゅうではないにしても、会議のできる部屋がいる。猫足のテーブルに花柄の椅子では、仕事にならん。時間を合わせるのが難しく、女房と一緒に建築家と話し合う機会は殆どなかった。建築家は、女房と私が全く違う注文をつけることに困り果てたようだ。これでは家を二軒建てるしかありません、と音を上げた。それには敷地が足りん。で、建築家が無理矢理ひねり出したのが、この家だ。一軒の家に、二つの異なった様式が併存している。その象徴が二つの玄関だ。これは、私も女房も認めた。だが、私が知らなかったこともある。二人それぞれのスペースが、巧妙に隠された仕切りで分断されていたのだ。間の通路は、迷路のように屈折している。女房の注文だ。あいつは、私と会わずに暮らせる家を望んでいた」

社長は一旦言葉を切って沈黙した。だが、乾と笹島が口を挟めるような話題ではない。社長の沈黙の時間は短かかった。

「建築家だけが知っていたこともある。玄関はどちらも、出入りする度に家中に響く金属音を立てる。これは、建築家が仕組んだ悪戯だろう。一軒の家で、二人だけの家族が見えない壁に隔てられて暮らす。それでも、玄関を出入りする時だけは、音で互いの存在を示すことになる。夫婦のありようへの建築家の皮肉なのか、音だけでも二人の繋がりを残そうとした善意なのか——余計なお世話だったのは確かだ。とはいえ、私はこの音はなくさない方がいい気がしている。女房の方は、建築家の悪戯に気づいておらんようだ」

社長は一旦、視線を下げた。しかし、すぐにまた二人を睥睨するかのように見た。

「君らは、GPS版抜きで〈セルプロ〉を売ろうとしている。これは大変なことだぞ」

またも唐突に仕事の話に戻った。

「八百屋に、明日から魚を売れと言うようなものだ。野菜を売るのと、魚を売るのとでは、丸で違う商売だ。だが、それだけではすまん。商売は必ず利益を生まなくてはならない。赤字を出して、前は八百屋だったので仕方ない、は通用せん。カキヤの社員は、昔も今も、極めて優秀な人材とは言えない。そんな連中が、IT業界の中心部という荒海に飛び込んで行くのだ。それがどんなに困難か、君らには見えておらん。私には見える。かつての私には強大な野心があったから、難局を乗り越えられた。時代は変わった。今の社員に、できるか？　言葉にするのが難しいほどの苦労だったのだ……女房は、ある時期、私の仕事に巻き込まれた。無給で会社の仕事を手伝わされ、家と会社の区別のない状態が長く続いた。子会社をカキヤと改名し、私の野心が達成された時、ねぎらって妻に声をかけた。長い道のり、苦労をかけたな、と。私は、大変だったけれど報われた、という返事を期待していた。しかし、女房は、怖ろしいことだった、とつぶやいたのだ。一瞬間を置き、本当に怖ろしいことだったのよ、と繰り返した。私は面食らいながら、すまなかったと謝罪し、女房が何を怖ろしいと言ったのか尋ねなかった。女房も説明しない。この家が完成するまで、その本当の意味を理解できなかった」

社長の言葉が途切れた。部屋の暗さはさらに深みを増していた。黙って腰かけている社長の姿が、乾には黙想する僧侶のように見えた。乾も笹島も社長の沈黙に抗って、言葉を発する力を持たなかった。社長が再び口を開いた時、乾の目には、その唇が青白く光ったように見えた。

「今日の面会はなかったことにする。片言隻句ですら、他人に漏らしてはならん。君らは、新しい〈セルプロ〉のプランを社内に報知し、関係部署全ての合意を積み上げた上で、もう一度私のところに持って来い。それができたら裁可する。専務の石岡は、きっと握りつぶそうとするだろう。私は君らを助けない。うまくやれ」

社長は、いきなり立ち上がった。乾と笹島も慌てて席を立った。しかし、お礼の言葉を口にする間に、社長の姿は部屋から消えていた。

36

社長側の玄関を出ると、二人のためにタクシーが用意されていた。笹島がインパス社まで乗って行き、彼は高速道入り口手前の駅で降りることを選択した。彼は、早く一人になりたかった。

走り始めて間もなく、笹島は、夫人側の玄関周辺の植栽が、TVのガーデニング番組で取り上げられてもいいくらいの見事さだったと話した。すると、彼ではなくドライバーが、時々あの庭を見るためにタクシーを使う人がいますよ、と口を挟んだ。

彼は、もう一度全社向けのプレゼンテーションをやるのがいいと思います、と言った。賛成です、と笹島は答えた。プレゼンをどうやるか話し合う内に、タクシーは駅に着いた。

それから会社に帰り着くまで、彼はずっと自分の二つの家庭のことを考えていた。岩佐社長に夫婦の秘密を聞かされたせいらしい。

社長夫妻よりもはるか遠く、千キロ以上の距離で分かたれた夫、妻と子供たち。彼も妻も、それを当たり前のように受け入れている。子供たちは不満を言う術を知らないが、父の不在に苦しめられているかもしれない。彼は、春休みに来た時に触れた妻の掌の感触を思い出す。彼の家庭は、何らかの利益を目指して結ばれているのではないと思った。

これから〈セルプロ〉の仕事が続いて行くとしたら、単身赴任と疑似母子家庭という状態が延長されることになる。望ましくない……彼は、自分が妻と子供たちと一緒の暮らしを望んでいることに気づいた。驚いたことに、その願望は切ないほど激しかった。どうしたんだ？　家庭から逃亡して、カキヤに来たというのに。妻は口にはしないが、彼が逃げたことに気づいている。呼び寄せようとしたら、妻は彼の身勝手を責めるはずだ。子供たちは、関東でうまくやって行けるだろうか。妻は彼の両親と反りを合わせられるのか？

瞼の裏に、彼の妻子がメッセの会場にいる場面が浮かんだ。考えたくもない。そのイメージを消すと、代わりに、彼の両親が浮かない顔で奥のテーブルに座っているのが目に映った。驚いたことに、二人の横には久しぶりに見る兄の後ろ姿があった。彼は、両親と兄を連れ帰る。

社長宅を訪れた直後なので、実家の狭さや安普請が情けなかった。父親が夕刊を声に出して読み始める。母親はＴＶをつけ、ドラマにチャンネルを合わせる。兄は一旦玄関ドアをくぐったものの、結局踵を返して家の外に出た。彼は兄を追おうとして、ためらう。ここにいなくては、と彼は思う。両親と一緒にいるのは息苦しかった。どこかホッとするような息苦しさ……。

——電車のブレーキ音がやかましく響いた。彼は自分がどこにいるのか、一瞬把握できなかった。危うく下車駅を乗り過ごすところだった。暗がりにネオンだけが光るラブホテル街を通って、会社に向かった。彼の顔を覚えている南米系の女が、ニヤリとしながら上着の袖に触れる。シャチョウさん、と別の女に呼びかけられる。彼は歩速を変えないで歩いた。

新規事業室には、まだ明かりが灯っていた。インパス社の笹島以外の四人が全員残っていた。小淵に、間宮課長が連絡をほしいそうで、と声をかけられた。電話すると、そちらに行くから、他の人に帰ってもらって、と命令された。

彼が、今日はここらにして下さい、と声に出すと、小淵と倉本が顔を見合わせた。しかし、間もなく、ヘッドフォンをした飯干を除く三人は帰り支度を始めた。神谷が小さなホワイトボードにメッセージを書いて、飯干に見せた。飯干は他の三人よりも早く部屋を出た。

入れ替わるように、間宮が入って来た。残る三人が帰るまで間宮は口を開かなかったが、彼は表情を見て用件を推測することができた。かつての笹島の立場に自分がいるのだ。

「メールの返事も出せないのかよ」というのが間宮の第一声だった。彼は、社長宅を地図で確かめた後にスマホの電源を切り、うっかりそのままにしていた。

「すみません。ドタバタしてます」と彼は答えた。

「ふん、えらく忙しいんだな」間宮は皮肉な調子で言った。「何の用事で来たか、わかってるだろ?」

「〈セルプロ〉の件ですね?」彼はとぼけた。

「GPS版の話だよ」間宮は苛立ちを隠さなかった。「GPS版をやめること、知らないと思っているのか?」

すみません、と頭を下げた。

「わけが分からない。ほんの少し前、あれだけ熱心にGPS版を使うようプッシュしておいて、次には中止しました。それも、自分たちだけで内緒で決めるという勝手さ」

「申し訳ありません」笹島が謝った時の口調を真似している気がした。

「課員には伝えて、課長の俺には黙っている。普通、怒るよな」

どう説明すればいいのか――彼は、インパス社の内部事情と、自分も情報を知らされていなかったことを穏やかな言葉を選んで伝えた。その上で、GPS版凍結が上層部に伝われば、〈セルプロ〉自体をやめさせられる恐れがあること、対策ができるまで、GPS版の凍結についてテストに加わってくれた五課の課員以外には秘密にした、と語った。

「間宮課長がGPS版のテストに加わっていたなら、お伝えしていました。ただ、管理職の立場にある人に秘密にしてほしいと頼めるのか、悩んだと思います」

間宮の表情が変化した。自分が会社に黙っていられるのか考えたようだった。間宮は、話をずらした。

「ふん。本庄に頼まれて、ＧＰＳ版の試験に協力してやってくれって、俺は課内でちょっとした演説をしたんだぜ」

彼は、もう一度頭を下げた。間宮が〈セルプロ〉に好意的になったことは、分かっていた。それでも、上層部の意向を慮り、局外中立を守るだろうと考えていた。実際には、既に一歩踏み込んでくれていたのだ。彼は、さらなる叱責や批判の言葉を覚悟した。しかし、間宮はまたも話をずらした。

「ふんふん。ＧＰＳ版抜きの対策とやらは、できたのか？　えらく難しいと思うが」

彼は、この件で自分を叱責せず、平静でいる間宮の度量に驚いた。自分は笹島への怒りに身を任せてしまったというのに。

彼は、その日の話のダイジェスト版を間宮に語った。

「全社向けプレゼンとは、正面切って、というか、ベタなやり方だな」間宮は感心しない表情だった。「新しいプロモーションの方法にしたって、アイデアだけなら簡単だが、実際に販売現場で使えるようなものとなると、ＧＰＳ版を作るのと同じくらいの手間や金がかかるんじゃないか？」

的を射た批判だった。しかし、知恵を出し合って実現しなければ〈セルプロ〉の未来はなく、カキヤの将来につながる仕事を創り出すチャンスも失われる――彼は、社長の前でも、今と同じくらい明快に喋ることができたらと思いながら、語った。

間宮は、彼の話を聞き終えると、結局、問題は石岡専務と社長だ、とつぶやいた。

「石岡さんと、〈セルプロ〉のことで話をしたことがあるか？」

「ありません。面会すら叶いません」社長云々と聞かれないで良かった、と考えながら答えた。もう一度嘘をつかなくてはならないところだった。

「あの人は、難しいよ」

「それでも、まずはプレゼンから始めたいと思います」

彼は何度目か頭を下げた。間宮は、彼が切り出せないでいた質問を自分から発した。

「GPS版の秘密、だれが俺に知らせたか分かるか？」

だれであれ、彼は気にならない。いつまでも秘密が守られるとは思ってはいなかった。

「特に知りたくありません」と返答した。

「いい答えだ」そう言って、間宮は椅子から立ち上がった。

「もっと叱られると思っていました」と彼は言った。「そうなって当然でした。ありがとうございます」

間宮は、首を左右にふった。

「乾さんを責めないで下さいって頼まれたんだよ。ふん」

「本庄にですか？」と彼はたずねた。

「それが本庄だけじゃないんだ」と間宮は答えた。

彼は立ち上がって一礼し、大きな音を立ててドアを開け閉めする間宮の背中を見送った。

37

お母さん。

決戦は終わりました。

終わったんだけど、勝敗はまだ決まっていません。以前は提示された問題に答えを出すことが仕事だったから、中途半端といえば中途半端。でも、コンサルタントの出した答えって、こんな不安定さを通過した上で現実になるのだと実感しました。中途半端さは、会社では当たり前のこと。お母さんは、よく知っているでしょう？

半端だけれど、社長に会って懸案が先に進んだのは確か。会社の一員になると、社長に会うこと自体が大変なのだけれど、単に会ったという以上の収穫があった。

するると、と言うと変に聞こえるかもしれないけれど、私にとっては「するると」。

――するると、私のメンターであり、導師《グル》であるミスターMが、タイミングを見計らったように連絡して来た。最後に声を聞いてから半年以上経つ。

「そろそろ、音を上げてるかと思って」と、憎らしいことを言った。

「全然」と私は答えた。「〈セルプロ〉のプロジェクトは、佳境に入ろうとしています。醍醐味を味わうのは、これからです」

「笹島が困っていそうだ、とアンテナに信号が入ったんだけどな」

若社長にGPS版のことを聞いたのだろう。それは言わずに、代わりに私自身がまだ解けていない問題を、ミスターMに問いかけてみた。昨晩、妹に「生きる上で大事な何か」と言って、その「何か」をきちんとした言葉にできなかった。我が師なら、答えを出してくれるかもしれない。ミスターMは、日本の会社勤務の経験も自分より長い。

さすが師匠、何にでも答えを用意しているのだった。

「先週、H&Pのパートナーだった人と会って、仕事と人生について語り合った。お互い、引退を視野に入れる年齢になったせいだな。その人が、ある本から引用したのを聞いて、これ、以前、笹島が会社でしか得られない経験をすると言ってたのに近いと思って、頭の中にメモしておいた」

ミスターMは、たぶん脳内の映像記憶のメモ帳を開き、英語から日本語に訳した。

――私は働くことは好きではない。誰だってそうだろうが。しかし、仕事には好ましい面がある。自分自身を見つけるチャンスがあることだ。それは、他人には決して分からない、他の誰のものでもない、自分自身のリアリティーだ。他人は単に外見しか知らないから、本当のところ、それが何を意味するのか分からないものだ。

「このリアリティーって、笹島の言っていた『他にない経験』というのに似てるだろ？　でも、こっちの方がもっと深いから、その『何か』の近似値かもしれない、と、いま話を聞いて考えた」

　確かに近い。求めていた答えそのものではないにしても、半分以上、もしかすると八割くらい正解のようだった。英文を教えてもらってから、たずねた。

「自己啓発系の本の文章じゃないみたいですね？」

「違う、違う。書いたのは、コンラッドというイギリスの作家だ。笹島、文学はうとかったよな？　俺も読んだことはないんだが」

「私も読んでません」

　文学にうといと決めつけられて、否定できないのが悔しい。本の虫だったお母さんに、全然似なかった。

　ミスターMにお礼を言って電話を切った後、リアリティーという言葉を、日本語に訳したいと思った。「本当の自分」とも取れそうだけれど、真実とか本質とかでも間違ってはいない。外見《show》と対応してリアリティーと言っているようだから。けれど、リアリティーという言葉には、厳しい現実と肌で触れあって得られる実感のようなものが含まれているに違いないのだ。どう訳すべきか、さらに考えていたら、突然、瞼の裏に、十歳の時に会社の建物内の窓越しに見たお母さんの姿が、くっきりと浮かんだ。

　あ、と思わず声が出た。実在そのもののように鮮やかなイメージだった。

　お母さん——。

　幼い頃に私が知っていたお母さん。

小太りで、そばに行くといつも暖かくて、忙しなく動き回りながら、笑顔を絶やさないお母さん。同時に、初めて見たお母さんでもあった。

男ばかりの職場で、一人堂々と立っているお母さん。家族に見せるのとは少し違う笑顔を浮かべ、家の内では着ない仕事用のスーツをまとい、職場に溶け込んでいる。家で馴染んでいるお母さんではない。しかし、お母さんは職場用の仮面を被っているのでもなかった。もう一人のお母さんも、確かに本当のお母さんだった。

お母さん。

私は、お母さんから仕事を奪っただけでなく、もしかして、もう一人の本当のお母さんを消滅させてしまったのだろうか？

お母さんが、職場に生きる自分、そこで感じられるリアリティーを大事にしていたのだとしたら……その大事な何かと見合うほどのものが、私たち姉妹を育て、家庭を保つことの中にあっただろうか？　お母さんは、家庭での生活を楽しんでいた――山ほど好きな本を読み、CDを聞き、コンサートに行って、学校が休みの日には、私と妹を連れてあちこちで野外の食事を楽しんだ。

でも、お母さんは働くことの意味を知っていて、退職する時には、自分がそのリアリティーを失うことも解っていたはずだ。一言も愚痴を言わなかったけれど。お母さんは、自分の決断について、いつまでも悔やむような人じゃなかった。

お母さん、お母さんは許してくれるよね？　長い時間がかかったけれど、私は、お母さんのもう一つの本当の姿を見つけ出したのだから。

でも、お母さんは結婚し、子供もいた上で働いていたのだったっけ……。私は、そして妹も、独身である上に、今は二人とも男の影すら見えない。こちらの問題の解決は、どんな仕事上の難問より難しいかもしれない、とも思う。

私は今、キャリアの、人生の、回り道をしている。回り道を通してしか見えないことがあると信じて。

迷いはいつも深かった。けれど、ようやく探していた答えのすぐ近くに到達したという確信がある。良いことも悪いこともあった。しかし、これまでして来た仕事がなければ、いま自分と感じている人間は存在しなかったのだ。この先も同じだろう。

私は、もう少し歩いてみたい。

何が見えて来るのか分からない、岬の向こう側まで。次の、新しい問題が、目の前に現れて来るまで。その後には、また別の本当のお母さんに会えるかもしれない。

今日は、早寝します。

少し疲れました。

おやすみなさい。

初出……「群像」二〇一四年七月号〜二〇一五年一月号、
二〇一五年三月号〜十二月号

装幀　服部一成

伊井直行（いい・なおゆき）
1953年、宮崎県生まれ。83年「草のかんむり」で群像新人文学賞、89年『さして重要でない一日』で野間文芸新人賞、94年『進化の時計』で平林たい子文学賞、2001年『濁った激流にかかる橋』で読売文学賞を受賞。他の著書に『愛と癒しと殺人に欠けた小説集』『ポケットの中のレワニワ』『岩崎彌太郎――「会社」の創造』『会社員とは何者か？――会社員小説をめぐって』などがある。

尻尾《しっぽ》と心臓《しんぞう》

二〇一六年五月二五日　第一刷発行

著者――伊《い》井《い》直行《なおゆき》

発行者――鈴木　哲

発行所――株式会社講談社
東京都文京区音羽二―一二―二一
郵便番号　一一二―八〇〇一
電話　出版　〇三―五三九五―三五〇四
販売　〇三―五三九五―五八一七
業務　〇三―五三九五―三六一五

印刷所――凸版印刷株式会社

製本所――大口製本印刷株式会社

ISBN978-4-06-220052-3

伊井直行の本

会社員とは何者か？
——会社員小説をめぐって

源氏鶏太「英語屋さん」、山口瞳「江分利満氏の優雅な生活」、庄野潤三「プールサイド小景」、黒井千次「メカニズム№1」、絲山秋子「沖で待つ」、長嶋有「泣かない女はいない」、津村記久子「アレグリアとは仕事はできない」、カフカ「変身」、メルヴィル「バートルビー」ほか。会社員小説から、誰も気づかなかった「会社員」の謎に迫る新しい文学論！

講談社

ポケットの中のレワニワ

アガタは派遣先で再会した小学校の同級生ティアンに惹かれていく。が、町村桂子という日本名で「統括主任」の肩書きを持つ彼女は、好意を示しつつも「貧乏人同士は付き合えない」と言う。そんな彼女が同じベトナム系の女友達と会ってから様子が変になり、会社まで辞めてしまう。アガタの思いは届くのか？　ファンタジーなんだけどリアルな恋愛小説。

講談社文庫

伊井直行の本

さして重要でない一日

未知の空間、会社という迷路を彷徨う主人公。トラブル、時間、おしゃべり、女の子、コピー機。著者独特の上品なユーモアの漂う、なにか、もの哀しくも爽やかな空気の残像。会社員の日常を鮮やかに切り取った、野間文芸新人賞受賞作。サラリーマンの恋と噂と人間関係、奇妙で虚しくて、それでも魅力的な「星の見えない夜」も所収。

講談社文芸文庫

濁った激流にかかる橋

かつての小川は氾濫をくり返し、川幅は百倍にもなり、唯一の橋は拡張に拡張を重ね、その全貌を把握できぬほどの複雑怪奇さを示す。そして右岸と左岸にはまったく気質の異なる人々が住む。この寓話的世界の不思議な住民たちの語る9つの物語。諧謔的かつ魔術的なリアリズムで現代の増殖する都市の構造を剔抉した読売文学賞受賞作。

講談社文芸文庫